ateşte yeşerdim

HALİT ERTUĞRUL

ateşte yeşerdim

HALİT ERTUĞRUL

Yayın Yönetmeni: Dr. Veli Sırım
Editör: Özlem Gölcü
Mizanpaj: Said Demirtaş
Kapak: Kenan Bıyıklı
Üretim: Ali Osman Macit
ISBN: 978-975-269-466-8
Baskı: Nisan 2009
Baskı-Cilt: Nesil Matbaacılık
Beymer San. Sit. 2. Cad. No: 23
Yakuplu - B. Çekmece / İstanbul
Tel: (0212) 876 38 68 pbx

NESİL YAYINLARI
Sanayi Cd. Bilge Sk. No: 2 Yenibosna
34196 Bahçelievler / İstanbul
Tel: (0212) 551 32 25 pbx
Faks: (0212) 551 26 59

İnternet: www.nesilyayinlari.com
e-posta: nesil@nesilyayinlari.com

NESİL

ateşte yeşerdim

HALİT ERTUĞRUL

NESİL

Eğitimci-yazar Dr. Halit Ertuğrul, Adıyaman'ın Besni ilçesinin Şambayat nahiyesinde dünyaya geldi. İlkokulu doğduğu yerde, ortaokul ve öğretmen okulunu da Kırşehir'de okudu. Niğde Eğitim Enstitüsünü bitiren Dr. Halit Ertuğrul, daha sonra Gazi Eğitim Fakültesi, Eğitim Bilimleri Bölümü, Eğitim Yönetimi ve Denetimi Anabilim Dalından da mezun oldu.

Cumhuriyet Üniversitesi, Kamu Yönetimi, Yönetim Bilimleri Bölümünde yüksek lisans; Sakarya Üniversitesi, Sosyoloji Bölümünde de doktora çalışmalarını tamamladı.

"Osmanlıdan Günümüze Azınlık ve Yabancı Okulları, Bu Okulları Bitirenlerin Türk Toplumunda Üstlendiği Roller" isimli doktora çalışması, Kültürümüzü Etkileyen Okullar adıyla basıldı ve büyük ilgi gördü.

Yurdun çeşitli yerlerinde ilkokul öğretmenliği, okul müdürlüğü, Millî Eğitim Şube Müdürlüğü ve Millî Eğitim Müdürlüğü görevlerinde bulundu. Millî Eğitim Bakanlığı merkez teşkilâtına geçerek, Kurul Uzmanı ve Bakan Danışmanı olarak çalıştı.

Çeşitli üniversitelerde yöneticilik ve öğretim üyeliği yapan Dr. Halit Ertuğrul, yurt içi ve yurt dışında çeşitli bilimsel ve kültürel faaliyetlere katıldı.

Meslek hayatı boyunca, eğitim ve kültür alanında elliden fazla kitabı ve çok sayıda makale ve yazısı yayınlandı. Kitapları çok sayıda ödül aldı ve çeşitli dillere çevrildi. Ayrıca, bazı kitapları Milli Eğitim Bakanlığı ve Emniyet Genel Müdürlüğü tarafından tavsiye edildi.

Yayınlanan kitaplarından Kendini Arayan Adam, Düzceli Mehmet ve Aysel gibi eserleri yüzlerce baskı yaparak, satış rekorları kırdı.

Bilimsel ve kültürel faaliyetlerini sürdüren Dr. Halit Ertuğrul, "Öğretmede Yeni Teknikler," "Öğrenmede Yeni Teknikler," "Çocuk Eğitiminde Yeni Teknikler," "Günümüzde Gençlik Problemleri ve Çözümler," "Aile İçi Eğitim" gibi konularda konferanslar vermektedir.

Dr. Halit Ertuğrul evli ve iki çocuk babasıdır.

HALİT ERTUĞRUL

www.halitertugrul.com • e-mail: halit1956@ttmail.com

YAYINLANMIŞ ESERLERİ

- Kendini Arayan Adam
- Kendimi Buldum
- Bir Deprem Mucizesi: Düzceli Mehmet
- Buna Yürek Dayanmaz: Aysel
- Aşk Böyle Yaşanır
- Yeni Bir Hayat
- Dünyayı Ağlatanlar
- Uçurumdan Dönüş
- Gençlik Mektupları
- Adım Adım Evlilik
- Ailede ve Okulda Çocuk Eğitimi
- Kültürümüzü Etkileyen Okullar
- Dünyama Bahar Geldi
- Eğitimde Bediüzzaman Modeli
- Kendimizi Nasıl Yetiştirelim
- Öğrencinin Başarı Kılavuzu
- Öğretmenin Başarı Kılavuzu
- Siz Kimsiniz?
- Çocuğumu Bana Verin
- Bir Gözyaşı Seli: Selim ve Hande
- Kitap Okumada Yeni Teknikler
- Bilimsel Çalışmada Yeni Teknikler
- Bir Duygu Fırtınası: Canan
- Mazlumun Ahı: Emre
- Okuyuculardan İbretli Mektuplar
- Günümüzden Hizmet Öyküleri
- Öğretmenlerden Hizmet Öyküleri
- Kendini Arayan Kadın
- Aradığını Bulan Kadın
- Gizemli Davet
- Üniversite Sınavını Nasıl Kazandım?
- Gençlik Sorunları ve Çözümleri
- Şark Kızı
- Son Umut
- Örnek Hayatıyla: Herkesin Öğretmeni Hz. Muhammed (a.s.m.)
- İnsanlığa Adanmış Bir Ömür Said Nursî'nin Destanlaşan Hizmeti
- Namazla Gelen Mucize: Ezanla Diriliş
- Ateşte Yeşerdim
- Kendinizi Keşfe Var mısınız? 21 Adımda Hedef 12
- Bir Gençlik Dramı: Sevda

Önsöz

Geniş bir okuyucu kitlesi olan tanınmış bir yazarın hayatından önemli sahnelerin de yer aldığı bu kitap, her insana ibret olacak kadar şaşırtıcı, düşündürücü ve duygu yüklü konulardan oluşmaktadır.

Bütün olumsuz şartlara rağmen azmin, ümidin ve fedakârlığın sonunda elde edilen başarı, herkese örnek olması niyetiyle kaleme alınmıştır.

Yürekleri titreten bu amansız yaşam mücadelesi, çaresizlik içinde çareyi, dert içinde dermanı anlatmaktadır.

Bu hayat öyküsünde, sabır, azim, umut ve ihanet birbirine karışmıştır. Öyle ki her insana yetecek kadar ibret dersi vardır.

Her anı çileyle, dramla ve gözyaşıyla sulanan bu hayat yolculuğunda, dayanılmaz çırpınışlar, yürekleri burkmakta ve duyguları şaha kaldırmaktadır.

En ağır şartlarda bile başarmanın mümkün olduğunu anlatan bu kitap; hayata küsen, başarısızlığı kabullenen ve ümidini yitiren her insana, yeni bir ümit, taze bir soluk ve şaşmaz bir rehber olacaktır.

Bu kitap, bir edebiyat kaygısıyla şaheser olma iddiası içinde yazılmamıştır. Tamamen günümüze ışık tutan konuların güncelliği ve önemi nedeniyle, başka gençlere de umut olması ve onların da hatalardan ders çıkarmaları için yayına hazırlanmıştır.

Bu sebeple, gerçek bir hayatı anlatan bu eser, bir anılar bütünüdür ve bir mesaj çalışmasıdır.

Bu bakımdan hikâye yahut romanın edebî kıstaslarıyla değerlendirilmemelidir.

Kitabın genel anlamdaki hedef kitlesi ise geniş halk kesimleri; özellikle de ilköğretim ve lise öğrencileridir. Bunun için de anlaşılır ve sade bir üslup kullanılmış, cümleler kısa tutulmuştur.

Kitapta yer alan kişilerin isteği üzerine, şahıs ve yer isimleri değiştirilmiştir.

Kitabı okuyan her insan büyük ölçüde kendi hayatını görecek, yaşanılan açmazların, çıkmazların ve problemlerinin çaresini bulacaktır.

Faydalı olması dileğiyle...

Halit ERTUĞRUL

Birinci Bölüm

Ağlatan Haber

Beklenmedik bir haberin hayatımı bu kadar etkileyeceğinden habersiz, akşam eve dönüyordum.

Okuyucularla gün boyu beraberliğin doyumsuz hazzı ve tatlı yorgunluğuyla merdivenleri çıktım.

Eşim, kapı önünde, ilkokul çocukları gibi sevinç içinde yolumu bekliyordu. Gözlerindeki pırıltıdan, bir solukta paylaşmak istediği, çok önemli bir haberin olduğunu fark etmiştim.

Her gün kapıyı, evlendiğiniz ilk günün o unutulmaz sıcaklığıyla açıp "Hoş geldin bey!" diyerek terlikleri önüme koyar, ışıltılı gülümsemesiyle içimi huzurla doldururdu; ama bu sefer başka bir heyecan yaşıyordu.

Vefalı, nezaketli ve dert ortağım olan hayat arkadaşımı iyi tanırdım. Üzüntüsünü kolay kolay belli etmez; fakat sevincini doyasıya paylaşarak bir anda ortamı tatlı bir bahar havasına büründürürdü.

Vücut direncimi bitiren yorgunluğun altında:

– Hayrola hanım, diye zorladım kendimi. Bu sevincinin sebebi ne?

İçimi ısıtan bakışlarını gözlerime dikti.

– Çok şükür bey, diye kaldırdı ellerini. Rabb'im bize bu günleri de gösterdi.

Sesi bir anda buğulanarak kelimeler boğazına düğümlenmişti. İçinden kopan esrarengiz fırtınayı bastırmak için birkaç kez yutkundu.

Beni büsbütün mecalsiz bırakan bir merakla, daha elimdeki çantayı indirmeden kendimi koltuğa attım. Bir melek gibi süzülerek gelip yanıma çömeldi.

– Beni de heyecanlandırdın, dedim sevgi pırıltılarının uçuştuğu gözlerine bakarak.

Başını eğdi, heyecanını bastırmak için derin bir soluk çekti, yanaklarına doğru sızan yaşlarını elinin tersiyle kuruladı.

– Herhâlde sen duymadın, dedi içli bir ses tonuyla.

– Neyi, diye atıldım merakımın son sınırını zorlayarak.

İki elini arşa ulaştırmak ister gibi açıp:

– Allah nazardan saklasın bey, dedi. Bugün gazetede haberin vardı. Bazı radyo ve tv kanalları da senden bahsetti. Sana gün içinde haber verecektim; ama ulaşamadım.

Bir türlü sonu gelmeyen kelimeler, sanki birer bıçak gibi içime saplanıyordu.

– Allah aşkına hanım, dedim daha fazla dayanamayarak. Kalbimi durduracaksın şimdi. Çabuk söyle de kurtar beni.

Aydınlık gözlerinden nurlu yüzüne doğru, mutluluk ve şükür yaşları sıraya dizilmişti.

– Mevla'ma hamdolsun, dedi masadaki gazeteye uzanarak. Bak haberi aynen okuyayım sana:

"Eğitimci-Yazar Arif Bahadır'ın kitaplarından bazıları, bir yıl boyunca çok satanlar listesinin ilk beşinde yer aldı. Bu yüzden *Eğitim ve Kültür Vakfı* tarafından yılın yazarı ödülüne layık görüldü."

Kendimi daha fazla tutamayarak ellerimi yüzüme kapadım, içimden kopup gelen büyük bir heyecanla gözyaşlarım akıverdi. "Rabb'im sana binlerce şükür olsun. Nereden nereye?" diyerek bir anda kendimi secdede buldum.

Ben kimim, yılın yazarı olmak kim? Bu bir ödül mü yoksa ağır bir sorumluluk mu? Bütün duygularımı şaha kaldıran içimdeki fırtınayla haykırıyordum:

"Yüce Mevla'm! Sen hiçbir kulunun emeğini karşılıksız bırakmıyorsun. Bu senin apaçık bir ikramın ve hediyendir. Rabb'im, bizi layık et! Verdiğin bu nimetleri de iman hizmetine vesile kıl."

Eşimle birlikte haberin duygusal iklimiyle gözyaşlarımız sellere dönerken bir telefon sesiyle kendimize gelmiştik. Arayan, doğup büyüdüğüm kasabanın bağlı olduğu ilin valisiydi.

– Tebrik ederim hocam, dedi samimi bir ses tonuyla. Başarınızla onur duyduk. Kitaplarınız burada da elden ele dolaşıyor. Halkımız sizi hem hemşehri olarak hem de bir yazar olarak çok seviyor.

Çalışmalarınızı basından takip ediyoruz; ne yazık ki defalarca davet etmemize rağmen sizi buralarda görmek mümkün olmadı. Yurt içi ve yurt dışında imza programlarına katılıyorsunuz; fakat sizi kendi doğduğunuz topraklara bir türlü getiremedik. Hâlbuki buradaki gençlerin size çok ihtiyacı var. Sizi en kısa zamanda buradaki öğrencilerle ve gençlerle buluşturmak istiyoruz. Bu vesileyle de başarınızı biz de küçük bir ödülle taçlandırmayı arzu ediyoruz.

"Memleket" sözü açılır açılmaz, hayatımın dayanılmaz acıları bir film karesi gibi gözümün önünden geçmeye başlamıştı. O günlerde yaşadıklarımın hayali bile içimi kor gibi yakmaya yetmişti.

– Vali Bey, dedim kalbimi yerinden oynatan acı içinde. Oralar benim doğduğum ve çocukluğumun geçtiği yerler; ama bu güzel vatanın en ücra yerlerine kadar gidip de oralara gelmeyişimin bir sebebi var.

Çocukluğum oraların kahredici ve amansız çaresizliğiyle geçti. Öylesine dayanılmaz acılar, çileler ve ızdıraplar çektim ki bir daha dönmek istemiyorum. O toprakların her adımında yıkılan hayallerim, biten umutlarım ve dökülen gözyaşlarım var. Eğer oraların dereleri, tepeleri, ağacı, taşı dile gelse benim neden bir daha dönmek istemediğimi çok iyi anlatırlar.

Şu anda bir nebze kabuk bağlamış olan binlerce yaramın, yeniden kanamasından korkuyorum. Bu öyle bir dram ki yürekler parçalayan bu hazin öyküyü bir daha yaşamak istemiyorum. Ne olur bu dayanılmaz hayat filmini bana tekrar seyrettirmeyin.

– Hocam, hepsini biliyoruz, diye üsteledi Vali Bey. Zaten sizi de bunun için çağırıyoruz. Burada umudunu yitirmiş, başarısızlığı kabullenmiş gariban öğrenciler, sizin başarı öykünüzü dinlesinler de onların da içine bir ümit ışığı doğsun. Belki de bu, birçok genci ve öğrenciyi yüreklendirir, içlerinde yeniden "başarma" azmi oluşur. Bu yörenin buna çok ihtiyacı var. Sizi en kısa zamanda bekliyoruz hocam.

Telefonu kapattığımda bir kelime bile konuşmaya takatim kalmamıştı. Sanki çocukluğumu ezip geçen o acılar silindiri, yeniden iş başı yapmıştı.

Her zor günümde en büyük destekçim olan eşim, içimin yangınını söndüren o şefkatli bakışlarını gözlerime dikti.

– Bence Vali Bey'in söylediklerini iyi düşünmemiz lazım, dedi. Sen o zor günler sayesinde buralara geldin. O acıların yeniden tazelenmesine bedel, onlarca çaresizin önünü açıp onlara çare olmak için bu isteğe "Evet" demek, gerekmez mi?

Kendimi toparladım. Bir müddet düşündüm... Eşim doğru söylüyordu. Duygusallığı bir yana bırakıp acıları içime gömerek bu görevi yapmalıydım. Hayallerini bitirmiş, ümidini tüketmiş, geleceğinden bir ışık bulamamış onlarca Arif için değerdi.

Olup bitenlerin şokunu atar atmaz özel odasında ibadetlerle meşgul olan annemin yanına gitmiştim. Beni karşısında görünce her zaman olduğu gibi yine kollarını açıp:

– Geldin mi gözümün nuru, diyerek hasretle kucakladı beni.

Bu öyle bir duyguydu ki bütün dertlerime ilaç oluyor, bütün sıkıntımı sihirli bir el gibi anında silip süpürüyordu. Bu doyumsuz huzuru yaşamak için eve dönüşü iple çekiyordum.

– Allah kem gözlere uğratmasın oğlum, dedi. Başarıların beni hem sevindiriyor hem de korkutuyor. Bunun için gece-gündüz dua ediyorum.

Aldığımız davet nedeniyle, memlekete gitmemiz gerektiğini söyleyince annemin çocuklar gibi sevinci bizi çok şaşırtmıştı. Hâlbuki orada yaşadığı acı dolu hayatla bir kez daha yüzleşmemek için yıllardır dönmek istemiyordu. Ama bu ani isteğin önemli bir sebebi olmalıydı.

Hayatı boyunca davranışları ve nasihatleriyle bizlere örnek olan annem, yine bizleri şaşırtacak ibretli bir senaryo yazıyor gibiydi. Belli ki ileriki günler, hayatımızı esrarengiz olaylarla sarsacağa benziyordu.

Gerek kasabada akrabaların kalmayışı gerekse orada yaşanan tarifsiz çileler nedeniyle, memlekete gitmeyeli yıllar olmuştu. Uzun bir aradan sonra yeniden yollara düşmüştük. Hele annem, bir cennet müjdesi almış gibi sevincinden âdeta uçuyordu. Bu durum garip ve çok gizemli geliyordu bize.

Çaresizlik ateşinde yeşererek büyüdüğümüz topraklara, şimdi çare olmak niyetiyle dönüyorduk.

Kasabaya Varış

Yol boyunca beynime hücum eden çocukluğumun o dayanılmaz sahneleri, kalbimi sıkmaya, içimi daraltmaya ve gözümü yaşartmaya devam etmişti.

Allah'ım, yeniden bu acıya, bu heyecana nasıl dayanılır!

Yetimliğin, kimsesizliğin ve mağduriyetin mengenesi içinde yaşadığım o yılların kabuk bağlayan yaraları, yeniden kanamaya başlamıştı.

Hele annemin gözleri bir saniye bile durmadan, sicim gibi yaşlar döküyordu. Cehennem azabına benzeyen çektikleri çileler, bütün acımasızlığıyla gözünün önünde canlandığı, o kor gibi yakıcı hatıraları yüreğinde hissettiği belliydi.

Otobüs bizi memlekete ulaştırdığında, yalnızca yaşadığım o yılların acımasızlığını değil, soğuk havanın da keskinliğini içimde hissetmiştim.

Tören salonuna ilerlerken etrafımda sevgi gösterisinde bulunan hemşehrilerimin ve okuyucularımın heyecanıyla ayağım taşa takılıp buz tutan sudan kayarak bir anda kendimi yerde bulmuştum.

İşte yine aynı kasaba, yine müthiş bir soğuk ve yine yetim Arif yerdeydi...

Bu sahne öyle tanıdıktı ki beni ta ilkokul yıllarıma götürdü. Sanki hayat filmimin o dram dolu sahneleri, kasabanın ana caddesine kurulan dev bir ekranda yeniden oynamaya başlamıştı.

Karşımda, o vicdansız adamın beni ölesiye dövdüğü o amansız dayak sahnesi duruyordu.

Bayıltan Dayak

Yüzümde patlayan şiddetli bir tokat darbesiyle birkaç adım öteye savrularak üzeri buz tutmuş olan su birikintisine yuvarlanmıştım. Kasabanın tek ve küçük caddesinin ortasında, alnıma ve burnuma çarpan iki taşın açtığı yaradan, boynuma doğru kanlar sızıyordu.

Aralık ayının içimi titreten buz gibi havasında, soğuk suya temas eden küçücük bedenimin yavaş yavaş donduğunu hissediyordum.

Beni acımasızca tekmeleyen iri yarı o adam, derme çatma tahtalardan yapılan ayakkabı boya sandığımı da yere çarparak darmadağın etmişti. O dayanılmaz acı içinde kendimi unutmuş, çamurlara saçılan boyalarımın derdine düşmüştüm.

Ağzından küfürler savura savura beni ölesiye döven o adamdan merhamet dilercesine başımı kaldırır kaldırmaz, sol böğrüme inen bir tekme, bir anda nefesimi keserek beni cansız yere sermişti.

Allah'ım! Bir türlü çıkmıyordu soluğum. Sanki göğsüme binlerce ton ağırlık çökmüştü de altında amansızca can çekişiyordum.

Uzun boylu, haşin suratlı ve geniş cüsseli boyacı Zeyrek, çamurlara belenmiş küçük bedenimi bir yandan insafsızca tekmeliyor bir yandan da küfürler savurmaya devam ediyordu:

"Ben sana kaç defa dedim, bu cadde bana ait, burada ayakkabı boyama diye. Ben buranın on yıllık boyacısıyım. Başka kimseye ekmek yedirmem. Bir daha seni buralarda görürsem iki bacağını ayırır, seni böcek gibi ezerim, tamam mı?"

Son savurduğu tekme de tam kafama isabet etmişti. Bir anda kalbimin durduğunu, beynimin yerinden fırladığını hissettim. Başımın acısı bıçak gibi mideme saplanmıştı. Ardından şiddetli bir bulantı, göz kararması ve kulak çınlaması... Sonrasını hatırlamıyordum.

Gözlerimi açtığımda kasabanın sağlık ocağında olduğumu anladım. Genç ve temiz yüzlü bir doktor, beni teselli etmeye uğraşıyordu:

"Üzülme kardeşim. Bir kaza geçirmişsin. Başında, burnunda yaralanmalar olmuş. Vücudunun çeşitli yerlerinde ezikler var; ancak hayatî bir tehlike yok. Burası bir sağlık ocağı, imkânları bu kadar. Yine de şehre gidip film çektirirsen iyi olur. Sonra ne olur ne olmaz."

Kafam, yüzüm, sol kolum sargı içindeydi. Vücudumda ise yüzlerce yere bıçak saplanıyormuş gibi dayanılmaz acılar vardı. Kendimi bile kaybettiğim bu tarifsiz ızdırap içinde doktoru zar zor anlıyordum. Şehre gidip film çektirmek... Hangi parayla? Kim götürecek?

Beni ölesiye döven o merhametsiz boyacı Zeyrek'le bir polis, yattığım odaya girince çocuk kalbim, bir katilin elindeki çaresiz bir kuş gibi yeniden çarpmaya başladı. İnsanın canını alacakmış gibi üzerime çevirdiği bakışlarda, hiçbir acıma ve insaf belirtisi yoktu. Sanki beni canlı bıraktığına bin pişman olmuş gibi bir hali vardı.

Polis, kendi kafasına göre yazdığı ifade tutanağını önüme uzattı:

"Mademki şikâyetçi değilsin. Öyleyse imzala şunu!" dedi.

Bıçak gibi bakışlar fırlatan boyacı Zeyrek, gözlerini benden ayırmıyordu. Sanki "İmzalamazsan daha fena yaparım" diyerek bir lokmacık canımı parçalayacakmış gibi gözdağı veriyordu.

İmzaladım.

Boyacı Zeyrek'le polis el sıkışarak bir zafer kazanmış gibi odadan çıktılar.

Dayanılmaz Bir Açlık ve Annemin Beklediği İlaç

Henüz ilkokul beşinci sınıfa gidiyordum, yetim ve kimsesiz bir çocuk olarak dertlerimle baş başa kalmıştım. Evde hastalığıyla amansız bir mücadele içinde olan anneme bu olup bitenleri nasıl izah edecektim?

Bir ekmek ve hasta anneme bir ilaç alma umuduyla ayakkabı boya sandığımı sırtlanarak evden çıktığımda ne umutlar taşıyordum. Ama şimdi lime lime doğranmış vücudum ve üzerime çullanan hayal kırıklığıyla ne yapacağımı bilmez haldeydim.

Sağlık ocağından çıktığımda ağrılarım dayanılmayacak kadar şiddetli, çaresizliğim ise had safhadaydı. O küçük bedenimle bunları göğüsleyecek durumda değildim.

Kırılan boya sandığımı almak için dayak yediğim caddeye çıktım. Sandığımın parçaları olduğu gibi duruyordu. O benim ekmek teknemdi. Kalbinde zerre kadar merhamet taşımayan boyacı Zeyrek bunu da çok görmüştü.

"Allah'ım ben ne yapacaktım şimdi?"

Hayatın zorluklarını ezberlememiş masum bir çocuğun içinden çıkacağı bir durum değildi bu.

Fırının önüne geldiğimde bir adım bile atacak mecalim kalmamıştı. Vücudumu hamura çeviren darbe yerlerinde, yüzlerce bıçağın girip çıktığı amansız ağrılar yükseliyordu. İliklerime kadar işleyerek bütün hücrelerimi ayağa kaldıran dondurucu soğuk ise elimin ve ayaklarımın canını yavaş yavaş çekiyordu.

Ya açlık? Dayanılır gibi değildi. Hele fırını karşımda görünce büsbütün kontrolden çıkmıştım. Ekmeklerin kokusu, sihirli bir el gibi beni kendine çekiyor; âdeta beynimi uyuşturuyordu.

Fırının tam karşısındaki kaldırımın köşesine, sokak ortasına terk edilmiş kimsesiz bir çocuk gibi siniverdim. Sabahtan beri bir lokma gitmemiş midemin isyanları içinde, gözlerim ekmeklerden başka hiçbir şeyi görmüyordu. Benim esas derdim sadece bu değildi. Etrafımı dağlar gibi saran, ruhuma paslı çiviler gibi saplanan, bir saniye bile aklımdan çıkmayan yalnızlığım ve çaresizliğimdi.

O küçük yüreğimle bu açlığa, bu drama dayanmaya dünden hazırdım; fakat ya evdeki annem? Onun iç parçalayan çırpınışları, sabahlara kadar inleyişleri...

Eğer eve bir ekmek ve ilaçla dönmezsem gece ben aç yatacak, annem ise acı içinde kıvranacaktı. Durmadan dua ediyordum:

"Allah'ım yardım et! Ben bu açlığa dayanırım, ancak annemin yürek burkan iniltilerine asla.

Ah, annem! Adı gibi Melek annem! Dertli annem!"

Gözlerim birer birer satılan ekmeklerde gezinirken hayal âlemine dalmıştım onca acıya rağmen…

Kaç ekmek yedim oracıkta? Anneme kaç ilaç aldım eczaneden? Kaç kez kapıyı açıp "İşte getirdim!" diye uzattım o şifa veren hapları? Bir ekmek, bir ilaç… İşte bizim mutluluk kaynağımız bunlardı.

Ne kadar gezdim bu hayal dünyasında bilmiyorum. Karnım doymuyorsa da bir nebzecik de olsa avutuyordu beni. Bununla teselli oluyordum.

Bir Merhamet Sahibi

Tükenmiş hayallerimi orada bırakıp çaresiz bir şekilde evin yolunu tutmaya hazırlanıyordum ki bir el yumuşacıkça dokundu omzuma:

– Evlat, diye bir sesle irkildim birden.

Başımı kaldırdığımda, bakışlarında şefkat ve merhamet pırıltıları uçuşan bir adam, beni süzüyordu.

– Evlat, sen bu soğukta donmuşsun. Niçin oturuyorsun burada?

Ne diyeceğimi bilemedim. Anlatacak o kadar şey vardı ki nereden başlayacağımı kestiremedim.

– Bu halin de ne çocuğum? Bir kaza mı geçirdin?

Sustum…

Dudaklarım titremeye, kalbim yeniden çarpmaya başladı. Belki de kimsesiz bir çocuğun psikolojisiydi bu. Birileri sahip çıktığında derhâl mutluluk gözyaşları coşuyordu kendiliğinden; ama bütün bu yaşlar şimdi içime akıyordu.

Keskin bakışlı, iyi kalpli bu adam, halimi derhâl anlamış olmalı ki:

– Evlat, senin kimsen yok mu, diye sordu.

Önce gözlerine baktım, sonra da başımı eğdim. Çünkü öylesine patlamaya, içimi dökmeye ihtiyacım vardı ki bir kelime bile etsem kendimi tutamayacaktım. Yutkundum, dişlerimi sıktım, kendimi frenlemeye çalıştım.

İçimi okuyan usta bir psikolog gibi elindeki poşetten bir ekmek çıkararak bana uzattı.

– Al çocuğum, dedi. Sen aç olmalısın. Afiyetle ye de için ısınsın.

Oturduğum yerde yüzlerce kez kurduğum hayallerimin baş aktörü olan mis kokulu ekmek, şu an gerçek dünyada ve önümdeydi; hem de bedava.

Bir ekmek... Birçok kişinin çöpe attığı ekmek, benim için hayat ilacı kadar kutsal ve erişilmezdi. İçimi büyüleyen, başımı döndüren kokusuyla bir servete bedeldi.

O anda hemen ekmekten bir lokma koparıp mideme indirmek istedim; lakin bir anda hasta annemin ikazı yankılandı beynimde:

"Oğlum! Hayatını alın terinle kazan. Kimseden parasız bir şey kabul etme. Hele izinsiz hiçbir şey alma. Aç da kalsan isteme. Hele hırsızlık, Allah korusun. Öl daha iyi..."

– Hayır, amca, dedim gözlerimi ekmekten ayıramayarak. Ben bunu kabul edemem.

Beni hüzün içinde seyreden adam birden telaşlandı:

– Niçin evladım, dedi. Bunu sana kendi rızamla veriyorum.

– Alamam...

– Peki, niye almıyorsun?

– Annem kimseden bir şey kabul etme, dedi.

– Ama çocuğum bunu parasız vermiyorum ki. Bugün para kazanamamışsın, yarın kazanıp verirsin.

– Sizi nereden bulacağım ben?

– Ben, seni bulurum, çocuğum.

– Hayır, annem kızar amca. Alamam ekmeği.

İri yapılı adam, şifa gibi gelen yumuşak sesiyle yanıma oturup ısrarını sürdürdü.

– O zaman, dedi. Başka bir çözüm bulalım. Benim ayakkabımı boyaman karşılığında bu ekmeği al.

– Olur!

Canı çekilmekte olan yaralı parmaklarımla, parçalanmış boya sandığının yanında, yarısı dökülmüş üçüncü kalite boyamla, orta yaşlı amcanın eski ayakkabısını boyamaya başladım.

Hızır gibi imdadıma yetişen bu amcanın niyeti, bana ayakkabısını boyatmak değildi. Ekmeğini kabul ettirmek için bu bir bahaneydi. Bunu, o çocuk aklımla bile fark etmiştim.

Sarılı başımı şefkat dolu eliyle okşadı. Yüreğinden çıkan bir sesle:

– Evlat, Rabb'im annene şifalar versin, sana da hayırlı ömürler nasip etsin, diyerek elime bir miktar para sıkıştırıp arkasına bakmadan uzaklaştı.

Kurumuş kanlarımla boyanan avucumu açtım. Verdiği para, tam da anneme ilaç alacağım miktar kadardı! Yani eve bir ekmek ve bir ilaçla dönebilecektim!

Bir çocuğun kaldıramayacağı kadar ağır bir felaketin ardından, küçük bir mutlulukla evin yolunu tuttum; fakat her yerime çiviler çakılmış gibi dayanılmaz bir ağrı içinde, kendimi taşıyamaz haldeydim.

Baba Hasreti

Bir elimde parçalanmış boya sandığım, bir elimde de kanayan kolumun kanlarının bulaştığı ekmek vardı. Kafam, burnum, sağ kolum ve sağ elim sargı içindeydi.

Ayakta duramayacak kadar perişan vaziyetime rağmen tek tesellim; anneme aldığım ilaçlardı. Bir taraftan onlara bakıp şükür çekiyor bir taraftan da anneme yapacağım açıklamayı zihnimde kura kura ilerliyordum.

Kasabanın ince ve uzun caddesinde babalarının elinden tutmuş giden arkadaşlarımı görünce onlara nasıl da imreniyordum. İçimi kavuran köz gibi bir özlemle mırıldanıyordum yine kendi kendime:

"Ah, benim de babam olsaydı! Beni kucağına basıp öpseydi, koklasaydı. Elimden tutup gezdirseydi. Ne ekmek ne de ilaç derdim olmasaydı…"

Hayal kurmak... Çocukluk dünyamın vazgeçilmez iksiriydi. Çaresizliğimi hayal kurarak çözüyor, kimsesizliğimi onunla gideriyordum. O, benim dert ortağımdı. Gerçek hayatta hasretini çektiğim arzumu, hülyalarda yaşamak… Hayal dünyası, belki de tek nefes aldığım âlemdi.

Annem, dünyalar iyisi bir melekti benim için. Onun bir gece rahat uyuması için nelerimi vermezdim ki!

O ve ben…

O dul bir kadın, ben ise yetim bir çocuk...

Bu dünyada yalnız iki insan… Himayesiz, korumasız, kimsesiz…

Canım annem neler çekmemişti ki…

Acılarla, ihanetlerle olgunlaşan annemin, dillere destan olan hayat öyküsünü hem kasabalı anlatırdı hem de kendisi… Yaşanan dehşet verici dramları yıllarca dinleyerek büyümüştüm. Kendimi bildikten sonra da ana-oğul, aynı çaresizlik ateşinde pişerek yeniden yeşermeye çalışmıştık.

Allah'ım! Buna ne can ne akıl ne de sabır dayanırdı. Bu düpedüz bir dünya Cehennemiydi.

Annem, Sokak Ortasına Terk Edilmişti

Kucağındaki üç aylık bebekle kapı önüne konulan annem, dedemin ve babaannemin ayaklarına kapanarak yeri göğü inletmişti:

"Kulunuz, köleniz olayım! Ellerinizi, ayaklarınızı öpeyim. Allah'tan korkun, merhamet edin. Benim suçumu söyleyin, size ne yaptım? Arımla, namusumla gelininiz oldum. Size bir leke sürmedim, bir yanlışım olmadı. Ben bunu hak edecek ne hata ettim ki beni yuvamdan kovuyorsunuz? Üç aylık çocukla ben ne yaparım? Gelin başımla sokak ortasında halim ne olur? Bana değilse şu masuma acıyın. Yeter ki beni evimden ayırmayın. Ömür boyu hizmetçiniz olurum."

Çıldırmış gibi kendisini yerden yere atan annemin feryatları, daracık sokaklarda yankılanarak tahta kapılı, kerpiçten yapılmış evlere ulaşıp kasabalının içini parçalamıştı.

Kucağındaki üç aylık bebeğiyle, taşlı ve çamurlu sokağın ortasına atılan annemi, komşular şaşkınlık içinde seyrederken yürekleri burkuluyor, vicdanları kanamıştı.

Güzelliği, boyu posu ve hanımefendiliğiyle kasabalının diline destan gelini annem, beni kalbine sokarcasına sımsıkı sarıp hayatını parçalayan bu beklenmedik dramın içinde, dedemlere yalvarmaya devam etmişti.

Bu beklenmedik durum karşısında şaşkına dönen kasabalı, dedeme ve babaanneme ricacı olup tepki göstermişlerse de kararlarını değiştirememişlerdi.

Hayatın henüz başında, gelin olmanın mutluluğunu yaşayamadan, dünyasına düşen ani bir yıldırımla neye uğradığını şaşıran annemin, bütün beklentileri ve hayalleri alev almış yanmıştı.

Annemle çocuğunu öyle bir hayat bekliyordu ki ne romanı yazılmış ne masalı söylenmiş ne de bir örneği ve emsali görülmüştü.

Babam, köyde, "Havalı" diye tanınan, gamsız, dertsiz, yakışıklı ve hayal âleminde gezen biriydi.

Binbir oyunla zor elde ettiği köyün en güzel kızını aldıktan sonra yine suları durulmamıştı. Kararsız, sebatsız, doyumsuz ve şükürsüz yapısı, anneme ancak altı ay yetmişti. Ona küçük yerler, kasabalar dar gelmiş. Kasabanın dağını, toprağını yetersiz görmüştü. Onun özlemi, büyük şehirler, büyük işler, çok paralar, içki, kumar ve sosyete kızlarıydı...

İffetli, namuslu, saygılı ve dini bütün bir gelin öyle bir insanın özlemlerini karşılamazdı tabii ki. Belki de çok zeki, atılgan ve çokbilmiş hali buna engel olmuştu. Her fırsatta "Ben büyük yerlerde avlanmalıyım" diyerek kafa dengi bir çevre ararmış, onun için de evlendikten altı ay sonra kasabayı terk ederek İzmir'e gitmişti; hem de gözleri sürekli yolda olan bu güzel ve masum geline hiçbir haber bırakmadan.

Canım annemin tek tesellisi bendim. O en zor anlarında beni doyumsuz bir şefkatle kucağına basıp benimle avunurdu.

Kolundan tutulup dışarı atılmasına rağmen yüreğinde sökemediği babamın gizli sevgisiyle yaşar, onu hep arardı.

Ah, bu özlem!

Gamsız Babam

Annem, babamı çok sevmişti; ama babamın durulmayan hali, dur durak bilmeyen yapısı, bu inceliği bir türlü anlayamamıştı.

Babam, büyük şehrin cazibesine kapılıp eşini ve çocuğunu çabuk unutmuştu.

İşini iyi yapan, zeki ve gösterişli bir görünüme sahip olması yüzünden kısa zamanda çevresinin dikkatini çekmişti. Hem çok kazanıyor hem de çok harcıyordu. Artık onun gözü, iffeti ve namusuyla kendi dünyasında yaşayan annemi değil, yapmacık ve aldatıcı davranışlarıyla insan avına çıkmış kadınları görüyordu.

Böylesi bir hayatı doyasıya yaşayabilmesi için de annemden bir an önce kurtulmayı düşünmüştü.

İnce ruhu, kıvrak zekâsı ve hayranlık uyandıran saflığıyla herkesin takdirini kazanan annemi çoktan defterden silmişti. Çünkü onun ilgisini böyle hanımlar değil, hayatı bütün günahlarla birlikte anlık ve günlük yaşayanlar çekiyordu.

Kendisini sürekli yanlış yollara iten şeytanî zekâsıyla bir plan yaparak derhâl uygulamaya koymuştu.

Babası ve annesine mektup yazıp çok güzel ve zengin bir bayanla tanıştığını, onunla evlenmesi halinde hem kendisinin hem de tüm ailesinin maddî zorluklardan kurtulacaklarını dile getirmişti.

Annemden boşanarak bu kadınla evlenirse aile fertlerinin gelecekle ilgili kaygılarının kalmayacağını, asla ekonomik açıdan sıkıntı yaşamayacaklarını anlatıp onları, kendine has üslubuyla ikna etmeyi başarmıştı. Bu şekilde, annesinin, babasının, bir erkek ve iki kız kardeşinin para, aş ve iş uğruna, annemden vazgeçmelerini sağlamıştı.

Parayı, her şeyin üstünde tutan dedem ve babaannem, bu teklifi tartışmasız kabullenmişlerdi. Ancak annemin ağabeyi gibi sevdiği amcam ve öz kardeşi gibi bağlandığı halalarım bu karara yeteri kadar direnmemişlerdi. Bu vefasız davranışlarıyla annemin gözünde onlar da birer suç ortağı olmuşlardı.

Hiçbir aklın, vicdanın ve ahlakın izin vermeyeceği bu yanlışlara kurban edilen annem, "Kocan seni istemiyor!" gerekçesiyle üç aylık bebeğiyle birlikte kapı dışarı edilerek tek odalı toprak bir evde yaşayan yaşlı annesinin yanına sığınmıştı.

Henüz on sekiz yaşında, dünyası başına çöken, hayalleri kül olan annem, hiç beklemediği bu ihanet karşısında kendisini harap edip intikamını gözyaşlarından alıyordu.

Bir Felaket Daha

Ne yazık ki felaket bununla da bitmemişti. Annemin gözlerini dünyaya yeni açmış minik yavrusuyla hiçbir sebep olmaksızın kovulduğunu duyan dayım Remzi, âdeta deliye dönmüş ve öfkesinden sinir krizi geçirmişti. El içinde kardeşinin aşağılandığı ve evden atıldığı haberi onu çılgına çevirmişti.

Kendisi de halam Zehra ile evli olduğu için bir felaket daha "geliyorum" diyordu. Çünkü dayım ile babam, birbirlerinin kız kardeşlerini aldıklarından bu felaket iki ailenin de geleceğini altüst edecekti.

Bunu fark eden halam, bu ayrılığın olmaması için neler yapmıştı neler... Günlerce dedeme ve babama yalvarmıştı. Eğer böyle bir hata yapılırsa kendisinin de geleceğinin kararacağını ve aynı akıbete uğrayacağını anlatmıştı. Maalesef gözünü ateş bürüyen dedem bunu önemsememişti.

Dayım, herkesin birbirini çok iyi tanıdığı küçük bir kasaba içinde dışarı atılan bir gelinin ağabeyi olmanın ezikliğine daha fazla dayanamayarak çok sevdiği eşine kapıyı göstermişti:

"Madem senin kardeşin benim kardeşimi sokağa terk etti. Sen de artık burada kalamazsın, baba evine dönmelisin."

Bu karar, geleneklerin baskısı ve "el âlem ne der?" endişesinin bir sonucu olarak mecburiyetten verilmişti. Birbirleri için yanan bu iki yürek, son kez sarılıp çocuklar gibi ağlaşmışlardı.

Halam da evden çıkmamak için kendini yerden yere atmış, dayımın ayaklarına kapanmıştı. Gözünden bile sakındığı eşini içi kanaya kanaya baba evine gönderen dayım, bu acıyı daha fazla görmemek için kendisini dağlara vurmuş; ama eve döndüğünde halamsız dünya âdeta başına çökmüştü. Yaptığına bin pişman olmuştu; fakat töre gereği bu düşüncesini gidip söyleyememişti.

Babamın yanlışlarına, kendi yanlışlarını da katan dedemin sebep olduğu bu felaket, yalnız annemi değil, kendi kızının da dünyasını karartmış, mutluluğunu yakıp küle çevirmişti.

Annem yavrusunu kucağına basıp annesinin yanına dönünce iki gün sonra da halam kendi ailesinin yanına sığınmıştı.

Dedem, herkesi şaşırtan o acımasızlığını bir kere daha göstererek gözü önünde gözyaşı döken halamı görmemek için daha aradan iki ay geçmeden iki çocuklu, yaşlı bir adamla zorla evlendirmişti. Ama halam bu evliliği asla kabullenememiş; sonunda da bunalıma girerek tekrar baba evine gelmişti.

Dayım ise bu ayrılık ateşinin dünyasını alev alev yakışı karşısında daha fazla dayanamayarak kasabayı terk etmişti. Kendisinden de uzun müddet haber alınamamıştı.

Annem ve Anneannemin Dramı

Tek odalı, toprak bir evde, hiçbir himaye ve destekleri olmayan annem ve anneannemin dramatik hali, küçük kasabada dilden dile dolaşır olmuştu. Bu vicdanları sızlatan durum, bazı insaflı insanları harekete geçirmiş; ama dedem asla geri adım atmamıştı. Ne kadar acımasız ve merhametsiz bir insan olduğunu bütün kasabalıya bir kez daha göstermişti.

Dedemin bu kadar katı ve duyarsız bir tutum sergilemesinin altında aslında başka bir sebep yatıyormuş. Babamın annemden ayrılma isteği ise yıllardır içinde sakladığı o gizli plana görünür bir kılıf olmuş.

Dedem gençliğinde anneanneme âşık olmuş; ancak annemin babası daha güçlü çıkarak dedemi saf dışı bırakmış. Dedem de o zaman "Ben de bu intikamı senden er geç alırım!" diye yemin etmiş. Bu yenilgiyi asla unutmayan dedem, annemin babası ölünce tekrar anneannemle evlenmek için teşebbüs etmişse de yine ret cevabı almış. Bunun üzerine dedem, intikam duygularını çaresiz bir geline yönelterek içindeki kini soğutmaya çalışmış.

Dedem, annemin gelin olduğu günden bu yana ona güler yüz göstermemiş, huzur ve rahat vermemiş. Sürekli olarak babama, "gelin bizi dinlemiyor, saygı göstermiyor, gelinlik yapmıyor!" gibi tamamen iftiralarla dolu şikâyetlerde bulunmuş. Annemi, babamın gözünden düşürerek onu defedeceği günü büyük bir hırsla beklemiş...

Zevk ve keyif dünyasında yaşayan babam ise büyük bir sorumsuzluk örneği sergileyerek dedemin isteğine alet olmuştu. Şu acı gerçeğe bakın ki baba-oğul annemi evden kovmak için birbirleriyle yarışmışlardı. İkisi de sokağa atılan bir gelinin yürekler parçalayan dramına bakmışlardı; ama içleri bile burkulmamıştı. Ama bilmiyorlardı ki "Mazlumun ahı, aheste aheste" çıkacaktı. Dedemleri öyle bir son bekliyordu ki bütün kasabalıyı dehşete boğacaktı.

Hayatın Trajedileri Sıraya Dizilmişti

Annemin evden kovuluşunun onuncu günü Cuma'ya denk gelmişti. Ben daha yüz günlük bir bebektim.

O Cuma bambaşka bir gün olmuştu. Yüce Allah'ın ibretli gazabının akılları susturduğu bir gündü. Bu hadise, âdeta yüz gün öncenin İlahî bir cezası gibiydi.

O gün, okyanuslardaki dağlar kadar büyük amansız dalgalar gibi annemin yüreği yine kabarıp coşmuştu. Ruhunda kopan fırtına, gözlerinde çetin yağmurlara dönüşmüştü.

Dışarıda ise âdeta gök delinmiş, aniden bastıran, görülmemiş bir tufan önüne çıkan her şeyi söküp atıyordu. Kasabanın küçük deresine sığmayan seller, yavaş yavaş evlere dayanmıştı. İhtimal ki dağda çalışmaya giden birçok insan telef olmuştu.

Annemin derdi bu tufandan daha beterdi çünkü. Onun içini yakan ateş binlerce kazanı kaynatacak şiddetteydi. O yağmur, o fırtına, o afet ne ki...

Tek odalı, toprak evde fırtınanın şiddetinden Allah'a sığınan annem dalıyordu çok derinlere.

Bebeği okuyup da ilim, irfan sahibi olsun diye Arif koymuştu adını. Beni her kucağına bastığında gözyaşları içinde dua ederdi:

"Arif'im, benim son direncim, son umudum. Mevla'mın bir hediyesi, hayatımın ilacı..."

Fakat o gün "Ne olur aç gözlerini" diye yalvarışının başka bir önemi vardı. Çünkü ben, çok hasta olmuştum. Göğsüm tutulmuş, nefes alamıyor ve ateşler içinde yanıyordum.

Canım annem, yüzünü minnacık yüzüme dokundurarak benimle konuşuyordu:

"Üşüdün mü gözümün nuru, ciğer parem? Sakın ha! Sakın! Arif'im beni yalnız koyup gitmeyi aklından bile geçirme. Ben sensiz yaşayamam. Bunca acı içinde tek sığınağım sensin. Sil o kötü düşünceyi aklından...

Arif'im... Ben ismini beğenerek seçmiştim. Kaynanam bu ismi koysun diye az mı yalvarmıştım görümcelerime. Onların fikriymiş gibi anne ve babalarına söylemeleri için ne kadar dil dökmüştüm.

Arif koydum adını ki *bilge* olasın. Gerçi benim adımı Melek koydular da ne oldu? Melek gibi günahsız, tertemiz ve güzel olsun demiş rahmetli babam... Oldu da kime yaradı? Sıradan bahanelerle kapı önüne konulmadım mı?

Şimdi hastasın Arif'im. Ne olacak, kime gideceğim bilmiyorum. Kapım yok bu korumasız kasabada.

Arif'im korkutma beni. Dışarıda bir cehennem, büyük fırtına, kucağımda sen ateşler içindesin. Korkutma beni!..

Ah, bu duruma nasıl dayanayım! Ah, o baban, gurbet ellerinde bizi unutan, vefasız! Hiç mi aklına gelmeyiz? Bu çocukla, bu kadın ne yapıyor, diye hiç mi merak etmez?

Biliyordum zaten beni kendine yar etmeyeceğini Havalım. Senin gözün hep dışarılardaydı. Aklın, fikrin sosyete kızlarındaydı. Benim gibi namuslu bir köylü kızı sana yetmedi. Yine de sana beddua edemiyorum. Tek dileğim Mevla'm seni ıslah etsin..."

Annemin bu söylenişleri, rüzgârın şiddetiyle kesilmişti. Camsız, naylon kaplı pencereye inen yağmur damlaları onun serzenişlerini yarıda bırakmıştı.

Sadece benim hasta olmam değildi annemi üzen, bir de anneannemin rahatsızlığı... Bir yandan da onunla ilgileniyordu cefakâr meleğim.

Ah, çilekeş annem, ah!

Yokluk da cabasıydı. Günlerce aç, ne sofra kuruluyor ne ekmek yiyor ne de bir sıcak yemek yüzü görüyordu.

En Büyük Sığınağı Namazdı

Bütün bu yokluk ve keder içindeki annemin gösterişli vücudu çökmüştü; karnı beline yapışmış, ışıl ışıl yanan gözleri sönmüş, al al yanan yanakları erimişti. Fakat bütün bu üzüntü içinde tek sığınağı dua ve namazdı.

Bütün dertlerini, umutsuzluğunu, elem ve kederlerini bıraktığı tek bir yer vardı o da seccadesi.

O fırtınalı gecede, kalkıp abdest almıştı. Eski bezden yapılmış seccadesini serip takatsiz ve bitkin vücudunu son bir hamleyle toparlayıp huzura varmıştı.

"Allahu Ekber" diye el bağladığında, sanki kâinattan çıkıp ruhlar âlemine uçuyordu. Kendini o manevî iklime öyle kaptırıyordu ki her namazda gözyaşları yanaklarına sicim gibi iner, kalbi İlahî huzurda heyecanla vurmaya başlardı.

"Namaz benim soluğum, huzurum ve ruhumun ilacı! Kalbimin acısı orada diniyor, içimin ateşi orada sönüyor" derdi.

"O'nun (c.c.) huzurunda el bağlamak, O'na halimi arz etmek, O'na yalvarmak, O'ndan istemek..."

Annem ne zaman çaresiz kalsa, ne zaman umutları tükense kalkıp abdest alır, Rabb'inin huzurunda, huzur dilenirdi.

O gece öyle bir namaz kılmıştı ki sanki bir saat içinde bütün kâinatı kucaklayarak doyumsuz iklimlerde seyahat edip geri dönmüştü. Ancak seccadesinin başında kendine geldiğinde yeniden acı dolu dünya duruyordu karşısında...

Gökleri yararcasına, yerleri oyarcasına yağan yağmur dinmiş, evleri birer deprem gibi sallayan fırtına da durmuştu. Ama Bu afetin çok can yaktığı belliydi.

Gittikçe kötüleşen annesinin başında, baygın vaziyette yatan bebeğini de kucağına basarak feryat figan ediyordu. "İki hasta birden. Ne olacak bu halimiz?" diye çaresizlik içinde çırpınıyordu.

Doktora gidecek paramız yoktu. Olsa da kim götürecekti? Elden gelen öğün olmuyordu ki o da zamanında bulunmuyordu zaten. Bunun için durup dinlenmeden yalvarıp yakarıyordu Yüce Allah'a:

"Bir çare Rahmetinden... Bir derman Kereminden... Bir yol İhsanından... Bir ümit yardımından..."

İyilik Melekleri

Hasta annesinin başında yine hayal yolculuğuna çıkıp çözüm ve kurtuluş umutları arayan annem, kapı sesiyle kendine gelmişti:

Gecenin bu saatinde içine saplanan bir ürpertiyle ayağa fırlamıştı. Sanki elinden almaya gelmişler gibi bebeğine sımsıkı sarılarak:

– Kim o, diye seslenmişti, dayanılmaz bir yürek çarpıntısıyla.

– Biziz Melek kızım, Davut Hoca.

Bu sesi duyunca heyecandan ne yapacağını şaşırmıştı, annem. Kapıyı aceleyle açıp:

– Buyurun Hocam, diye saygıyla eğilmişti önlerinde.

– Geceniz hayrola kızım.

– Hoş geldiniz, sizin de...

Davut Hoca ve eşi Kevser Hanım'a yer açmıştı, iki hastanın yattığı daracık odadan.

Davut Hoca, kırk yıl kasabada öğretmenlik yapmış, sonra da emekli olup yine burada yaşamaya devam eden bir âlimdi. Herkesin hem maddî hem de manevî rehberiydi. Gözü gönlü bol, şefkat ve merhamet abidesi bir insandı. Yardım etmediği, yol göstermediği bir Allah'ın kulu yoktu. Kasabanın büyük çoğunluğu onun talebesiydi. Bu yüzden Davut Hoca kasaba için tartışılmaz bir gönül insanı, bir yardım sembolüydü.

Eşi Kevser Hanım da yıllardır evinde genç kızlara ve hanımlara Kur'an ve iman dersi veren, onlara doğru yolu gösteren bir iyilik meleğiydi.

Kasabada doğruluk, dürüstlük ve yardım dendiğinde Davut Hoca ve eşi Kevser Hanım akla gelirdi. Bu yüzden kasabalı, küçükten büyüğe sayıp hürmet ederdi bu muhterem iki insana.

Dertleriyle baş başa kalan annemi ve çaresizce yatan hastaları sual etmeye gelmişlerdi. Önce annemin durumu sonra da kendilerinden geçmişçesine yatan hastalarla ilgili rahatlatan konuşmalar yapıp teselli eden Davut Hoca, asıl konuya gelmişti:

– Melek kızım, demişti. Annen ve bir çocukla birlikte zor günler geçirdiğini biliyorum. Buna biz de çok üzülüyoruz.

Ben kayınpeder ve kayınvalideni ikna etmek için çok uğraştım; lakin olmadı. Bu köyde bugüne kadar kimse benim karşıma çıkıp da hiçbir teklifime, hayır, demedi. Bu işin manevî mesuliyetini defalarca anlattığım halde kabul ettiremedim onlara.

Kaynın ve görümcelerin bu işe karşı gibi göründüler; ama onlardan da beklediğim desteği görmedim. Sonra çok pişman oldular; ancak ne çıkar. Ben bunu onlara da söyledim. Allah, namuslu bir kadının hiçbir suçu ve günahı olmadan çocuğuyla birlikte sokağa atılmasını asla tasvip etmez.

O aile yaptığı hatalardan geri dönmezse başına çok büyük bir felaket gelir; hem de çok yakın bir zamanda. İnşallah çok canlar yanmadan bu yanlışı düzeltirler.

Melek kızım sana gelince bil ki Yüce Allah, asla kuluna zulmetmez ve onu çaresiz bırakmaz. Hele bu hayatta yapayalnız kalmış, masum bir gelinle, günahsız bir çocuğu...

Bu başına gelenlerin çok hikmetli sonuçları olacaktır. Mevla'm kuluna Cenneti kazandırmak için dünyada ona imtihanlar verir. İnsan imtihanların şiddetine göre olgunlaşır, kemal bulur.

Kışı yaşamayanın yazın değerini bilemeyeceği gibi, aç kalmayan da ekmeği takdir edemez. Kış, yaz için lazımdır, açlık da ekmek için...

Huzur ve mutluluk, acı ve elemden sonra değer kazanır.

Allah da kullarını zor ve dar günlerden geçirdikten sonra huzuru bahşeder ki takdir etsin, değer versin diye...

Ben Rabb'in rahmetinden öyle bekliyorum ki senin imrenilen bir geleceğin olacak. Sana bugün zulmedenler ise sana ve çocuğuna muhtaç olacaklar.

Üzülme, Melek kızım! Sahibiniz ve kimseniz yok diye kahırlanma. Çaresizin çaresi, kimsesizin kimsesi Yüce Mevla'dır. O, kullarını herkesten ziyade düşünür.

Biz sana bugüne kadar yardım edip destek olmaya çalıştık. Ancak bugünden sonra da manevî anne-baba olmaya karar verdik. En ufak bir derdini Kevser Hanım'a duyur. Elimizden gelen her imkânla yanında olacağız.

Davut Hoca'nın o geceki teselli ve desteği annemi o kadar rahatlatmış ve mutlu etmişti ki ilk kez geçici de olsa kafasındaki kara düşünceler dağılmış, kalbini tırmalayan endişeler gitmiş, hayalindeki kara bulutlar silinip kaybolmuştu.

Yakıcı Haber

O gece rahat bir gece geçiren annem, sabah namazından sonra da ilk kez derin bir uykuya dalmıştı; ancak çok sürmeden uğultu ve bağrışmayla kendine gelmişti. Evin kapısı hızlı hızlı dövülünce yine korkudan kendinden geçmişti.

"Neler oluyor?" diye derhâl kendini toparlayıp kapıyı açtığında, komşu kızı ve arkadaşı Dilber'le karşılaşmıştı.

– Ah, sen misin, demişti derin bir soluk alarak...

Dilber, annemin kasabadaki tek can yoldaşıydı. Sır saklayan, kıymet bilen, vefalı bir dosttu o. Yüzündeki telaştan kötü bir haber getirdiği belliydi.

– Bir şey mi oldu, diye atılmıştı annem.

Dilber'in gözlerinden yaşlar damladı, damlayacaktı:

– Evet, Melek Abla, dedi. Çok kötü bir şey olmuş.

Annemi bir titreme tutmuştu oracıkta... Yaşadığı acılar yüreğini öylesine dağlamıştı ki en ufak bir şey bile çok etkiliyordu annemi.

– Yoksa ağabeyimden kötü bir haber mi var, diye üstelemişti endişeyle arkadaşına.

– Abla, köy harabeye döndü, baksana etrafa?

Evler yıkıldı, köprüler uçtu, ağaçlar söküldü, çalışmaya gidenler derenin öbür tarafında gece boyunca suda mahsur kaldılar. Sabah olunca anlaşıldı felaketin boyutu.

Duymuyor musun şu bağrışmayı, çağrışmayı?

Annem, Dilber'in asıl söylemek istediğini, söyleyemediğini anlayınca yeniden üstelemişti.

– Kız, sen başka bir haber vereceksin; ama beni bir anda üzmek istemiyorsun değil mi?

Dilber, ela ve çekik gözlerinden patlayan yaşları göstermemek için başını önüne eğmişti.

Annem, gördüğü bunca ihanete ve eleme rağmen içinden söküp atamadığı hasretini düşünmüştü birden.

– Yoksa Havalı mı?

Dilber gözlerindeki yaşları elinin tersiyle silerek bakışlarını anneme dikmişti.

– Yok, Melek Abla, dedi... Havalı'dan bir haber duymadım.

– Ya ne?

Dilber, yeniden başını önüne eğip hıçkırmaya başlamıştı. Bir türlü söyleyemiyordu veya böyle bir haberin nasıl verileceğini bilmiyordu. Bu yüzden kelimeler boğazına düğümlenmiş, öylece bekliyordu, donmuş bir put gibi.

– Hadi, demişti annem içini kemiren bir acıyla. Hadi söylesene Dilber... Biliyorsun ki yüreğim yaralı benim. Senin gibi metanetim yok artık. Söyle de öldürme beni.

– Melek Abla, dünkü tufandan sizinkilerin evi çökmüş. Kaynın Yakup Ağabey ile Görümcen Selma Abla ölmüş, kayınpederin ve kayınvaliden de yaralı olarak çıkarılmış.

Bu ibretli haber karşısında annem, melek ruhuyla yine de "yaşları gençti, yazık oldu" diye kendini yiyip bitirmişti.

Yapılan o korkunç hatalar karşısında bundan daha büyük mesaj olur muydu? Ama ölmesi gereken küçükler değildi. Belki de Yüce Allah büyüklere daha ibretli imtihan hazırlamıştı.

Annem bunları düşünürken aklına şimşek gibi bir düşünce saplanmıştı ...

Umutsuz Bir Hayal

Bir umut... Umutsuz bir umut... Acaba bu mümkün müydü?

Neden olmasın? Kadir olan Allah'ın nelere gücü yetmez ki!

Annem bütün olurları bitirince denize düşen yılana sarılır misali olmazların da hayallerini kurmaya başlamıştı.

"Havalım, cenazeye gelir mutlaka" diye geçirdi içinden. "Peki, beni ve çocuğunu merak etmez mi? Bu ölümler onun vicdanını da yumuşatmaz mı? Ben hata ettim, demez mi?

Evlendiğimiz gün bana verdiği sözleri, dünya parçalansa, kıyametler kopsa, önüme servetler yığılsa seni kimselere emanet edemem, diye ettiği yeminleri hiç aklına getirmez mi?

Olur, belki de... Belki de yaptığı yanlışları düşünür; onlar benim canlarım, der. Hem hiç görmediği çocuğunu merak eder, kucağına basıp koklamak ister.

Allah'ım ne olur bunlar hayal ve düş olmasın. Her felaketten bir hayır çıkar, derler... Sen nelere kadir değilsin ki! Bu iki hasta ortasında, çaresiz bu kuluna medet Allah'ım!"

Dedem Hâlâ Uslanmamıştı

Cenazeler kaldırılacaktı o gün... Bütün kasaba toprak altında kalan bu iki gencecik insana ağlıyordu.

Babaannem küçük sıyrıklarla kurtulurken Ahmet dedemin ayakları kırılmıştı. Olan da amcam ve halama olmuştu.

Cenazeye gelen bütün kasabalının aklında ve dilinde şu sözler dolaşıyordu:

"Bu, Melek gelinin ahı... Ama bunu iki günahsız değil, asıl suçlu olan Ahmet Ağa ödemeliydi!"

Davut Hoca da çok yalvarmıştı dedeme:

"Ahmet Ağa, zulüm insanı abat etmez, kahreder. Lanetli bir insan olarak bir ömür sürmektense masum duasıyla bir gün yaşa yeter. Unutma ki Rabb'im tokadını öyle bir vurur ki yıllar boyu destan gibi söylenir, durur."

Nitekim çok geçmeden öyle de oldu. Şimdi dedem iki çocuğunu kaybetmiş, ayakları kırılmış bir halde inliyordu. Babaannem ise yaşadığı bu ani felaket karşısında kedini kaybetmişti.

Olayı duyan babam ise felaketin ikinci günü damlamıştı kasabaya; cenazeye yetişebilmişti.

Dilber, babamı görür görmez anneme koşup:

– Geldi Melek Abla, geldi, diye kapıyı çalmıştı.

Annem bu haber karşısında her şeyi bir çırpıda unutup fırlamıştı ayağa. Bir çocuk gibi bağırmaya başlamıştı.

– Havalım mı? Kurbanı olduğum Havalım geldi öyle mi? Gel de kurtar beni Havalım! Şu yüreğim ilk günkü gibi çarpıyor. Bir türlü içimden çıkmıyor hayalin. Ne kadar beni silsen de ben seni unutamıyorum. Bütün bu olanlara rağmen ben sana küskün değilim. Gel artık Havalım gel!

Annem içini alev alev yakan bu haberin ateşiyle Dilber'e sarılmış, yaralı dünyasının özlemini arıyordu. Belli ki bu, yürek parçalayıcı olaylar, annemin yüreğindeki aşkı söküp atamamıştı.

Her ne kadar babam sosyete kızlarının hayalini kuruyor, büyük şehirlerde hayaller peşine geziyorsa da Melek gelin bıraktığı yerde, o sevdanın koruyla yanıyordu.

Cenazeden sonra Davut Hoca babamı yanına çağırarak bir şeyler konuşmuştu. Bunu gören Dilber, durumu anneme iletmiş, dünden beri yüreği pır pır eden annem, daha da umutlanmıştı.

Aradan iki-üç gün geçmesine rağmen ne babam gelmiş ne de bir haberi...

Hasret ateşinin yüreğini kavurduğu annem, son bir umutla babamın önüne çıkmayı tasarlamıştı kendince. Dilber'in de yardımıyla bir akşamüzeri babamla bahçe yolunda karşılaşmışlardı.

Annemin Yıkıldığı An

Bahçe yolu özel bir yerdi annem için. Nişanlılık döneminde babam, annemi hep orada bekler, güzel sözlerini orada söyler ve türkülerini orada mırıldanırdı. Bahçe yolu bu sevdaya sır ortağı olan bir mekândı.

"Belki merhamete gelir diye seni de kucağıma alıp koştum bahçe yoluna" derdi annem.

Babamla karşılaştığı o anın heyecanını kaç kez anlatmıştı, Melek annem içi yana yana:

"Havalı, dağdan geliyordu bahçe yoluna doğru. Mezarlıkta kardeşlerini ziyaret etmiş, üzüntülü ve durgundu.

Onu bir anda karşımda görünce ateş düştü yüreğime. Başımdan aşağı dökülen kaynar sular, kalbimi bir köz gibi dağlamaya başlamıştı. İçimde kopan fırtına öylesine korkunçtu ki sanki yüzlerce keskin bıçak vücudumu lime lime doğruyordu oracıkta.

Günlerdir, gecemi gündüzümü cehenneme çeviren bu ayrılık acısı bir anda nefesimi kesmişti. Kucağımdaki bebekle ayaklarına kapanmıştım.

Kanlılar gibi yalvararak onu insafa getirmeye çalışıyordum:

'Kurban olayım Havalım. Beni çiğnemeden geçemezsin bu yoldan.

Hiç mi vidanın yok senin? Ne günahım var ki beni attın sokağa? Şu kalbimin bir dili olsa da neler çektiğimi sana anlatabilse.

Kulun, kölen olayım. Ne olur bizi almadan gitme! Eğer bizi terk edeceksen öldür de kurtar. Bu acıyla yaşayamam ben.'

Önce durakladı, sana (minicik bir bebektin o zaman) baktı; sonra da hiçbir şey söylemeden çekip gitti.

Bütün umutlarımın toz bulutu gibi savrulduğu o an, zaman durdu, kanım dondu ve beynime ılık bir uyuşturucu akmaya başladı. Saniyeler içinde içimi tutuşturan alev bütün dünyamı küle çevirdi.

Bu dayanılmaz dramla kendimi yerden yere atarak vücudumda morartmadığım ve parçalamadığım yer kalmamıştı.

Kendime geldiğimde, sen bir komşunun kucağındaydın, ben ise kanlar içinde yatıyordum.

Bahçe yolunda yaşadığım bu iç parçalayan felaketi duyan Davut Hoca ve eşi Kevser Hanım imdadıma koşmuşlardı. Beni evlerine taşıyıp sahip çıkmışlardı. Günlerce kendime gelememiştim.

Davut Hoca'nın o maddî yardımları ve teselli̇leri olmasaydı benim halim ne olurdu? En zor zamanlarda bile beni şükre ve teslimiyete davet ederdi:

'Kızım, unutma ki hadiselerin iki yönü vardır. Bizler ancak bir yönünü görüp karar vermekteyiz; ama görünmeyen hikmetli yönleri ortaya çıktığında secdelere kapanıp hayretler içinde kalacağımız kadar ibretli güzellikler ortaya çıkacaktır.

Bil ki evladım, her kul, farklı bir şekilde imtihan olur. Her imtihan ise kulun sabrı ve tevekkülü ile ölçülür. Başa gelen her kötü şey, sonuç olarak kötü olmayacağı gibi, her iyi şey de iyiyle bitmeyecektir. Unutma ki her kışın bir baharı, her gecenin bir sabahı vardır.'"

Davut Hoca'nın bu eşsiz desteğiyle bir nebze soluklanan annem için çetin günler sıraya dizilmişti. Öyle zor günler kapıya dayanmıştı ki ne yürekler dayanabilir ne kalemler yazabilir ne de kulaklar dinleyebilirdi.

Katmerli Bir Bela: Zeynel Ağa

Anneannemin hastalığı çok ilerlemişti. Artık kendinde değildi. Arif ise bir türlü düzelmiyordu. Annem sıkıntılı bir dünyada, çaresiz çırpınışlarla bir yol, bir kapı arıyordu.

O günlerde bir akşam, yine dünyasını altüst edecek, gamlara, kederlere boğacak kahrolası bir haber almıştı.

Kapının vurulmasıyla irkilen annem:

– Akşamın bu vaktinde hayırdır inşallah, diye fırlamıştı yerinden.

Kapıyı açmakta tereddüt edip biraz gecikince:

– Melek gelin, Melek gelin biziz, diye seslendi dışarıdaki kişi. Biziz, biziz... Kızımla, ben... Zeynel Ağa... Hal hatır sormaya geldik.

Zeynel Ağa, kasabanın en zengini, en art niyetlisi ve çok belalı bir insandı. Onun kimseye yardım ettiği, hiç kimsenin elinden tuttuğu, hiçbir derde çare olduğu görülmemişti.

Bu dar vakitte hal hatır soracağım diye çıkıp gelmişti. Bu, yetmişlik adamın ömür boyunca yaptığı bir iyilik değildi.

Annem bu adamın sesini duyar duymaz; sanki çökmüştü oracığa... Bir türlü eli kapıya gidemiyordu korkudan...

– Aç gelin, aç, diye üsteliyordu Zeynel Ağa durmadan. Çok kalacak değiliz. Senin ve Sevde Kadın'ın duasını alalım dedik, o kadar.

Annem kapıya yaklaşarak:

– Gündüz buyurun, şimdi anam çok hasta. Çocuk da keyifsiz... Bu vakitte onları toparlayamam.

– Gelin hanım, bilirsin gündüz koşuşturmaktan vakit bulamıyorum. Buraya kadar gelmişken şöyle ayaküstü yüzünüzü görüp bir hayır dileyelim, sonra da çekip gideriz.

Kasabanın en zengin, en kudretli şahsiyeti olan Zeynel Ağa'nın bu ısrarı karşısında annem kapıyı açmak zorunda kalmıştı.

Yanında getirdiği kızı Güllü Hanım da elli yaşında bir kadındı. Beyini üç yıl önce vurdukları için babasıyla birlikte kalıyordu.

Annem daracık odada bu beklenmedik misafirlere oturacakları kadar yer açmıştı.

– Vah, vah, zavallı gelin vah... Hele şunların haline... Sevde Kadın'ın durumu iyi değil. Allah bilir; ama o gidiciye benzer. Çocuk da iflah olmaz bu gidişle. Bunların acilen bir doktora gitmesi lazım. Et kadar yavrucak, bu ateşe nasıl dayansın!

Çok üzüldük çok... Seni bu yaşta, bu güzelliğinle sokak ortasına bırakmalarına çok üzüldük.

Zeynel Ağa uzun uzun nutuk çekiyordu. İyilik, yardım, şefkat ve insanlık adına ne kadar güzel şeyler varsa bir bir sıralıyordu.

Nasıl oldu da acımasızlığıyla ün yapan Zeynel Ağa merhamet postuna bürünmüştü. Çok sürmeden dilinin altındaki baklayı çıkarmıştı.

– Şimdi gelelim asıl konuya, diyerek başlamıştı bu vakitte niçin geldiğini anlatmaya. Biz düşündük kızım Güllü'yle, şöyle karar kıldık aramızda.

Senin halin ortada. İki hasta arasında sen daha beter olmuşsun. Sana bir yardım, bir destek lazım. Bu da konu komşuyla olmaz. Bilirsin ki elden gelen yardımla insan ayakta kalamaz.

Bu hayat yükünü yalnız başına taşıyamazsın. Sana güçlü, kuvvetli, varlıklı bir aile destek olmalı; hem hastalar şifa bulmalı hem de seni yalnızlıktan koruyup kollamalı.

Annem, gecenin bu saatinde bir an önce defolup gitmesi için suratını asarak ve bakışlarını sertleştirerek Zeynel Ağa'ya duygusal baskı yapmaya çalışıyordu.

Ama Zeynel Ağa, böyle nezaketli şeylerden anlamazdı. O ne söz dinler ne de halden bilirdi.

– Diyeceğim o ki diye son cümleyi söylemeye başladı Zeynel Ağa. Benim hatun rahmetli oldu. Kızım da beyini kaybedince yanıma sığındı. Baba-kız huzur içinde yaşıyoruz. İstedik ki sen de bize katılasın. O zaman hastalar da tedavi edilir, sen de bu çekilmez dertlerden kurtulmuş olursun.

Yani seni nikâhıma almak isterim. Bu devlet kuşuna, hayır, demezsen kasabanın anlı şanlı gelini olursun.

– Allah yazdıysa bozsun, diyerek atılmıştı, daha fazla dayanamayarak annem. Siz çıldırmış olmalısınız. On sekiz yaşındaki bir gelini, yetmişlik yaşına nasıl layık görürsün?

Siz buraya gelmediniz, ben de bunları duymadım. Şimdi buyurun... Sizin hiçbir şeyinize ihtiyacımız yoktur.

Zeynel Ağa çok pişkin biriydi. Bu sözleri hayatı boyunca öyle çok duymuştu ki hiç oralı olmamıştı bile.

– Haklısın tabii, dedi. Ateşin taze. Belki biz acele ettik. İstersen bu anlattıklarımı iyice düşün; ama şunu da unutma. Bu kasabada bana düşman olan da yaşayamaz, benim dostum olmayan da. Ben, "hayır", kelimesine alışık değilim. Hele kovulmaya hiç.

Eğer dediğimi yapmazsan bu kasaba sana dar olur, açlıktan bu evde geberip gidersin. Belki de namus ve iffetini de kaybedersin...

Zeynel Ağa, ağzından saçılan köpüklerle bitirmişti sözlerini. Kızının elinden tutuğu gibi çıktı dışarıya. Son sözü de kızına söylemişti:

– Üzülme evladım, o bu teklife, hayır, diyemez. Yoksa hayatı ona zindan ederim.

Onlar gitmişlerdi, ama annemin dünyası korkudan altüst olmuştu. Sabaha kadar baygın bir hâlde yatan anneanneme sarılarak "Ya iyileş ya da beni de götür" demiş, çocuklar gibi feryat etmişti.

Başına öyle bir bela açılmıştı ki annemin, bununla baş etmesi mümkün olmayacaktı. Artık önünde iki yol vardı: ya Zeynel Ağa'nın karısı olup hayatını zindan edecek ya da ölümlerden ölüm seçecekti.

Bunu kimseye de söyleyemezdi. Adı çıkarsa ne yapardı?

İçini yakan bu derin sızı her gün biraz daha artıyordu. Zaten Zeynel Ağa'nın kızı da her gün gelip giderek, "Kararını ver, babamın sabrı taşıyor" diye de tehdit etmeyi ihmal etmiyordu.

Esrarengiz Bir Ziyaretçi

Müslümanların bayram ettiği, günahların af olduğu, arş kapılarının çalındığı bir Cuma gecesiydi...

Annem, İlahî bir iklime dalmış, geceyi seccadesinin başında ibadet edip niyazlarda bulunarak geçirmeye başlamıştı.

Başına gelen bunca acının psikolojik baskısı altında, ekmek ve sudan da kesilmişti. Doğru dürüst bir şeyler yiyemiyordu. Yemek istese de evde kuru bir ekmek, birkaç avuç bulgurdan başka bir şey yoktu. Hal böyle olunca da Biricik Arif'ine süt olmuyor, bebeğini bir türlü doyuramıyordu.

Bir ara, günlerdir ateşler içinde yanan bebeğine biraz süt bulmak için komşuya çıkmıştı.

Annesi Sevde Hanım da iyice ağırlaşmış, neredeyse nefesleri sayılır hale gelmişti. Annemin tek korkusu, annesiz bu hayatta yapayalnız ne yapacağıydı.

Yarım saat kadar komşuda oyalanmıştı süt almak için... Her zamanki gibi Dilber ve annesi kendine yardımcı olmuşlar ve elindeki şişeyi sütle doldurmuşlardı.

– Nasıl öderim bu hakkınızı, demişti annem ezile büzüle...

– Komşunun komşuda hakkı var kızım, diye cevap vermişti Dilber'in annesi Habibe Hanım.

Bilesin ki muhtaçlara verilen bir lokma ekmek, batmanlarla rızık olarak tekrar döner. Aslında sen bizim bir şeyimizi eksiltmiyorsun evladım. Tam tersine evimize bereket getiriyorsun. Duymuşsundur kızım, misafir rızkıyla beraber gelir. Birini yer, dokuzunu bırakır, gider.

Her zaman kapımız sana açık. Sen bizim bereket kaynağımızsın. Senin sayende biz de bol bol rızka kavuşuyoruz.

Habibe Hanım'ın bu yakınlığı annemi çok duygulandırmıştı.

"Allah'ım! İki cihanda da böyle insanları komşu et" diye mırıldanmıştı...

Anneannem çok hasta olduğu için gittiği yerde fazla kalamayan annem, yarım saat içinde tekrar eve dönmüştü.

Tek odalı, duvarlarının sıvası inmiş, penceresi naylonla kaplı, hurda kapılı evin önüne gelir gelmez, kapıdan dışarı çıkan Davut Hoca ve eşi Kevser Hanım'ı görmüştü. Bu mübarek gecede, daha yanlarına varmadan bu nur yüzlü, iyi niyetli iki melek insan hızla evin ardına dolanıp uzaklaşmışlardı.

"Allah, Allah!" diye söylenmişti şaşkınlık içinde. "Demek yine anamı sual etmeye gelmişler, ama niçin beni beklemeden gittiler? Acaba beni görmediler mi? Ama bu imkânsız aramızda on metre bile yoktu."

"Belki de..." diye düşünmüştü annem. "Belki de beni fark etmiş olabilirler. Ne de olsa yaşlı insanlar..."

Telaşla içeri giren annem, yatağında ağır hasta olarak bıraktığı anneannemin üzerine merakla eğilmişti.

Yüzü başka bir nurlanmıştı bu sefer... Öyle bir ışıltı vardı ki yanaklarında; sanki on sekizinde gösteren bir genç kız gibiydi.

Aylardan beri ilk defa annesini böylesine rahatlamış, yüzü aydınlanmış ve hafif tebessüm ederek bulmuştu. Yatağa da öyle uzanmıştı ki hiç göremediği bir yayılmaydı bu.

Günlerdir baygın, kendinden geçmiş bir halde yatan annesinin duyamayacağını bile bile:

– Anneciğim nasılsın, diye seslenmişti; belki de son bir umut, son bir mucize bekleyerek. Ama yine ses yoktu...

Elini alnına koyduğunda, önceden ateş gibi yanan teninin buz kestiğini anlamıştı. Gözleri kapalıydı, nefes de almıyordu.

Beynine girip bütün vücudunu aniden harabeye çeviren o anlık duygunun dehşeti içinde "Anne!" diye atılmıştı, kendini yırtarcasına.

"Sakın beni bırakıp gitmeye niyetlenme? Bu yurtsuz, yuvasız kızını düşün. Beni almadan hiçbir yere gidemezsin."

Üzerine kapanmıştı, can havliyle... Vücudu tir tir titremeye başlamıştı. Ellerini eline aldı, kulağını kalbine dayadı, yüzünü okşadı, damarlarını tuttu; ama annesi ebedî hayata çoktan uçup gitmişti. Yetmiş yıllık ömür sona ermişti.

"Kurban olayım anneciğim," diye bıraktı kendisini. "Bu kimsesiz, bu çaresiz kızını kime emanet ettin? Kim kapısını açacak bize, kim halimizi soracak, kime dertlerimi anlatacağım? Anne... Ne olur anne... Bana bir iyilik et de beni de götür, beraberinde... Bu zalim dünyada bu bebekle bana yer kalmadı. Anne bu kızın çok darda! Çok darda anne!.."

Komşusu Dilber Hanım ve annesi koşarak gelmişlerdi, annemin bu feryadına... Ondan sonra da küçük oda komşularla dolmuştu.

Gelenler arasında Davut Hoca ve eşi de vardı.

– Evladım başın sağ olsun, Yüce Allah mekânını Cennet etsin, diye sarılmıştı boynuna Kevser Hanım. Birkaç gündür uğrayamadık. Son günlerde daha da ağırlaşmış olmalı.

Annem Kevser Hanım'ın bu sözlerine bir anlam verememişti.

– Nasıl olur teyze, dedi. Ben sizi Davut Hoca'yla birlikte daha bir saat önce bizim evden çıkarken görmüştüm.

Kevser Hanım şaşırmıştı. Yanında bulunan eşi Davut Hoca'ya dönüp:

– Duydun mu Hoca Efendi, Melek gelin neler söylüyor?

Davut Hoca'nın dudaklarında manalı bir tebessüm oluştu ve yaşlı bakışlarını esrarlı bir şekilde dikti dünya ötesine.

– Gelin doğru görmüş hanım, dedi. Bu kadar tertemiz bir hayat süren bir kulun son anında melekler ordusu inmiştir. Son nefesindeki imanına şahit olmak ve son andaki acısını hafifletmek için teselli etmeye gelmişlerdir. Bazı melekler ise çok çeşitli hikmetlere binaen insan suretinde görünürler. Biz rahmetlinin dünya ve ahiret kardeşi olduğumuz için belli ki bizim suretimizde görünmüşler.

Yoksa onlar biz değildik evladım. Bizim gibi kusurlu insanların ne haddine?

İlmi gibi alçak gönüllülüğü ile de meşhur olan Davut Hoca çok büyük bir gerçeğe işaret etmişti.

Ya Cennetin ya da Cehennemin başlangıcı olan son nefes!

Anneannem Allah'ın hoşuna giden bir hayat sürmüş olmalıydı ki son anda onu melekler yolcu etmeye gelmişlerdi; hem de en sevdiği iki insan suretinde.

Bu gizemli olaylar karşısında annem samimi bir şekilde şükretti.

"Ömrü çilelerle geçen anam bari ahirette rahat etsin. Çok sevdiği babama kavuşsun" diyerek teselli bulmuştu.

İmam Efendi'nin İbretli Konuşması

Cenaze evden alınmış, ikindi namazını müteakiben camide namaz kılınmıştı. Namazı kıldıran kasabanın imamıydı.

Namazdan sonra imam efendinin yaptığı kısa ve düşündürücü konuşma, sanki cemaat içinde birilerine mesaj verir tarzdaydı. Bütün kasaba halkının önünde anneannem için söyledikleri çok ibretli ve çok anlamlıydı:

"Müslüman kardeşlerim!" diye başlamıştı. "Görüyorsunuz ki önümüzde bir mevta durmakta. Dünya imtihanı bitmiş, ahiret yolculuğuna çıkmış. Ölüm yalnızca bir son değil, sonsuz bir hayatın da başlangıcıdır.

Şu musalla taşında, uzanmış yatan Sevde Hanım bizi duymaktadır. O melek gibi bir hayat sürdü ve biz de ona şahit olduk. Ömrü boyunca kimseyi incitmedi, kırmadı ve üzmedi. Hep yardımları ile mazlumlara destek oldu. Şimdi o kabre konulacak, yanına Münker ve Nekir melekleri gelecek. İlk sorgusu yapılacak. İlk dosyası hazırlanacak.

Artık arkada bıraktığı hiçbir malın, mülkün yardımı olmayacak. Yanında sadece iyi ve hayırlı ameller olacak.

Arkasında saraylar bırakan zalimler ile yurtsuz ve yuvasız giden mazlumlar, kabirden başlayarak o büyük mahkemeye kadar hesap verecekler.

Bu kasabada ömrü zalimlikle geçenler de sonunda bu tabuta girecek, ayaklar altında ezilenler de..."

Cenaze omuzlara alınırken ayrılık vakti gelmişti. Annesinden ayrılmak, etin kemiğinden ayrılması gibi anneme acı veriyordu; ama o çok iyi biliyordu ki annesi için çile ve ıstırap dönemi bitmiş, huzur ve rahat dönemi başlamıştı.

Anneannemin cenazesinde İmam Efendi'yi dinleyenler arasında Zeynel Ağa da vardı. Sanki o konuşmalar ağaca, taşa yapılmıştı, hiç üzerine alınmamıştı bile söylenenleri. Cenazenin ardından daha üç-beş gün geçmeden kızını tekrar göndermişti annemin yanına...

Arif'i için Kendini Feda Edecekti

Zeynel Ağa'nın kızını karşısında görünce hiç şaşırmamıştı annem. Çünkü Zeynel Ağa'nın tehditleri artmıştı son günlerde...

Kızı elindeki mendili anneme uzatarak:

– Babam gönderdi, demişti gayet soğukkanlı bir şekilde... İçinde altın ve para var. Altınları sen tak takıştır, parayla da oğlunu doktora götür. Ağam iki gün mühlet verdi. Eğer "Hayır" derse adını çıkarırım, dedi.

Yine buz kesmişti annem. Etrafı demir çubuklarla örülü bu dünyada yapacağı bir şey yoktu. Güvendiği, sırtını dayadığı müşfik bir el kalmamıştı.

– Sizde hiç mi vidan yok, diye tutmuştu Güllü'nün kollarından. Siz hiç Allah'tan korkmaz mısınız? Bir insanın onuru, namusu ve hayatı parayla satılır mı?

Sen de evlendin, senin de beyin vardı. Bunu en iyi sen anlarsın. Bir kadının duyguları parayla ölçülür mü hiç?

Ne olur sen yardım et. Bu günahsız çocukla bana cehennem hayatı yaşatma. Babanı ikna et. Ben de kadınım, de. Sevgi parayla alınmaz, de. Şu günahsız çocuğun hatırı için ne olur?

Babasından aldığı emri, bir demir ruhuyla ileten ve asla yumuşamayan Zeynel Ağa'nın kızı, son sözünü tekrarlayarak çıkmıştı kapıdan.

– Sen bilirsin, ya adın çıkar ya da razı gelirsin.

Annem arkasından bağırmaya devam etmişti:

– Olmaz böyle şey. Olmaz böyle rezalet. Yapamam bunu ben. Sevmediğim bir yaşlıyla hayatımı paylaşamam.

Havalım henüz hayattayken onun emanetine el sürdüremem. O beni her ne kadar terk ettiyse de ben onu terk edemem.

Olduğu yere yığılmıştı yine annem, bütün direncini bitirerek. Elini Yüce Allah'a açıp yalvarmaya başlamıştı:

"Allah'ım! Ya beni namusumla, çocuğumla yaşat ya da tertemiz al şu canımı!"

Bu öyle bir çaresizlikti ki bir taraftan çok hasta bir bebek tedavi için para bekliyordu diğer taraftan da Zeynel Ağa'nın zalimliği paslı bir çivi gibi yüreğine saplanmıştı.

Komşusu Habibe Teyze'ye gitmişti akıl almak için. Olanları anlattı bir bir...

Güngörmüş kadının, bu içler acısı manzara karşısında anneme söyledikleri daha da kötüydü.

"Güzel yavrum," demişti. "Ben Zeynel Ağa'yı iyi tanırım. Onun dini imanı paradır. Eğer istediğini elde edemezse dediğini yapar hiç çekinmeden. Daha da olmazsa üzerine iki köpek salar adını çıkarır. Bundan sonra da el içine çıkamazsın.

Ortada iki yol var: ya çocuğunu kurtarıp kendini Zeynel Ağa'ya kurban edeceksin ya da çocuğunla birlikte bu hayatı bir cehennem çukuru gibi yaşayacaksın.

Keşke daha iyi bir yol olsa da söyleyebilsem."

Çocuğu için başka yolun kalmadığını gören annem, kendini feda etmeyi düşünmeye başlamıştı. Bütün umutlarını tükettiği ve çaresizlik girdabında sağa-sola savrulduğu o günün gecesinde aklını susturan, kanını donduran esrarlı bir olayla karşılaşmıştı. Bu öyle bir olaydı ki gördükleri ve yaşadıkları karşısında günlerce kendine gelememişti.

Akılları Durduran Bir İşaret

O gece kıyameti kopmuş gibi dünyası başına çöken annem, bunalmış başını seccadesine koyup saatlerce yalvarıp gözyaşı dökmüştü Rabb'inin huzurunda. Kur'an'ı göğsüne basarak "Bu mukaddes sözlerin hatırına beni Zeynel belasından koru Allah'ım!" diye inlemişti kendinden geçercesine.

Gece geç vakit, ölü bir ceset gibi yatağa girerken "Acaba ne yapmalıyım? Eğer çok çaresiz kalırsam çocuğum için kendimi kurban etmeli miyim? Yoksa başka bir yol mu bulmalıyım?" gibi düşünceler, beynini kemirmeye başlayınca ömür boyu bir saniye bile unutamayacağı esrarlı sahneler yetişmişti imdadına.

Seccadesinin başında takati tükenen anam, başını ot dolu yastığa koyar koymaz, uyku ile uyanıklık arasındayken evin tahta kapısının açıldığını görmüş. Güzeller güzeli bir görüntü içinde rahmetli annesini bulmuş karşısında. O şefkatli kollarıyla sarmıştı annemi.

"Anan kurban olsun" diye öpmüş, koklamış annemi; hatta öyle inanılmaz bir atmosfer içinde olmuş ki kucaklaşma, annesinin kokusunu ve sıcaklığını hissetmiş.

– Ana, sen ölmedin mi, diye sormuş gördükleri karşısında.

– Yok, ana kurban ben ölmedim. Beni Davut Hoca ve eşi aldılar çok güzel bir şehre götürdüler. Orada kimler yok ki... Hep mübarek insanlar... Baban da orada...

– Ana beni de götürün, kurbanın olduğum. Beni de al. Başıma Zeynel Ağa musallat oldu. Ateşlerde yanıyorum ne yapacağım diye... Ana kurtar beni bu beladan ne olur.

– Korkma kızım, demiş saçlarını okşayarak. Zeynel Ağa hiçbir şey yapamaz. Allah'a güven. O'na inan. O'na teslim ol. Bu sıkıntıların bitecek. Korkma sonun iyi olacak inşallah.

– Anneciğim...

Kendine geldiğinde odada hiç kimsenin olmadığını gören annem, yeniden tutulmuş heyecan ateşine; bu bir rüya mı, hayal mi yoksa bir hakikat miydi, diye.

Anneannemin vefatından önce Davut Hoca ve eşinin evden çıkışı gerçekmiş meğer. Bu insanlar veli veya ermiş olmalı...

Bu Müjde, Bir Ömre Bedel

Annemin ilk işi sabahleyin Davut Hoca'ya gitmek olmuştu.

– Zeynel Ağa, beni sıkboğaz ediyor, demişti. Adımı çıkarmasından korkuyorum. Çocuğum için bu lanet adamın belasına razı olayım derken dün gece böyle bir rüya gördüm Hocam.

Derin ilmi, tecrübesi ve keskin duygularıyla eğmişti başını önüne Davut Hoca:

– Rahmetli ananı demek biz günahkârların görüntüsüyle melekler aldı, Cennet şehirlerinde sevdikleriyle buluşturdu.

Demek rahmetli şehit gibi, ne ölüm acısını ne de kabir azabını gördü. O bunu zaten hak etmişti melekleşen hayatıyla...

Gördüğün rüya bile olsa doğru görmüşsün. Korkma, âlemlerin Rabb'i kendisini seven bir kulunu bir zalime çiğnetir mi? Bilesin ki mazlum kul elbet bir gün abat olur, zalim kul da elbet bir gün berbat olur. Nitekim öyle de oldu.

A benim gelin kızım... Sen duymadın mı?

Annem merak içinde sormuştu:

– Neyi Hocam?

– Bugün jandarmalar kasabaya geldiler, iki sene önce öldürülen Kazım Ağa'nın katili olarak Zeynel Ağa'yı ve kızını tutuklayıp götürdüler. Yani onlar artık adaletin pençesinde. En az 20–30 yıl kara delikte çürüyecekler.

Annem bu haber karşısında heyecandan bir anda kollarını açıp:

"Ya Rabb'i, Sen çok büyüksün... Ya Rabb'i, Sen çok merhametlisin... Ya Rabb'i, Sen çok adilsin. Sen darda kalmışların yardımcısısın. Ya Rabb'i, ben sana nasıl şükredeyim!.." diye çocuklar gibi sevinç çığlıkları atarak kendinden geçmişti.

Zeynel Ağa felaketinin ortadan kalkmasıyla annem çok rahatlamıştı. Minik Arif de sanki kara bulutların dağılmasını bekliyormuş gibi iyileşmeye başlamıştı.

İlim ve İbadet Sevinci

Annem, komşu Habibe Hanım, Davut Hoca ve eşinin desteğiyle tek odalı evde kendine mütevazı bir dünya kurmuştu. Komşularının bağ, bahçe ve ev işlerine giderek kendine yetiyordu artık...

Ama içini köz gibi yakan yalnızlık; özellikle de derinden derine kaynayan Havalısının aşkı asla bitmiyordu. Kapıdan kovulmasına, yüzüstü bırakılmasına rağmen Havalının sözü açıldığında içine ılık bir sevgi akıyor, kalbi yaramaz bir çocuğun elindeki kuş gibi çırpınmaya başlıyordu.

O günlerdeki tek tesellisi ise kucağındaki Arif'iydi. Çoğu zaman onunla büyük bir adam gibi konuşarak dertleşiyordu. Hele yürümeye başladığı gün, onun için bir kuvvet kaynağı olmuştu. Sanki artık kendisini bir ordu koruyormuş gibi güvende hissediyordu.

Davut Hoca'nın eşi Kevser Hanım'ın Cuma günü kadınlarla yaptığı sohbet başka bir feyiz kaynağıydı. İple çekerdi o günü. Kevser Hanım o kadar güzel konuşmalar yapıp nasihatler ederdi ki bütün hanımlar kendilerinden geçer ve zaman zaman da gözyaşlarına boğulurlardı.

Kevser Hanım, öğretmen emeklisi olan beyi gibi hem hafız hem de dedesinden çok iyi bir medrese eğitimi almış âlim bir insandı. Özellikle de fıkıh, adap bilgisi, Davut Hoca'dan geri kalmazdı. Çok da iyi Arapça konuşurdu.

Her dersinde bir İslam âliminin örnek ve çileli hayatını anlatıp günün sıkıntılarına çareler sunardı. Kevser Hanım'ın babası Bediüzzaman Said Nursî Hazretleri'nden istifade etmiş bir insan olduğu için kendisi de sohbetlerinde *Risale-i Nur* kitaplarından okur, sık sık da sabır ve şükür konusunu işlerdi. Bu da annemin en çok ihtiyacı olduğu hususlardı.

Hele Kur'an'ı ve Peygamber'imizi anlatan *Risale* dersleri, annemi büsbütün cezp eder, dersin sonuna kadar gözyaşı dökerdi. Bu yüzden annem bir Kur'an ve Peygamber aşığı olmuştu.

Bir gece namazını kılıp dua ederken "Acaba bir gün Efendimizi rüyada görüp şefaatine nail olabilir miyim?" diye içinde o kadar şiddetli bir arzu uyanmıştı ki âdeta bu istek bir ateş gibi genzini yakıp beynine sıçramıştı.

Yatsı namazını kıldıktan sonra yine o gece, derin bir tefekküre dalmıştı. Neler düşlememiş ve neler istememişti ki?

Bu yokluktan kurtulmak... Kucağında iki yaşına gelmiş olan çocuğunu büyütmek, adam etmek... Daha iyi bir kul olmak için güvenilir bir eve sahip olmak... Her gün kapısını aşındıran insanlar karşısında çaresiz bir gelin olmaktan kurtulmak... İmanla anne ve babasına kavuşmak...

Ne ibretlidir ki aklında cirit atan bu binlerce düşünce arasında, kendini bu çıkılmaz hayat şartlarına iten ne kayınpederi ne kayınvalidesi ne de Havalısına en ufak bir beddua bile etmemişti.

O kanayan yara her aklına geldikçe "Allah onları ıslah etsin..." diyordu.

Namazdan sonra daldığı bu doyumsuz düşünce ikliminde Cenneti hayal ederken kendinden geçmiş, tatlı bir uykuya dalmıştı.

Peygamber Aşkı

Kendisini bir anda, vefat etmiş insanların dünyasında bulmuştu. Tam bir keşmekeş vardı o âlemde. Dayanılmaz azaplar, yürek yakan cezalar, feryatlar, yalvarışlar... Umutsuz insanların umut çığlıkları...

Genç yaşında vefat eden arkadaşı Elif'i görmüştü annem. İki hasretli yürek sarmaş dolaş olmuştu herkesin kendini yitirdiği o gizemli dünyada.

– Çok şükür kurtuldum, demişti anneme. Annen-baban da kurtuldular; ama kaynın ve görümcen zordalar. Onların hesabı çok büyük!

– Burası çok kalabalık, bu insanlar niçin toplandılar, diye sormuştu annem.

– Bugün Peygamberimiz konuşacak. O'nu dinlemek için geldiler.

Binlerce güneş ışığı bir araya gelmiş gibi gözleri aciz bırakan şiddetiyle her taraf tarifsiz bir aydınlığa bürünmüştü. Bu bir ışıktan ziyade bir nur, bir haz, bir lezzet iklimiydi. Herkes o tarafa doğru akıyor, Efendimizin şefaatine nail olmak için birbirini çiğniyordu.

Kulaklara şifa dağıtan, gönüllerin yangınını söndüren, kalplere huzur saçan o büyülü ses tonuyla:

"Asırlardır Kur'an söylüyor, diye çınlamıştı, bütün duyguları şaha kaldıran o tarifsiz sedası.

Ben söylüyorum, hadiseler söylüyor, her asırda ümmetimi irşat etmekle görevli âlimlerim söylüyor.

Bu hakikatleri dinleyenler kurtuldu; ama bazıları hâlâ duymuyor, anlamıyor. Göz göre göre Cehennemi tercih ediyorlar.

Onlar bilmez mi ki Allah insanları dünyaya bir imtihan için gönderdi. Onlar bilmez mi ki her nimetin bir hesabı olacaktır. Onlar bilmez mi ki hayat onların elinde olmadığı gibi ölüm de onların elinde değildir. Ne zaman öleceğini bilemeyen insanlar, niçin ölüme hazırlık yapmazlar?

Allah'ı tanıyan, O'na kul olanlar kurtulmuşlardandır; Allah'ı unutanlar ise kaybetmiştir.

Kim ki Kur'an'ı dinler, sünnete uyar, benim varislerim olan âlimlere tabi olur, o zaman şefaatimize nail olup imanını kurtarır.

Allah'a dayanan korkmasın. Her şey onun için dost olur. Allah'tan uzaklaşanlar ise titresin. Çünkü her şey onların düşmanıdır."

Annem, babasını ve annesini göremeden uyandığında her tarafı sırılsıklam ter içinde kalmıştı. Rüyanın âdeta hücrelerine kadar işleyen o esrarengiz tesiri karşısında su olup akmıştı.

Davut Hoca bu rüyayı dinleyince ağlamaya başlamıştı.

– Ben bu rüya için kaç ömür vermeye hazırım, diye annemi onurlandırmıştı.

Nasıl ki Sahabeler, Efendimizin yıldızları gibidir. Kim onlara uyarsa doğru yoldadır. Allah'a kalpten bağlanmış olur. Ömrünü Kur'an'a, Sünnete ve imana adayan din büyükleri de öyledir. Onlar da insana ışık olurlar, yollarını aydınlatırlar.

Din ulularından bazıları tarikat yoluyla kalplerdeki kirleri, küfürleri temizlerler, gönülleri Allah'a bağlarlar... Diğer bir kısım din büyükleri de Kur'an öğretirler, hafız yetiştirirler, kitabımızın faziletini nesilden nesile aktarırlar. Başka mübarek kullar da topluma iman, ahlak ve ilim kazandırmak ve gençleri başıboşluktan kurtarmak için eğitim yuvaları, okullar ve öğrenci yurtları yaptırarak onların Allah'a yakışır bir kul olmaları için gayret sarf ederler.

Kur'an hakikatlerini günümüzün ihtiyacına göre sunmak için tefsir yazan Bediüzzaman Said Nursî gibi zatlar da toplumun manevî hastalıklarını tedavi ederler.

Bütün bunlar Allah dostlarıdırlar. Hangisine tabi olursan nefsin ve şeytanın zulmünden kurtulursun.

Annemi İsteyen Âlim

Annemle evlenmek isteyen çok oluyordu. Ama o herkese aynı cevabı veriyordu:

"Ben hayatımı, çocuğuma adadım."

Lakin genç, güzel ve namuslu bir kadın olması sebebiyle, teklifler bitmiyordu. Bu sefer ki çok farklıydı. Hemen reddedilecek cinsten değildi. Çünkü Davut Hoca aracı olmuştu:

"Ben her şeye kefilim kızım," demişti yanındaki orta yaşlı gösterişli adamı işaret ederek. "Hiç evlenmemiş değerli bir din âlimi... Sana iyi bir koca, çocuğuna da iyi bir baba olur. Her zaman nimetler kapıya gelmez. İstersen hemen cevap verme. Birkaç gün düşün, taşın..."

Mantıkla bakıldığında Davut Hoca'nın sözleri doğruydu; ama annemin kalbinde, ruhunun ta derinliklerinde kök salan Havalısının sevdası vardı. Ondan başkasını düşünmek istemiyordu.

Yol ortasında kendini çiğneyip geçen bir insandan daha ne umut beklenirdi? Lakin aşkın, sevginin, özlemin, mantığı ve aklı yoktu işte...

Çok düşünmüştü annem... Çocuğu için, kendisi için, geleceği için... Ama şu yüreğine söz dinletemiyordu.

– Olmadı, demişti Davut Hoca'ya... Biliyorum benim iyiliğim için çalışıyorsunuz; ama olmuyor. İçime söz geçiremedim.

– Tamam, kızım, üzme kendini. Bir insanın içine sinmedikten sonra saraylar viranedir, içine sindikten sonra viraneler saraydır; ama başka bir mesele var.

Mazlumun Ahı!

Yine annemin içine "küt" diye bir korku oturdu.

– Fena bir haber mi Hocam?

– Evet, fena bir haber... Rabb'imin ibret sahnelerinden biri... Mazlumun ahı arşa kadar yükselir, demişler. Senin de ahın arş kapılarını zorladı, hükmü bu kadar çabuk oldu.

– Ne oldu hocam, çok merak ettim.

– Kızım biliyorsun ki iki yıl önce göçükte ayakları kırılan kayınpederin tedavi için gittiği İzmir'de fazla kalamadı, tekrar döndü; ama durumu iyi değil. Bacakları kangren olmuş, kesilme ihtimali varmış.

Davut Hoca esas konuya gelmek için birkaç kez öksürdükten sonra anneme dönmüştü.

– Ahmet Ağa, işin ciddiyetini artık anlamış olmalı ki dün bana haber gönderdi: Gelin için aracı ol da buraya getir, ondan helallik dilemek istiyorum!

Annemin yüzü birden sapsarı kesilmişti. Hayatını altüst eden, gençliğini Cehenneme çeviren dedeme karşı isyanını kontrol edememişti.

– Helallik ha, demişti.

– Ne demişler kızım: Mevla görelim neyler, neylerse güzel eyler. Daha iki yıl olmadan aile fertleri, armut gibi birer birer düşmeye başladı. Çocuğunun babası da çoktan düşerdi; ihtimal ki ona karşı hiç beddua etmedin; hâlâ onu koruyup kolluyorsun.

Ne ibretlidir ki bu zor hayat şartlarına iten kayınpederi, kayınvalidesi ve Havalısına en ufak bir beddua bile etmemişti annem. O kanayan yara her aklına geldikçe "Allah onları ıslah etsin..." derdi.

Annem utancından eğmişti başını yere...

– Hazırlan da yarın öğle namazından sonra gidelim. Kayınpederin ameliyata gitmeden önce görüşelim.

Annem Davut Hoca'nın bu teklifi karşısında sarsıldığını hissetti. Hiç beklemediği bu durum karşısında ne yapacağını şaşırmıştı.

– Bilmem ki Hocam... Nasıl dayanırım, beni kor gibi yakan günlerin yeniden tazelenmesine...

– Evladım, onların hataları, zulmü ve kabul edilmez yanlışlıkları yalnız senin değil, bunu duyan herkesin yüreğini yaktı, lanetini çekti. Rabb'im onları yaptıkları davranışlardan dolayı cezalandırdı. Onları toplum önünde ibretli bir film gibi yerlere serdi, pestile çevirdi. Şimdi onlar acınacak halde yatağa mahkûmlar. Sen ise bunca dayanılmaz çilenin ardından ayaktasın, onların karşısına onurlu bir gelin olarak çıkacaksın. Eminim ki içini yakan ateş, onların çaresiz durumları karşısında sönecek, yüreğin buz gibi serinleyecek.

Saf, temiz ve hiç kin tutmayan annem, Davut Hoca'nın bu teklifine hiç itiraz etmemişti.

– Peki, Hocam, demişti. Siz nasıl isterseniz öyle olsun.

Hiç hayalinden bile geçirmediği bu durum, annemi, dayanılmaz bir heyecan cenderesine itmişti. Kovuluşundan iki yıl sonra ailenin bu duruma düşmesini ve kendisinden özür dilemek için çağrılmasını rüyasında bile görse inanmazdı.

Ey Rabb'im, sen nelere kadir değilsin ki!

Dedemlerin iki katlı toprak evine yaklaştıklarında annemin kalbi yerinden sökülecekmiş gibi vurmaya başlamıştı.

Bu öyle bir vuruştu ki sanki binlerce tonluktaki bir vinç, göğsüne amansız darbeler indiriyordu.

Bu heyecan kasırgası karşısında daralan içi öylesine kendisini sıkmıştı ki bir anda terler boşalıverdi. Vücudunun her yanı saniyeler içinde sırılsıklam olmuştu.

İki yıl önce bir cani gibi dışarı atıldığı evin toprak çatısı uzaktan görününce bütün hücreleri ayağa kalkarak bedenine binlerce bıçak saplanmış gibi, acı içinde kıvranmaya başlamıştı.

Hele her gün iki kez su getirmek için evden çıkıp köy çeşmesine indiği yolun sapağına ulaşınca Allah'ım buna can mı dayanırdı? O anda sayısız anıları beynine hücum edip o günlerde yaşadığı tatlı hatıraları birer hasret közü gibi yüreğini pişirmeye başlamıştı.

Aşkının, hayallerinin ve özlemlerinin küle çevrildiği, evin iki kanatlı tahta kapısının önüne gelince âdeta zaman durmuş, iki yıl önceki "kovuluş sahnesi" kendisini bir anda yutuvermişti.

Bir anda nefesini kesen heyecan tufanı, bir adım daha atacak takat bırakmamıştı. O deliler gibi kendisini yerden yere atarak yalvardığı anları nasıl unuturdu:

"Kulunuz, köleniz olayım beni kovmayın. Ömür boyu hizmetçiniz olurum. Beni yuvamdan ayırmayın. Gelin başımla sokak ortasında ben ne yaparım? Hiç mi Allah korkusu yok sizde?"

Kendini parçalamış, başını taşlara vurmuştu. Şimdi tam o cehennem azabını yaşadığı yerde duruyordu.

Kulaklarında çınlıyordu Ahmet Ağa'nın sesi:

"Sustur şunu! Ne bağırıp duruyor, milleti başımıza yığacak. Alsın çocuğunu defolsun. Bir daha da gözümüze gözükmesin!"

Şimdi o kapının önünde, o uğursuz mekânda taş kesilmişti âdeta.

Baygınlık Geçiriyordu

Annem, o acı hatıraların dayanılmazlığı içinde neredeyse bayılıp düşecekti. Bir anda gözlerine inen simsiyah bir perde dünyasını karartmış, kulaklarında dayanılmaz bir uğultu oluşmuştu.

Yere düşmemek için yanında duran Kevser Hanım'a doğru uzanmıştı, ama tutunamamıştı. Tam yere yığılmak üzereyken yaşından beklenmedik bir çeviklikle Kevser Hanım atılıp kucaklamıştı annemi.

– Metanetli ol evladım, demişti. Bu sefer galip olan ve zafer kazanan sensin. Üzülme ve feryat etme sırası da onların.

Tahta kapıdan içeri girince iki katlı evin merdivenlerinden nasıl sürüklenerek aşağı indirildiğini, nasıl hareketlerle ite kaka atıldığını, bir film şeridi gibi tekrar yaşıyordu Meleğim.

Bunlar beynine kazınan ve asla hayalinden çıkaramadığı tarifsiz sahnelerdi. Kendini yerden yere vurarak merhamet dilediği, dedemin ayaklarına kapanarak "Öldür; fakat gönderme!" dediği o ruhsuz, taş merdivenlerdi.

Annem, bir anda benzi atmış, al yanakları sapsarı olmuş, dudakları hüzünle kurumuş ve deniz mavisi gözleri içine çökmüştü.

– Kızım kendine gel, diye tekrar çıkışmıştı Kevser Hanım.

Görüyorsun ki Yüce Allah her şeyi tersine çevirdi. Seni kapı dışarı sürenler şimdi özür dilemek için bekliyorlar. Bu Rabb'imin sana verdiği en büyük ödüldür.

Senin bu asaletini ve onurunu bir kez daha görünce kahrolacaklardır. Neyi kaybettiklerini çok daha iyi anlayacaklar.

Şu an, Allah'ın sana olan en büyük ihsanıdır, onlar için de bir ibret belgesidir. Unutma ki Yüce Mevla mağdur ve mazlumun hakkını zalimden taş ve sopayla değil, böyle ince hikmetlerle alır.

Kevser Hanım kolundan tutmuştu annemin o şekilde merdivenlerden ikinci kata çıkarken kucağında iki yaşındaki Arif'ini elinden alınacakmış gibi sıkı sıkıya göğsüne bastırıyordu.

Bıraktığı ev, viraneye dönmüştü. Kendi dönemindeki pırıl pırıl haliyle bu durumu kıyaslayınca bu evde nelerin değiştiğini anlamıştı. Göçükte yıkılan yerler yeniden yapılmış; ama her taraf bölük pörçük olmuştu.

Salona adımını atan annemin heyecanı beynini avuçlamaya başlamıştı. İki yıldan sonraki ilk görüntü, ilk bakış, ilk karşılaşma, artık içini paralıyor, kalbini kuş gibi uçuruyordu.

Hareket Edemeyen Ahmet Ağa

Gürlediğinde herkesi sus pus eden, sert bakışlarıyla çocukları kaçacak köşe aratan, emirleri bir testere gibi müsamahasız ve keskin olan dedem, canlı bir cenaze gibi yatağa uzanmış, vücudu erimiş, bitmişti. Kangren olmuş bacaklarının kesilmesi için gün sayıyordu. O kadar acınacak bir vaziyeti vardı ki yaşadığı acziyetin çıkmazında, dudakları yetim bir çocuk gibi hüzünle büzülmüştü.

Babaannemin ise o hükmeden ve haşmetli halinden eser yoktu. Bütün bu olaylarda parmağı olan ve beyi gibi acımadan, bu felaketi hazırlayan o dik başlılığı gitmiş, iri yanakları solmuş, gözleri çökmüş, parlak yüzü buruş buruş olmuştu. Kısmî felç geçirdiği vücudu et yığını haline gelmişti.

Dayımdan ayrılan Zehra Halam ise tam bir ruh hastası olmuş, kendini iç dünyasına kapatarak hiçbir şeye tepki vermeyen, canlı bir ceset haline gelmişti.

Üçü birden annemi karşılarında gördüklerinde tam bir kıyamet kopmuştu. Zalimin elinde esaret hayatı yaşayan üç masum insana bir kurtarıcı gelmiş gibi feryatlar, figanlar birbirine karışmıştı.

Utancından ellerini yüzüne kapatarak sarsıla sarsıla ağlayan dedemin; bir ateşe düşmüş gibi çırpınan babaannemin hali tam bir yürek faciasıydı. Zehra Halam ise ruhsuz bir ceset gibi bomboş gözlerle annemi süzüyordu.

Kendisini, bütün merhamet duygularından yoksun bir şekilde, ite kaka kapı önüne koyan bu iki insanın durumu, annemin gözlerinde öyle dehşet veren bir kıyasla canlanmıştı ki yalnızca "Ya Rabb'i, Sen çok büyüksün!" diyebilmişti sessizce. Sonra da gözlerini kapayıp bu ibret tablosu karşısında daha fazla dayanamamıştı.

Göğüs kafeslerinin körük gibi çalıştığı, yüreklerin balonlar gibi şiştiği, kalplerin balyoz gibi vurduğu ve gözyaşlarının sellere döndüğü bu dayanılmaz odada, tek metanetli insan Davut Hoca'ydı.

İnsanı alev alev yakan bu manevî iklimi bir an önce değiştirmek isteyen Hoca, Ahmet Ağa'nın yanına diz çöküp:

– Ahmet Ağa, demişti. Bak sana torununu getirdim, elini öpmeye geldi.

Dedemi hayal meyal hatırlıyorum. Beni görünce sağanak bir yağış gibi gözlerinden akan yaşlar, yastığını sırılsıklam yapmıştı. Bu tablo karşısında kahrolmuştu; ama ne fayda!

Dedem odayı can pazarına çeviren yanık bir ses tonuyla kendinden geçercesine yalvarmaya başlamıştı:

– Gelin, hakkını helal et, ne olur? Halimizi görüyorsun. Sana yüzüm yok. Biz hata ettik, yanlış yaptık. Şimdi ocağına düştük, ne olur affet bizi! Meğer helal süt emmiş, bir aile kızıymışsın. Bütün suç bizimmiş. Ne olur, bizi affet.

Hele babaannem âdeta kendisini yiyip bitiriyordu:

– Gelin sen çok haklıydın. Ama biz hatamızı çok geç anladık. Sana zulmettik, azap çektirdik. Affolunmaz yanlışlar yaptık. Ahmet Ağa İzmir'de yanlış yaptığını Cemal'e de söylemiş. Lakin kabul ettirememiş. O kafasına sosyeteyi takmış bir kere. O da bizim gibi hatasını anlayacak; lakin çok geç olacak.

Af dilemede birbiriyle yarışan bu iki insanı daha fazla görmeye dayanamıyordu annem. Zaten Cemal ismini duyunca yine yüreği pır pır uçmaya başlamış, dalıp gitmişti oracıkta...

Annem, Davut Hoca'nın "Melek kızım" sesiyle kendine gelerek nerede olduğunu hatırlayıp, toplamaya çalışmıştı.

Kahreden Sahne

Bütün bu sahneyi gören annem, yine de "Oh, olsun size!" dememişti. Bütün soğukkanlılığını ve metanetini toplayarak dedemin ve babaannemin yanına gelerek ellerini öpmek istemişti. Tabii, bu sahne karşısında kahrolmamak mümkün müydü?

Üç çaresiz hastayı baş başa bırakıp viraneye dönmüş odadan çıkan annemin içinde garip duygular oluşmaya başlamıştı. Sanki geride kalanlar hayatını cehenneme çeviren insanlar değil de annelerini arayan üç yetimdi.

İçini burkan bu duyguyla evden ayrılıp tek odalı toprak odasına kapanmıştı. Gördükleri kendisini o kadar sarsmış, o kadar üzmüştü ki kalkıp abdest aldı ve şükür secdesine kapandı.

Rabb'imin bu imtihan sahnesi karşısında aklı, ruhu ve kalbi allak bullaktı. Masum olmasına rağmen yaşadığı bu olaylara sebep olduğunu düşünüyor, o yüzden de vicdan azabı hissetmeye başlıyordu.

Annemin Dillere Destan Merhameti

Bu konuyu gidip sıcağı sıcağına Davut Hoca ve Kevser Hanım'a açmıştı. Kevser Hanım ve Davut Hoca bu durum karşısında çok duygulanmışlardı; hatta Davut Hoca'nın gözleri doldu.

– Sana da bu yakışır kızım, dedi. İnsan düşmanına bile iyilik etmeli ki onu utandırsın, özür diletsin. Sen bunu başardın.

Ölümün ne zaman geleceği belli olmaz. Onlar şimdi bakıma muhtaç, çaresiz ve zavallı iki insan... Görümcenin de onlardan farkı yok zaten.

Yaşadığın bunca felakete ve kötülüğe rağmen o insanlara yardım edip en zor anlarında çare olursan, bilesin ki en büyük çareyi bulursun. O çare, Rabb'imin çaresizlere, çare olanlara verdiği en büyük mükâfattır.

Dedemin bir bacağını kesmişlerdi... Hükümdar gibi etrafa emirler veren bir insan için bacağının kesilmesi ne büyük, dayanılmaz bir kayıptı. Babaannem ise ihtiyaçlarını gideremiyor, açlık ve pislik içinde o evde yaşamaya çalışıyordu. Halam da büsbütün kendini kaybetmiş, ne yaptığını ne de konuştuğunu bilmez olmuştu.

Annem iki yıl içinde kendini asırlık çile gibi yaşlandıran olayları yüreğine gömüp beni de yanına alarak kovulduğu evde Azrail meleğini hasretle bekleyen o üç insanın yardımına koşmuştu.

Annemin bu saflığı ve dürüstlüğü dedemle babaannemi büsbütün kahretmişti. Çünkü kendilerinin imdadına gelen oğulları Cemal değil, kolundan tutup attıkları gelinleri Melek idi.

Annem, bir ay kadar hasta yatan babaannemin, tek bacaklı, canlı bir cenaze haline gelen dedemin, dünyayla bütün bağlarını koparan, psikolojik olarak rahatsız olan halamın bütün ihtiyaçlarını karşılamak için gece gündüz çırpınmıştı.

Bu durum kasabalıların günlük haberlerinin ilk konusu olmuştu.

Neler denmiyordu ki kahvelerde, sokaklarda, akşam sohbetlerinde:

"Eden buluyormuş... Bundan daha büyük bir ders olur mu? Gelin de ne gelinmiş ama..."

Daha neler, neler...

Davut Hoca ve eşi, annemi yalnız bırakmamak için evden ayrılmamışlardı. Dedemin, babaannemin ve halamın zor duruma düştüklerini duyan babam, onları İzmir'e götürmek için kasabaya gelmişti.

Havalı kapıdan içeri girdiğinde, annem, babaannemin bakımını yapıyordu. Davut Hoca ve eşi de salonda oturuyorlardı.

Olan da o zaman olmuştu. Hafızaların dağıldığı, yüreklerin alevlendiği, kalplerde kasırgaların koptuğu o unutulmaz sahneler...

Annem babamın geldiğini öğrenince derhâl beni kucağına basarak çıkmak istemişti odadan; ama Davut Hoca engelleyip "Belki de bir yol bulunur, yeniden birleşme olur" düşüncesiyle annemi bırakmamıştı.

Oradaki herkes, annemin bu zor günlerde bu hastalara yaptığı fedakârlıkların, babamın yüreğini yumuşatarak hatasını anlamasına sebep olacağını ummuştu.

Babamın Acımasız Davranışı

Annem, büsbütün kendinden geçmişti. Bir umut, bütün benliğini sararak bir anlık bile olsa tatlı hayallere sürüklenmişti:

"Havalım keşke dese: Hadi seni götürmeye geldim. Bu yapılanlar hataydı, beni affet...

Özür diler miydi? Allah'ım acaba bu mümkün müydü?

Bu beklenmedik gelişme karşısında ayaklarım yere değmiyordu, bir genç kızın sevdiğini gördüğünde içini kaplayan o tarifsiz, heyecanlı bekleyişi yaşıyordum.

Bir anda soluğum kesildi sandım. Kalbim öyle hızlı atıyordu ki herkes atışları duyuyor zannediyordum. Buna dayanmak kolay mıydı? Tam iki yıl geçmişti."

Salondaki gürültüden Havalının eve geldiğini anlamıştı. Her an odaya gelebilirdi.

Soğukkanlılığını muhafaza etmek de zorlanıyordu. Beni, bağrına basıp güç almaya çalışıyordu. Zaten her zaman benden kuvvet alırdı. "Sen benim en büyük direncimsin" derdi.

Odaya önce Davut Hoca girdi, ardından da Havalısı; Cemal. Babamla göz göze gelmemek için ortalıkta kaybolmak ister gibi kendi içine sinmeye çalışmıştı annem; ama öyle bunaltıcı bir sıkıntı basmıştı ki yüreğine, saniyeler içinde sırılsıklam olmuştu.

Bu dayanılmaz stres altında, Havalının babasına, annesine ve kardeşine sarılmasını seyrediyordu göz ucuyla.

Hele babamın sarılıp ağlayışını ibretle izlemişti. Acaba kalbi yumuşamış, merhamete mi gelmişti? Yoksa bunca acı ve çileler bitecek miydi? O birkaç dakika içinde neler düşünmüştü neler? Hatta Havalıyla İzmir'e gidip yeni bir yuva bile kurarak mutluluğa kanat çırpmıştı.

Babamın annemle hiç ilgilenmediğini gören Davut Hoca:

– Cemal, demişti. Bu da oğlun Arif... Bak, kocaman oldu.

Hayal meyal hatırlıyordum o sahneyi, eğer buna hatırlamak denirse... Babam göz ucuyla, bana bakmıştı. Bense annemin elinden tutup ürkek tavırlarla kendimi gizlemeye çalışıyordum. Yapmacık bir gülümsemeyle geçiştirmişti her şeyi. Anneme de bir şey söylemeden dönüp çıkmıştı odadan.

İşte o an annem tam anlamıyla yıkılmıştı. Yıkılmak da ne kelime, olduğu yere yığılmış, felç geçirmiş gibi hiçbir tarafı tutmaz hale gelmişti. Bir kez daha boşuna kurduğu umutlarının altında kalıp ezilmişti.

Yine imdadına Kevser Hanım yetişmişti.

– Kendine gel kızım, demişti. Sen bu hizmetleri Havalı için değil, Allah için yaptın. Seni beğensin diye değil.

A benim tatlı kuzum. O insandan sana fayda yok. Çünkü o sana layık değil. Bunu hâlâ anlamadın mı? Üzülme evladım, bir gün o da gelip senin eline düşecek.

Hiç değilse bir teşekkür beklemişti annem. "Benim yokluğumda anne-babama sahip çıkmışsın, sağ ol!" demesini istemişti. Bu bile gönlünü almaya yeterdi.

Ama ne gezer! Nerede o nezaket, nerede o incelik! Yine de annemin gönlünde yer etmiş babamın izleri silinememişti. O hayatının tek erkeği olarak kalacaktı.

Ölüme Terk Edilen İki Çaresiz

Babam, dedemi, babaannemi ve halamı İzmir'e götürmüştü. Annem ise tekrar baba evine dönerek hayatın çilesine kaldığı yerden devam etmeye başlamıştı. Kendini bekleyen fırtınalardan haberi yoktu tabii. Hayat yolu çetin, acımasız ve zordu...

Zincir halkaları gibi birbirine ulanan ve bir türlü yakasını bırakmayan olaylar annemi bitkin ve umutsuz düşürmüştü. Gencecik yaşına rağmen görmediği ihanet, yaşamadığı hadise kalmamıştı. Hem psikolojisi altüst olmuş hem de bedeni alarm vermeye başlamıştı.

Gündüzleri tükenmiş hayallerinin yıkıntısı içinde kapkara bir gelecek endişesini yaşarken geceleri de ağrı ve sancı içinde uykuya hasret kalmıştı.

Evde yiyecek adına her şey tükenmiş, doğru dürüst bir giysi kalmamış, kendinin ve oğlunun acil ihtiyaçlarını karşılayamaz hale gelmişti. Âdeta tek odalı, soğuk ve karanlık mekânda ölüme terk edilmişti.

Dışarıdan gelen yardımlar gittikçe azalıyor, kapısı açılmıyor, hal hatır soranlar da el etek çekiyordu. Hele Davut Hoca'nın eşi rahatsızlanınca eskiye göre daha seyrek gidip gelmeye başlamışlardı. Hele can yoldaşı Dilber de gelin olunca büsbütün kapısı açılmaz hale gelmişti.

Öyle akşamlar, öyle geceler oluyordu ki kuru bir ekmek ve bir bardak sudan başka kursağımızdan bir şey geçmiyordu. Annem buna dayanmaya çalışıyordu; ama beni düşününce sabrı tükeniyordu.

Çevresinde tanıdık dost ve akrabaların ev işlerini yapmaya başlayan annem, bazı dedikodulara sebep olmaktan da korkuyordu. Çünkü art niyetli insanlar için tek başına dul bir gelinden daha iyi bir av olamazdı? Bunun için de her çağrılan yere gidemiyordu.

Yine de annemin çabaları yetmiyordu. Zaten kasabada herkes kendi işini görüyordu, yardımcı isteyen fazla kişi de olmuyordu. Öyle bir an gelmişti ki hayatı çıkmaz bir sokağa gelip dayanmıştı. Şiddetli kışın ortasında ne yiyecek ne yakacak ne de lambada gaz kalmıştı.

Anne-çocuk eski bir hasırın serili olduğu, dökülmekte olan iki minderin ve üç yastığın yer aldığı beş metrekarelik evde, incecik yatağa mahkûm olmuştuk.

Herhâlde açlıktan ölmek bu olmalıydı. Birkaç günden beri bir Allah'ın kulu kapımızı çalmamıştı. "Ne derler?" korkusuyla da kimseye gidip halini anlatamıyordu.

Üç günden beri bir lokma yemek yememiş olan annem artık ayağa kalkamaz haldeydi. Benim de zayıflıktan vücudumdaki bütün kemikler sayılır olmuştu.

"Şimdi ekmek gelecek ana kurban... Şimdi doyacaksın gözümün nuru" diye diye beni avuturdu Melek Annem.

Doktorun Böylesi

Kasabayı sağlık taramasından geçirmek için gelen ekip, mahalle muhtarının nezaretinde bizim evin halini ve annemle benim yürek yakan dramımızı görünce bir ümit ışığı olmuştu. Açlıktan ve hastalıktan ölüme terk edilen ana-oğlun dramı, yaşlı ve tecrübeli doktoru çok etkilemişti.

O günlerin anlatılmaz acısını çok iyi hatırlıyordum. Beni kucağına basarak hiç tatmadığım ve yaşamadığım bir baba şefkatiyle bana doyumsuz bir duygu yaşatan doktor, önce karnımı doyurmuş, sonra da elime para tutuşturmuştu:

– Al evladım, ye evladım, sen ne tatlı bir çocuksun. Büyüyünce çok büyük bir adam olacaksın. Ağlama evladım, üzülme evladım, diyerek bana unutamadığım bir sevgi sunmuştu.

Annemse kendi haline bakmadan beni düşünüyor, "Çocuğuma bakın o çok hasta, ona ilaç verin" diye çırpınıyordu.

– Sen kendini hiç görmüyor musun evladım? Sen cenazeye dönmüşsün. Önce senin acilen tedavi olman lazım, diye çıkışmıştı yaşlı doktor.

Sonra da dönüp mahalle muhtarına kızmıştı.

– Siz ne biçim insanlarsınız! Bu ana-oğul, bu odada ölüme terk edilmiş, sizin haberiniz yok. Şu koskoca kasaba bu iki masuma bakamıyor mu?

Bunların çok ciddi tedaviye ihtiyacı var. Bunları alıp yarın şehre, bana getireceksin. Ben de onları kendi kliniğimde tedavi ettireceğim.

Çocukluk dünyamda hiç de alışık olmadığım o sevgi, beni çok mutlu etmişti. Günlerdir ilk kez karnımız doymuştu. Zavallı annem, "sonra çocuğa yedireceğim bir şey kalmaz" diye kendine verilenlere dokunmamıştı, bile.

Bir gün sonra bizi doktora götürmek için muhtar kapıya dayanmıştı; ama annemi bir türlü ikna edememişti. Ondaki hassasiyet, borçlu kalmama duygusu ve minnet altına girmeme anlayışı, sağlığını tehlikeye sokmuştu. Durumun vahametini duyan Davut Hoca, hasta yatağından kalkıp eşini de yanına alarak bizi doktora götürmüştü.

Benimki beslenme yetersizliği ve kansızlık; anneminki ise ömür boyu süren iki hastalığının başlangıcıydı. Birincisi yaşadığı onca psikolojik dramın ardından başlayan depresyon; ikincisi ise bakımsızlığın, gıdasızlığın ve soğuğun sebep olduğu böbrek yetmezliği idi.

Yaşlı doktor anneme ısrarla bir tavsiyede bulunmuştu:

– Eğer odaya kapanıp bu dertleri her an içinde yaşamaya devam edersen hastalığın daha da ilerler, kendini kontrol edemez hale gelirsin.

Dostlarına git, sohbetlere katıl, nasihatler dinle ve ibadetlerini bırakma. Bu manevî teselli olmazsa asla düzelemezsin. Böbreklerin için de verdiğim ilaçları kullan, beslenmene dikkat et ve sakın üşütme.

Bunlar olması gerekenlerdi; ama annemin içinde bulunduğu durum, böyle bir hayatı mumla arayacak kadar kötü ve ağırdı.

Davut Hoca bu muayenenin ardından doktora:

– Borcumuz ne kadar oldu, diye sormuştu.

Yaşlı ve babacan doktor da:

– Hanım kızım namazlarda ellerini Yüce Allah'a kaldırırken bizi de unutmasın yeter, demişti.

Annemin Yolunu Kesmişti

Yaz geldiğinde ben beş yaşına basmıştım. Annemin hastalığı ise gitgide ilerliyordu. Para bulamadığımız için ilaç alamıyor, dolayısıyla ciddî bir tedavi de olamıyordu.

Buğday biçim mevsiminde annemle hemen her gün kasabanın buğday tarlalarında, dökülen başakları topluyorduk. Bu başakları annem taşın altında öğütüp buğdayları eliyor, onu da un yapıyordu. Her akşam başak toplamaktan eve dönerken de kışlık odunlar toplayarak sırtına yüklüyor, binbir zahmet ve acı içinde onları eve getiriyordu. Hayatım boyunca bir türlü içimden söküp atamadığım, annemi kahreden o üzücü olay da o zaman yaşanmıştı.

İşte böyle günlerden bir akşam, sıcağın altında bîtap düşmüş bir halde eve dönüyorduk. Annem sırtında odun yükü, benim de elimden tutmuş, düşe kalka, kan ter içinde ilerliyorduk.

Büyük ağaçların çevrelediği bahçe yolundan geçerken eşini kaybetmiş, üç çocuklu bir adam önümüze çıkmıştı.

– Gel inat etme Melek Hanım, diye atılmıştı bize korku salan bir ses tonuyla.

Bak, köleler gibi sırtınla odun taşıyorsun, bir avuç buğday için akşama kadar yaz sıcağında azap çekiyorsun. Eğer bizim evin hatunu olursan sana hizmetçiler tutarım, her şeyi ayağına sererim. Şu çocuğu da prensler gibi okutur, büyütürüm.

Hadi, "he de" artık.

Annem bu eşkıya davranışlı adama, kendinden beklenmeyen bir sertlikle cevap vermişti:

– Ben alın terimle bu yükümü çekerim; ama asla kimsenin minnetini almam. Benim hayatım bu çocuktur artık. Kendimi ona adadım. Sende de küçücük bir erkeklik gururu olsaydı bir dul kadının önüne çıkmazdın.

Adamın önümüze çıkarken her şeyi göze aldığı belliydi. Annemi kendisine mahkûm etmek için adını çıkarmaya niyetlenmişti. Bu yüzden de iri ve cüsseli vücuduyla annemin kolundan tutmak için bir atak yapınca kendinden beklenmeyen bir celal ve haşmetle öyle bir tepki görmüştü ki annemden, derhâl geri adım atmak zorunda kalmıştı. Herhâlde "kedinin aslan kesildiği an" bu olmalıydı. Namusunu korumak için o nezaket ve hanımefendilik dolu bedeni bir anda kükreyen ejderhaya dönmüştü. Annemin çaresizliğindeki kuvvet ve cesareti, hâlâ gözümün önünde içimi yakmaya devam etmektedir.

Annemin güzelliği öyle dillere destan olmuştu ki o yüzden istemeye gelenler tükenmiyordu.

Eğer annem isteseydi zengin biriyle evlenir, sultanlar gibi bir hayat yaşardı; fakat bir vefasızı sevmişti, üstelik sevmeye de devam ediyordu. Bu yüzden de kalbine başka bir erkeğin girmesi imkânsızdı.

Bir Bela Daha

Annemi esas üzen ve hayatını zindan eden, eve gelen o mektuptu. Yine o günlerde postacı, "Bunu, annene ver!" diye elime bir zarf tutuşturmuştu.

Zavallı anneciğim, mektubun babamdan geldiğini düşünmüş olacak ki çok heyecanlanmıştı; ama üzerinde o ismi görünce "Ne diyeyim, Allah seni ıslah etsin!" diye haykırmıştı içini ürperten bir kızgınlıkla. Öyle bir kalbi vardı ki kendisi için tuzak kuranlara bile beddua edemiyor, yalnızca iyilik dileğinde bulunuyordu.

Mektup annemin bir türlü peşini bırakmayan, belalı, sarhoş ve karanlık işlere bulaşmış bir adamdan gelmişti. Bir yıldan beri annemi rahatsız etmeye devam ediyordu.

Mektup şöyle başlıyordu:

Boşuna reddetme. Bu iş olacak. Bir gün geleceğim gecenin karanlığında tutup seni sürüye sürüye kaçıracağım. Ya buna hazır ol ya da beni yorma...

Evet yapardı. Onun için ar namus, edep, hayâ öyle önemli şeyler değildi. Bir alkolik, amaçsız, gayesiz birisiydi.

Çok korkmuştu, annem; ama korktuğunu belli etmiyordu. Gece yatağa girince beni uyudu zannederek sesiz sedasız gözyaşı döküyordu. Ama Rabb'im, bir mazlumun yüreğini yakan bu adamı ibretlik bir şekilde yakmıştı. Aylardır anneme ecel terleri döktüren, korkudan dudaklarında uçuk çıkartan o belalı adam, hırsızlık yaparken amiri tarafından suçüstü yapılmıştı. Girdikleri kavgada da amirini komalık etmişti.

Bu baş belası, hem devletin parasını çalmaktan hem de bir adamın hayatına kastetmekten dolayı yakalanmıştı.

Bu haberi duyan annem sevinç gözyaşlarına boğularak secdelere kapanmıştı. Davut Hoca da olayı şöyle yorumlamıştı:

"Kızım, sen onurun ve namusunla yaşadığın müddetçe hiç kimsenin koruyuculuğuna ve desteğine ihtiyacın yoktur. Seni himaye eden kâinatın sultanı yüce Mevla'dır. Hiçbir art niyetli, hiçbir hain O'nun koruma duvarını aşıp sana yetişemez."

İkinci Bölüm

Yetime Kalkan El Kırılır

Altı yaşına geldiğimde, etrafımda olup bitenleri yavaş yavaş yorumlamaya, annemin omuzlarındaki dağlar kadar yükü paylaşmaya başlamıştım.

Herkes beni "Yetim çocuk" diye çağırıyordu. Meğer babası olmayanlara "Yetim" denirmiş. Hayattaki en büyük eksikliğim bir babaydı.

Nasıl imrenirdim, bir çocuğun elinden tutmuş bir babayı görünce. Nasıl kıskanırdım babasıyla sarmaş dolaş bir arkadaşıma rastlayınca. Nasıl özlemini çekerdim, beni de kucağına basan, dizine oturtan, saçlarımı okşayan bir babayı hayal edince.

Benim için baba hasreti, bir nefes, bir ekmek kadar önemliydi. "Evladım, yavrum, bir tanem, çocuğum, canımın içi" gibi sevgi sözcükleri duydukça dayanılmaz bir imrenti başlar, küçük yüreğimde alevler yükselirdi.

Hele o gün... O gün, bu özlem bir sevda haline gelmişti. O gün, yanımda babamın olmasını nasıl istemiştim. Burnumun direği sızlamıştı. Nelerimi vermezdim beni kollayan, destek çıkan birinin bulunması için.

Güneşli bir pazardı. Kasabanın ortasında küçük bir ormanlık gibi kümelenen ağaçların dibi, piknik yapan insanlarla doluydu.

Annem, hadi çocuğum, sen git de biraz arkadaşlarınla oyna, diye beni de göndermişti.

Mahallede tanıştığım birkaç akranımla bir oyun kurmuş, sağa sola koştururken başka bir mahalleden gelen bir ailenin, benim yaşıtım gibi görünen bir çocuğuyla çarpışmıştım. Hem o çocuk hem de ben yere düşmüştük. Benim burnum, onun da anlı kanamıştı.

Az ileride olayı gören babası, yerinden bir ok gibi fırlayarak yanıma geldi, olayın iç yüzünü öğrenmeden kolumdan bir hışımla tutup tam yüzümün ortasına şiddetli bir tokat patlattı. Sanki o an gözlerimden ateş çıkmıştı. Birden gözümün önü perdelenerek yüzüstü yere kapaklanmıştım. Burnumdan ise kanlar boşalmaya başlamıştı. Savurduğu küfürlerin de haddi hesabı yoktu.

Oğlunun, "Baba, onun suçu yok, çarpıştık!" dediğini bile duymuyordu.

Ben kan revan içindeyken arkadaşlarımdan birisi koşarak anneme haber vermişti.

Ah, benim Melek annem, kuşlar gibi uçarak yetişmişti yanıma. Burnumdan akan kanları görünce âdeta kendinden geçmişti.

"Kurban olduğum Arif'im. Sana bunu kim yaptı? Allah insaf, merhamet versin. Canım, bir tanem..." diyerek beni kucağına basmıştı. Bir taraftan annem bir taraftan da ben, himayesiz ve korumasız iki yetim, ağlıyorduk.

Olayları uzaktan izleyen yaşlı bir hanım gelerek annemi kolundan tuttu ve kaldırdı. Benim de yüzümdeki kanları silip burnuma bezden tampon yaptı. Sonra beni döven adama hışımla dönüp:

– Koskoca adamsın, diye bağırdı. Sen bu yetim çocuğu dövdün, Allah da seni dövsün.

Beni sırtına alan annemle oradan uzaklaşırken aklımda hep o yaşlı kadının sözü kalmıştı:

"Sen o yetim çocuğu dövdün, Allah da seni dövsün..."

"Allah insanı nasıl döver?" diye düşündüm. Sonra da merakımdan anneme sordum.

– Gözümün nuru, demişti annem. Allah, insanları, kulların dövdüğü gibi dövmez. O döverse bütün âleme ibret yapar.

Nitekim öyle de olmuş, yaşlı kadının bedduası tutmuştu. Başına öyle bir bela gelmişti ki o adamın günlerce kasabada bu olayın hikmeti yorumlanmıştı.

Okul Aşkı, Rüyalarıma Giriyordu

Yaşım yavaş yavaş ilerleyince annemin yıllardır yaşadığı çaresizliğin ne kadar dayanılmaz olduğunu iyice fark ettim. Hele okul yaşım geldiğinde, okumak için can atarken imkânsızlık yüzünden okula gidemediğimde bunu daha iyi anladım.

Okumayı o kadar istiyordum ki benim için bir çanta, bir okul önlüğü, bir kalem ve bir defter ne kadar erişilmezdi.

Arkadaşlarım okula gitmişlerdi. Benim için de bütün kapılar kapanmıştı. Onları özlemle uzaktan izliyordum.

Çocuksu dünyamda her gece rüyamda okul, çanta, kitap görüyordum. Bu ulaşılmaz hasret içimi kor gibi yakıyordu.

Bu gönülden isteyiş, bu rüyalarıma giren sevda demek ki o kadar yakıcı ve yandırıcı olmuştu ki Yüce Rabb'im bu alev alev tutuşan arzumu geri çevirememişti.

Kasabaya gelen bir okul müdürü, okula gönderilmeyen çocukların aileleriyle görüşüyordu; bizim eve de gelmiş, anneme söz vermişti:

"Çocuk okumayı çok istiyor. Bu başarı için çok önemli. Bu azim oğlunda var. İmkânlarınız buna elvermiyorsa ben gerek şahsî gerekse okulun imkânlarını kullanıp oğlunu okuturum."

Annem ise beni okula göndermek için can atıyordu, fakat kimseye yük olmak istemiyordu.

Bize Hızır gibi yetişen bu muhterem insan, okulların başlamasına rağmen götürüp okula kaydettirmişti.

O gün nasıl mutlu olduğumu anlatamam. Herhâlde mutluluktan uçmak diye buna denirdi. Belki de ilk kez ikinci sınıf insan olmaktan kurtulup arkadaşlarımın arasına girerek kendimi birinci sınıf adam yerine koyuyordum.

Yine de arkadaşlarımın içinde mahcup olduğum, ezildiğim; hatta utandığım pek çok durum yaşıyordum.

Bir komşumun verdiği eski ve büyükçe bir ayakkabı vardı ayağımda. Çorap ise ne gezer. Üzerimdeki pantolon ve ceketim yamalı, gömleğim de yine eski gömleklerden küçültülerek yapılmıştı.

Bu halimle etrafımda pırıl pırıl elbiselerle dolaşan gamsız, dertsiz arkadaşlarımın içinde nasıl utanıp nasıl eziliyordum, anlatamam...

Sağ olsun okul müdürü bazı noksanları giderdi. Kitap, defter, çanta aldı; ama bir elbise, bir önlük temin edememiştik.

Her gün karanlık ve soğuk evimizden çıkıp büyük bir istekle okula gidiyordum.

Öğretmenin anlattıklarını büyük bir dikkatle dinliyor ve her gün eve güzel haberlerle dönmek istiyordum. O gün sınıfta yaşadıklarımı, hasta yatağında yatan anneme uçarcasına gidip büyük bir coşkuyla anlatmıştım.

Öğretmenin sorduğu soruyu sadece ben bilmiştim. Öğretmen beni alkışlatmış ve en çalışkan öğrenci olarak seçmişti. Nasıl onurlandım, nasıl sevindim, sanki başımın göklere değdiğini hissettim. İlk kez toplum içinde varlığım anlaşılmış ve bana değer verilmişti. Allah'ım bu anlatılmaz, tarifsiz bir ödüldü.

– Benim can parem, diye sarıldı annem, gözlerinden mutluluk yaşları saçılarak. İşte böyle olmalısın, gözümün nuru. Yalnız sınıfın değil, okulun da en çalışkanı olmalısın. Büyük okulları bitirip büyük bir adam olmalısın. O zaman beni doktora götürür, tedavi ettirirsin.

Yatağa uzanmış inleyen annemin yanına diz çökmüştüm. İçimden gelen çocuksu bir hüzünle:

– Tamam, dedim. Çok çalışıp öğretmen olacağım, seni de doktora götüreceğim.

Ana-oğul sarıldık. İşte bizi mutlu eden böyle küçük şeylerdi. Bunlar da bize yetiyordu.

O yıl kış erken bastırmıştı. Evde ne yeteri kadar giyecek ne de ısınmak için odun vardı.

Odadaki duvarın içine yapılmış ocakta, hem yemek pişirmek hem de ısınmak için odun yakılırdı; ama odunumuz o kadar azdı ki bir-iki ay bile dayanmazdı.

Ocağı yakmamak için erkenden yatağa girip ısınmak zorunda kalıyorduk. Lambada gaz da az olduğu için ödevlerimi okuldan gelir gelmez yapıyordum. Karanlıkta lambayı yakıp gazı tüketmek istemiyorduk. Bu yüzden kışın uzun gecelerini, çoğu zaman karanlıkta geçiriyorduk.

Donmak Üzereydim

O gün müthiş bir kar fırtınası başlamıştı. Benim çorapsız ayağımda, eski ve büyük bir ayakkabı, üzerimde de ince, yazlık bir elbise... Eski çantamı kucağıma bastım, o halde okula gidiyordum. Fırtına gittikçe şiddetlendi, okulun bahçesine zar zor girdim, ama artık soğuktan ellerim, ayaklarım uyuşmaya başlamıştı. Ayakkabıların ayağımdan çıktığını, üşümenin şiddetinden dolayı hissetmemiştim. İçime işleyen, kanımı donduran soğuktan bir adım bile atamaz hale gelmiştim.

Amansız fırtınanın önünde savrulan mecalsiz bedenimle okulun bahçesine yığılmıştım. Elimdeki çanta yuvarlanıp kitap ve defterlerim etrafa saçılmıştı.

Etrafımı hızla dolduran karlar, bütün vücudumu kaskatı yapmıştı. Artık yavaş yavaş canımın çekildiğini hissediyordum.

Bir anda gözlerim perdelendi, kalbim yerinden sökülecekmiş gibi çarptı, ayak parmaklarımdan başlayarak hızla bütün damarlarımı saran dayanılmaz bir acı gelip boğazıma düğümlendi. Son hatırladığım, önümde uzanan beyaz bir kar cehennemiydi.

Gözümü açtığımda, sınıfta, sıcaktan ateş parçası haline gelen sobanın başında, öğretmenimin kucağında yatıyordum.

Vücuduma yavaş yavaş can gelirken ellerim ve ayaklarımda dayanılmaz bir sızı başlamıştı. Allah'ım bu ne biçim bir ağrıydı. Sanki el ve ayak parmaklarımı bıçakla doğruyorlar gibi tarifsiz bir acı hissediyordum.

Yürekler acısı durumum karşısında dayanamayan öğretmenim:

"Korkma çocuğum," diye gözlerinden yaşlar akıtıyordu. "Soğuktan büzüşen damarların açıldı, kan akışı başladı, bunun için acı hissediyorsun."

Öğretmenim beni sınıfta sobanın başında bıraktı, kendisi bir an ortalardan kayboldu. Aradan bir saat geçmemişti ki ellerinde birkaç poşetle döndü.

Kendisi de iki çocuk babası olan öğretmenim, benim bu perişan halimi görünce gidip bana pantolon, ceket, gömlek, ayakkabı ve diğer bazı ihtiyaçlarımı almıştı.

O gün benim bayramımdı. Nasıl da sevinmiştim Allah'ım... Öğretmenim de benim sevindiğimi görünce çok mutlu olmuştu. Bunu onun gözlerine bakınca anlıyordum.

Gerek okul müdürü gerekse öğretmenim Fevzi Bey kendi imkânlarıyla bana destek oluyorlardı. İkinci el kitap, defter, silgi, kalem, çanta ne bulurlarsa bana veriyorlar, bu şekilde okula devam etme imkânımı sağlıyorlardı. Bu içten ve gönülden destek, Fevzi Bey'i benim dünyamda o kadar büyütmüştü ki belki de yüzlerce kez "Keşke benim de böyle bir babam olsa" diye içimden geçirmiştim.

Okul hayatı bu şekilde düşe kalka sürüyordu, ama evde de problemler birbirine ulanarak devam ediyordu. Evin ufak tefek ihtiyaçları, annemin bakımı ve ilaçları para gerektiriyordu. Artık komşular ve tanıdıklar devamlı şekilde ilaç temin edemez hale gelmişti. Öte yandan annem, karşılıksız bir şeyi kabul etmek zorunda kaldığında, bunun ezikliğini öylesine yaşıyordu ki günlerce kendine gelemiyordu.

Çaresizlik, İçimizi Yakıyordu

İlkokul beşinci sınıfa geldiğimde, benim için bir ekmek, bir ilaç derdi, içimde ve yüreğimde büyüyen bir yara halini almıştı... Arkadaşlarımın umurunda olmayan dünya, benim çok erkenden sırtıma kaldırılmaz bir yük bindirmişti.

İlaç ve ekmek...

Akşam eve gidince bir lokma yiyecek, annemin acılarını dindiren bir ilaç benim için o kadar değerli, o kadar önemliydi ki anlatamam.

Okuldan döndüğümde annemi ayakta bulursam dünyalar benim olurdu; ama onu yatakta gördüğümde küçük kalbim, bir kuş gibi çarpmaya başlardı. Aç midem kilitlenir, neşem eleme dönerdi. Emsallerim oyun planları yaparken ben de ekmek ve ilaç derdine düşerdim.

Annem sanki kendisi yeni yemek yemiş gibi beni akşam karşısında görünce:

– Gözümün nuru, acıktın mı, diye dermansız düşmüş haline rağmen beni heyecanla kucağına basar, sanki o anda bütün zerreleri ayağa kalkardı.

– Komşumuz getirdi oğlum, diye yemeyip beklettiği bir avuç yemeği önüme koyardı. Kendisi de benim yiyişime bakarak keyif alır, âdeta doyardı.

Yemem için verdiği bir tabak yemekten kalan olursa kendisi de üç-beş kaşık alır, kalmazsa "Ben tokum oğlum!" deyip elini bile sürmezdi. Ben de annemin bu huyunu bildiğim için çok aç olmama rağmen birazını da anneme bırakırdım. Sabaha kadar da açlıktan yatamazdım; ama bunu asla anneme söyleyemezdim. Ana-oğul, birbirimizin açlığını bildiğimiz halde, birbirimizi üzmemek için gerçeği saklardık.

Ama annemin hali gerçekten yürükler acısıydı. Geceleri yatamaz, sağa sola dönerdi.

– Anne neden uyumuyorsun, diye sorardım.

– Evladım hastayım da onun için, derdi.

O günlerde annemin dünyasında neler olup bittiğini pek anlayamazdım; yıllar sonra annemin uykusuz geçen gecelerinin yalnız hastalığından dolayı değil, açlığından dolayı da olduğunu öğrenmiştim. Meğer beni doyurmak için kendini feda ediyormuş.

Durumumuzun bir felaketi andırdığını öğrenen öğretmenim beni yanına çağırıp karşısına oturtmuştu.

– Bak Arif, demişti. Sen ve annenle ilgili bazı bilgiler edindim. Hayat şartların zormuş. Size bakacak kimse de yokmuş. Buna da çok üzüldüğünü biliyorum.

Öğretmenimin ses tonu, içimde her an hazır bekleyen bir patlama gibi duygularımı bir anda alevlendirmişti. Sanki o anda yaşadığım her şey gözlerimin önünden geçmeye başlamıştı; özellikle de annemin yürekler acısı dramı. Daha fazla dayanamayarak ağlamaya başlamıştım.

Öğretmenim de o kadar duygulanmıştı ki beni kucağına bastı ve bir baba şefkatiyle beni teselli etmeye başladı.

– Arif'im, dedi. Üzülme çocuğum. Ben de senin gibi babasız büyüdüm. Ben de aç, susuz kaldım. Benim de annem, senin annenin gibi ömrü hastalıklarla geçti; fakat bunlarla mücadele ettim. Allah da yardım etti. Bak, öğretmen oldum.

Öğretmenim, belki de beni teselli etmek için bir hikâye uydurmuştu; olsun, bu bile bana bir umut ışığı olmuştu.

– Sende bu azim ve gayret var, diye devam etti. Ben de sana yardım edeceğim. Bu problemleri birlikte aşacağız.

Öğretmenimin teşvikiyle ayakkabı boyacılığına başlamıştım; ama acımasız cani Zeyrek "Benim kârıma ortak oluyorsun" diye beni ölesiye dövmüş ve boya sandığımı kırmıştı.

Bu Hayat Yükünü Taşıyamıyordum

Sağ olsun öğretmenim kasabanın iki fırıncısının birisiyle konuşmuş, bana küçük bir iş ayarlamıştı. İşin adı küçüktü; ama benim gibi henüz on bir yaşındaki bir çocuk için büyük ve ağır bir işti.

Gece saat üçte kalkıp evimizin hemen yanındaki fırına giderek yediye kadar fırıncıya yardım ediyordum. O da bana on tane simit veriyor, onları da okula ve kasabadakileri tanıdıklara satıyordum. On simidin parasıyla, eve bir ekmek alıyordum, bir de anneme ilaç parası biriktiriyordum. On günlük simit paralarını topladığımda anneme ilaç parası yapıyordu.

Bir taraftan fırıncının, diğer yandan da öğretmenimin yardımlarıyla o kış en azından ekmeksiz kalmamıştık. Anneme de ilaçlarının hepsini alamasak da hiç değilse bir kısmını temin ediyorduk.

İlkokul bitmişti, ama benim hiç düşünemediğim amansız bir gelişme olmuştu. Bütün hayallerimi ve ümitlerimi yerle bir eden bir durumdu bu.

Okul müdürü emekliye ayrılıp şehre göçtü, Fevzi Öğretmen ise evlendi ve başka bir yere tayini çıktı.

Beni Fevzi Öğretmen'den ayırmışlardı. Ancak bir çocuk babasından ayrılınca kendini bu kadar helak edebilirdi. Bense ömründe baba kokusu almamış, baba sevgisi yaşamamış ve baba sıcaklığını duymamış bir çocuktum. Benim için Fevzi Öğretmen bir babaydı. Çünkü ilk kez kendimi onun yanında önemli ve değerli hissediyordum.

Fevzi Öğretmen bana sarılıp "Arif'im! Rabb'im sana öyle bir gelecek hazırlıyor ki ben de bunları görüp gurur duyacağım, inşallah sevinç gözyaşları dökeceğim" diyerek veda etmişti.

Günlerce Fevzi Öğretmen'i rüyamda görmüştüm. Bir saniye bile hayalimden çıkmamıştı.

Okul Hasretine Dayanamadım

Okulların açılma zamanı gelmişti. İlkokuldan sonra ortaokula gidip okumak istiyordum; ama olmadı. Çünkü o yıllarda kasabamızda ortaokul yoktu. Okumak isteyenler yakın bir ilçeye gider, orada ev tutar; ancak o şekilde okurlardı.

Benim ise böyle bir imkânım yoktu. Şehre gidip ev tutmak veya ev tutmuş arkadaşlarla birlikte kalacak maddî bir gücüm söz konusu değildi.

Okumayı o kadar çok istiyordum ki okula gitmek uğruna her şeyimi feda etmeye hazırdım. Hele okullar açıldıktan sonra arkadaşlarım hafta sonu kasabaya geldiklerinde, onların kravatlı, ütülü pantolonlu hallerini görünce imrenip kahrolurdum.

Okuma hayali, çocukluk dünyamı bir sevda gibi alev alev yakmaya başlamıştı.

İlkokulu bitireli iki yıl olmuştu. Kasabanın küçük bir çobanı olarak kuzuların, koyunların arkasında dolaşırken ağaçlara, taşlara ve otlara derdimi anlatır, onlarla konuşur ve hayallerimi söylerdim. Bazen de onlara öğretmen olur, talimatlar yağdırırdım. O küçücük dünyama okuyamamanın acısı öyle işlemişti ki bazen "Allah'ım ne olursun. Tek bir kolumu, bir gözümü; hatta bir ayağımı al. Yeter ki bana bir okul ver" diye kendimi kaybedercesine, yüreğimin dayanılmaz ateşiyle yalvarıp yakarırdım.

Okuyamamak gün geçtikçe beni içten içe kemiren, bitiren bir kurt, bir hastalık olmuştu. Çok üzüldüğümden olacak ki direncim buna daha fazla dayanamamıştı. Davut Hoca, beni şehre; yani şehir dediğimiz ilçemize, doktora götürdü.

İlk defa gördüğüm bu şehir ne kadar da büyüktü? Allah'ım, muhteşem bir yerdi burası. Koskoca binalar, süslü dükkânlar, arabalar, şerbet, tatlı ve dondurma satan çocuklar, boynu kravatlı, ütülü pantolonlu insanlar... Ne kadar erişilmez, kavuşulmaz bir dünyaydı. Seyretmeye doyamamıştım.

Beni muayene eden doktor:

– Çocuğum niçin bu kadar üzüldün? Seni üzen ne, diye sordu.

O küçücük kalbim avcının eline düşüp çırpınan bir kuş gibiydi. Gözlerime dolan yaşlar, güneşten kavrulmuş olan yanaklarıma sızmaya başladı.

Benden cevap alamayınca beni getiren Davut Hoca'ya sordu. Hoca da:

– Doktor Bey, dedi. Çocuk çok okumak istiyordu. Arkadaşları ortaokula gittiler, kendisi gidemedi, ondan olacak.

Doktor, engin bir şefkatle yerinden kalktı, saçlarımı okşadı, başımı kucağına bastı.

Derin ve acı dolu bir sesle:

– Demek öyle ha, dedi. Sen okumak istiyordun, okuyamadın, bunun için de üzüldün, hastalandın.

Yaşlı gözlerimi, şefkatle beni süzen doktora çevirerek ağlamaklı bir ses tonuyla:

– Evet, dedim.

– Hay Allah şu işe bak, dedi. Elin çocuğu okumak istiyor, imkânsızlıktan dolayı okuyamıyor, üzülüyor, hastalanıyor; bizim çocuğumuz da nimetlerin içinde yüzüyor, okulu bırakıp kaçıyor. Allah her kuluna farklı bir imtihan veriyor.

Orta yaşlı doktor bana döndü:

– Çocuğum, dedi. Ben Allah'ın kudretine ve adaletine inanırım. O, kullarını mutlaka layık olduğu yerlere getirir. Madem sen bu kadar istiyorsun, hiç üzülme mutlaka okuyacaksın. Mevla'm içini yakan bu arzunu hiç geri çevirir mi?

Tekrar bana doğru eğilerek:

– Okursan ne olmak istiyorsun, dedi.

İsteğimi derhâl bana verecekmiş gibi, bir çırpıda:

– Öğretmen, diye bağırdım.

Doktor benimle çok ilgilendi. Bazı ilaçlar yazdı, tavsiyelerde bulundu. İzin isteyip ayrılmak üzereyken:

– Durun, dedi. Ben bu çocuğu çok sevdim. Zaten öğle vakti geldi. Haydi birlikte çıkalım da karnımızı doyuralım.

Doktor Bey, beni ve Davut Hoca'yı lokantaya götürmüştü.

Böyle Bir Sofrada İlk Kez Oturuyordum

Duvarları manzara kâğıtlarıyla süslenmiş müthiş bir çekicilik... Göze hoş gelen bir düzen içinde kurulmuş masalar... Sıra sıra dizilmiş, çeşit çeşit yemekler... Hele o sürahilerin ve bardakların güzelliği... İlk kez gördüğüm madenî kaşık ve çatallar...

Önümüze yığdıkları bir sürü ekmeği görünce dayanamadım. "Keşke bu ekmekler şimdi evimizde olsa da annem de yese" diye geçirdim içimden hazin bir arzuyla...

Doktor Bey çenemden tuttu, gülen yüzüne doğru kaldırdı:

– Haydi, bakalım, ne istiyorsan söyle de garson getirsin.

Utancımdan terliyordum; ne söyleyebilirdim? Allah'ım öyle bir masa kurdurdu ki bu yemeklerden yalnızca pilavı ve salatayı tanıyordum.

Şaşırdım, nereden başlayacağımı bilemiyordum. Bir taraftan yemek yiyordum bir taraftan da yeniden kasabaya dönüp bu güzellikleri bir daha göremeyecek olmanın üzüntüsünü yaşıyordum. En önemlisi de ben karnımı doyururken annemin aç hali gözümün önünden gitmiyordu. Bu yüzden lokmalar boğazıma düğümleniyordu.

Doktor, bana ilaç aldı, sağlığımla ilgili çok ciddi uyarılarda bulundu, bana geleceğimle ilgili öğütler verdi. Bizden muayene parası almadığı gibi bir de cebime harçlık koydu.

Beni nasıl sevindirdi, moral verdi ve mutlu etti... O anı hatırlayınca bugün hayatta olmayan o muhterem insana dualar ediyorum. Çünkü âdeta yıkılmış, bitmiş ve tükenmiş dünyamı yeniden canlandırıp ümit doldurmuştu.

Ne yazık ki bu mutluluk da uzun sürmeyecekti. Uyanıp da kaybettiğim tatlı rüyalar gibi uçup gidecekti. Yeniden kasaba ve çobanlık yolu gözüküyordu bana.

Benim okuyamama hali içindeki acımı ve ıstırabımı gören annem âdeta kahroluyordu. Benden bin defa daha fazla elem duyuyordu.

Çok üzüldüğümü görünce her seferinde beni kucağına oturtup "Merak etme gözümün nuru. Rabb'im darda kalan kullarına çare bulur" deyip teselli etmeye çalışıyordu.

Yetim Çobanın Bitmeyen Dramı

O yılım, kasabanın en küçük çobanı olarak geçmişti. Herkes okulundayken ben koyunların arasında dolaşıyordum. Sabah erkenden kalkar, akşamın karanlığına kadar dağ, taş, dere, orman her yeri hüzünle, elemle arşınlardım. Bir türlü içime sindiremiyordum çobanlığı.

Ümitlerim önümüzdeki yıla kalmıştı; gerçi görünürde hiç umut gözükmüyordu. Kasabada zengin bir adamın koyunlarını güdüyordum. Bir çocuğun dayanamayacağı kadar ağır bir görevdi bu. Sabah namazıyla kalkıp yatsı namazıyla eve dönmek... Buna can mı dayanırdı?

Ya karşılığı? Karnımızı doyuracak, bana bir takım elbise, bir de annemin ilaç paralarını alacak kadar bir ücretti.

Dağlar, taşlar, otlar ve böcekler benim arkadaşlarımdı. Yakıcı güneş, kavurucu sıcaklık, dudağımı çatlatan susuzluk, dayanılmaz yorgunluk ve gecenin korkulu hayaletleri ise benim iş hayatımın bir parçasını oluşturuyordu.

Bu dünyada yalnızlık, ümitsizlik ve çaresizlik vardı. Koyun sahiplerinden işittiğim azarlar da cabası.

"Niçin koyunları iyi otlatmadın? Daha karınları aç gözüküyor. Şu koyunun ayağı aksıyor, taşa mı vurdun? Şu hastaya benziyor, niçin bakmadın? Şu iyi süt vermiyor, neden takip etmedin?"

Neler... Neler...

Üzüldüğüm ve çaresiz kaldığım anlarda, simasını dahi hatırlamadığım babama sitemlerde bulunurdum:

"Ah, babam!.. Ben sana ne diyeyim?

Benim yaşımdaki çocuklar sabah uykusunu doyasıya uyurken, akşam sefasını ailesiyle geçirirken, hafta sonu mutluluğa çevirirken, hele sofranın başında doyasıya bir yemek yerken...

Ya ben ve annem?"

Dayanamıyordum artık. Okuma hayali gittikçe içimi kavuruyordu. Annem olmasaydı kaçıp gider, bir okula sığınır, "Kulunuz, kurbanınız olayım, ne olur bana yardım edin, okumak istiyorum!" diye kendimi yırtardım. Lakin bir tarafta annemin amansız hastalığı, öte yanda da içimi yakan okuma sevdası...

Kafamda bu fırtınalar eserken beni bekleyen kahrolası bir sürprizden haberim yoktu.

Güttüğüm koyunların sahibinden korktuğum için o gün koyunları daha iyi otlatayım diye biraz geç kalmıştım. Gittiğim mera, kasabaya uzak bir yerdi.

Kurtların Saldırısında Dilim Tutuldu

Koyunları önüme katıp yola koyulduğumda bir anda koyunlar deliye dönmüş gibi kendi etrafında dönmeye, koşmaya, çırpınmaya başladılar. O anda yanımdaki köpeğin fırladığını gördüm. Bir kurt sürüsü koyunlara dalmasın mı?

Aman Allah'ım! Kurtların, koyunları tutup yere vurduğunu, sağını solunu parçaladığını görünce korkudan aklımı yitirdim âdeta. Kendimi panik içinde çalılar arkasına attım. Beni de parçalayacaklar diye, çocuk kalbim yerinden sökülürcesine vuruyor, her an üzerime atlayacaklar endişesiyle, kurtların dehşeti içinde kendimden geçiyordum.

Beni öyle bir titreme almıştı ki vücuduma girip çıkan onlarca büyük dikenlerin farkında bile değildim. Her tarafımdan kanlar akıyordu.

Benim yaşımdaki bir çocuk bu azaba nasıl dayanabilirdi? Sesim boğazımda düğümlenmişti sanki. İçimden yırtarcasına haykırıyordum:

"Allah'ım yardım et, Allah'ım yetiş, beni de yiyecekler, Allah'ım!.."

O anda aklıma annem geldi. Burada kurtlar beni yerse annem yalnız başına ne yapar, diye düşündüm. İçim cızzz etti.

O dehşet cehenneminde sonumun geldiğini düşünerek şahadet getirmeye başladığımda, arkamdan gelen garip bir sesle irkildim:

– Evladım, korkma yetiştim, dedi. Yolda geçerken fark ettim seni.

Döndüm ki bir atlı, iri yarı bir adam.

– Kurtlar gitti. Ama dört koyunu parçalayıp öldürmüşler, on tanesini de yaralamışlar.

Haydi, koyunları al ve kasabaya dön. Korkma ben seni uzaktan takip edeceğim.

Bu dehşet içindeyken böyle bir karşılaşma beni hayretler içinde bırakmış, âdeta aklımı benden almıştı.

Cansız bedenime bir anda hayat gelmişti. Herhâlde buna "ipten dönme" veya "uçurumdan dönüş" denirdi. Bitmiş, tükenmiş halimle, o adama, "Siz kimsiniz?" bile diyemedim.

Kalktım. Hâlâ her tarafım lime lime dökülüyordu. Kendimi taşıyamayacak haldeydim. Savaştan çıkmış gibi kanlara boyanan koyunlar; sanki akıl birliği etmişçesine toplanıp önüme düşmüşlerdi. Sanki o görülmez el; hem onları hem de beni kasabaya kadar sürüklemişti.

Bu Dayağı Nasıl Unuturum!

Koyunların sahibi geç kaldığım için beni merakla beklemiş, kasaba girişinde. Olanları da öğrenince tekme tokat girişmişti halime bile bakmadan. Burnumdan yine kanlar boşalmaya başlamıştı. Serildim sokağın ortasına. Ya küfürleri, hakaretleri dayanılır gibi değildi.

Benim halimi gören eşi koşup gelmişti.

– Allah'tan kork, diye bağırdı kocasına. Sende hiç mi vicdan yok? Yetime el kaldıranın, bir gün eli kopar, bunu bilmez misin? Çocuk ne yapsın kurt sürüsüne? Kendisinin sağ salim gelişine şükret.

Öfkesinden gözü dönmüş adam, bunları duymuyordu bile.

– Hanım on koyun gitmiş. On, diye kendini yırtıyordu.

– İsterse yirmisi gitsin. Giden mal olsun, can olmasın.

Ağzımın burnumun kanını yıkadıktan sonra evin yolunu tutmuştum. "Bunları anneme söylememeliyim" diye de çocuk aklımla kendi kendimi tembihliyordum. "Ben üzüldüm, annem de üzülmesin" diyordum.

O yıl, koyunları, kurtlara kaptırdığım için bana ceza olarak bir kuruş bile ödenmemiş, vaat edilen hiçbir şey verilmemişti. Bir sene boyunca gecemi-gündüzüme katarak çile çekişim, boşuna gitmişti.

Ümit Dolu Bir Mektup

Koyunlarla, kurtlarla, gece ve korkuyla arkadaşlığım üç yıl sürmüştü. İlkokuldan sonra ortaokula gitme hayaliyle üç yıl âdeta tutuşup yanmıştım. Artık bütün ümitlerimi tüketince Fevzi Öğretmen'den bir mektup bana bir ümit olmuştu.

"Okuyamayıp çobanlık yaptığını öğrendim. Sen mutlaka okula gitmelisin. Bu yeteneğini koyunların ardında heder etmemelisin.

Şehre gidin, küçük bir ev bulun kendinize. Simit satarsın, ayakkabı boyacılığı yaparsın. Bu parayla evin kirasını ödersiniz. Okul için de yöneticiler sana yardım ederler. Bunu dene; senin başaracağına inanıyorum."

Bu fikir beynime şimşek gibi girmişti. Önümde duran onca engele rağmen annemi zorladım. Şehre gidip çalışarak okuyabilme ısrarımı dinleyen annem, yine fersiz koluyla beni sıcacık kucağına çekti ve başımı dizine yatırdı.

– Gözümün ışığı, dedi. Ben istemez miyim senin okumanı, öğretmen olmanı, hem kendini hem de beni kurtarmanı. Ah, bilsen bu hayali günde kaç kez kurduğumu.

– Öyleyse gidelim işte anne.

– Yavrum şehir yeri zordur. Burada kira vermediğimiz halde geçinemiyoruz. Orada hem kira hem de okul masraflarını nasıl karşılarız? Zaten bilmediğimiz bir yer. Güveneceğimiz bir Allah kulu bile yok. Bize kim yardım eder gözümün nuru?

– Ben çalışırım. Simit satarım, ayakkabı boyacılığı yaparım. Bir de ucuz bir ev bulursak tamam. Hem çalışır hem de okurum.

Beni tekrar kucağına basıp birileri alıp götürecekmiş gibi var gücüyle sıktı.

– Bu yaşınla onca yükü nasıl kaldıracaksın? Etraf art niyetli insanlarla dolu. Tek başımıza şehir yerinde kendimizi de kaybederiz, diye korkuyorum.

– Anne, şehirde okullar öğlenci-sabahçıymış. Yani bazı öğrenciler sabahtan öğlene kadar, bazıları da öğlenden akşama kadar okula gidiyorlarmış. Ben öğlenden sonra okula giderim. Sabahtan öğlene kadar da çalışırım. Akşamları da derslerimi yaparım.

Öğretmenlerim de okulda yardımcı olurlar, Fevzi Öğretmen öyle demişti.

Annem bu maceranın ne anlama geldiğini biliyordu; ama ben, bizi bekleyen, yutucu ve boğucu hayat dalgalarının farkında değildim.

Bir an önce şehre gidip okumak ve kasabada yaşadığım hayatı unutmak istiyordum.

Nihayet annemi ikna edip bir yakınımızın yardımıyla şehirde iki adalı toprak bir ev tuttuk.

Sahibi bize yardımcı oldu. Ben de fırında çalışmaya başladım. Sabah erkenden fırına gidip hamura yardım ediyordum. Ekmek çıktıktan sonra da öğlene kadar da simit satıyordum. Bir de ayakkabı boyacılığı için basit bir sandık yaptırdım. Hem boyacılık hem de simitçilik, evin kirasını ve annemin ilaç parasını denkleştirmeye çalışıyordum.

Her şey yoluna girdi derken okulun açılışına yakın, toprak evin sahibi, kızım gelecek, diye bizi çıkardı. Bir de daha pahalı bir yere gidince bütün planlarımız altüst olmuştu. Fırıncı da "Sen bu işi beceremiyorsun" diye beni işten çıkarınca büsbütün hayallerim dibe vurmuştu.

Akşama kadar sokak sokak dolaşıp sattığım simit ve ayakkabı boyacılığı parası acil günlük giderlerimizi zar zor karşılıyordu.

Bu gidişle okuma hayali yine tutuşup kül olacağa benziyordu. Bu öyle bir yıkılış olmuştu ki anlatmak ne mümkün?

– Şimdi ben ne yapacağım anne, okula gidemeyecek miyim, diye hasta bedenine sarılıp sicim gibi gözyaşı döktüğümde; çaresiz annem:

– Allah büyük yavrum, diyerek beni teselli ediyordu. Allah büyük!

Beni Ümitlendiren Sözler

O hafta okullar açılmıştı. Ben de boya sandığımı aldım, ortaokulun bahçesinin önüne gittim. Niyetim ayakkabı boyacılığından ziyade öğrencilerin giriş çıkışlarını izlemek, okulu uzaktan da olsa görüp içimin ateşini söndürmekti. Artık okumam hayal olmuştu. Büyük umutlarla geldiğimiz ilçe, bizi ilk aydan itibaren yutmaya başlamıştı.

O gün Cuma idi. Salalar verilmeye başlayınca başımın dumanını dağıtmak ve içimin fırtınalarını Rabb'ime anlatmak için caminin yolunu tuttum. O isterse her şey olurdu. Bunu bilerek yaşıyordum artık.

Namazı o kadar huşu içinde kılmıştım ki bütün zerrelerimle Rabb'ime halimi arz edip yalvarmıştım; hem de ne yalvarma... Namaz boyunca sessiz sedasız gözyaşı dökmüştüm.

İmam Efendi hutbede "Siz Allah'tan isteyin. O her kulunun arzusuna cevap verir, her kulun kalbinden geçeni bilir" demişti. O an, içimde müthiş bir ümit uyanmıştı.

"Allah'ım," dedim. "Mademki Sen her kulunun kalbinden geçeni biliyorsun ve herkesin isteğine cevap veriyorsun öyleyse önce annemin derdine şifa, sonra da bana bir okul nasip et, ne olur!"

Bunu o kadar içten, o kadar yürekten söylemiştim ki farkında olmadan, "Beni boş gönderme!" diye de bağırmışım. Yanımda oturan yaşlı amca, bütün olup bitenlerden haberdar gibi, "Âmin, evladım, âmin," demişti.

Tekrar okulun bahçesine gelip ayakkabı boya sandığımı önüme koydum. Bir tarafta öğrencilerin pürneşe içindeki cıvıltılarını dayanılmaz bir hasretlik içinde izlerken bir taraftan da müşteri beklemeye başladım.

Perişan Halim Dikkatini Çekmişti

İşte hayat filmimin unutulmaz sahnesi de o andan itibaren oynamaya başlamıştı. Bu öyle bir sahneydi ki hayalimden bile geçirmediğim esrarlı bir hadisenin içine düşmüştüm. Belli ki o yaşlı adamın "âmin"leri boşuna gitmemişti.

Uzun boylu, ince yapılı, gözünde siyah bir gözlük, çok şık giyimli, otuz beş-kırk yaşlarında gösteren yakışıklı bir adam, iki-üç kişiyle birlikte okula doğru gelirken birden dikkatini çekmiş olacağım ki yanındakilerle bana doğru yöneldi.

Ben de çocuksu bir panikle ayağa fırladım birden. Sakin ve sevecen bir edayla gelip önüme dikildi.

Yamalı pantolonumu, ceketimi ve yırtık ayakkabımı baştan ayağa süzdü ve sonunda gözleri boya sandığına takılıp kaldı.

– Çocuğum ayakkabı mı boyuyorsun, dedi üzüntüsünü ses tonuyla belli ederek.

– Evet, dedim kontrol edilmez bir heyecan içinde.

– Peki, öyleyse boya bakalım şu ayakkabılarımı...

Böyle bir adamın ayakkabısını ilk kez boyayacaktım. Ellerim zangır zangır titremeye başlamıştı. Bugüne kadar böyle zenginlerin ayakkabılarını boyamamıştım. Benim müşterilerim orta halli insanlardı. Bu yüzden üçüncü sınıf, kalitesiz bir boya kullanıyordum.

Şaşkınlık ve heyecanla öyle bir boya vurdum ki adamın ayakkabısını, mahvettim; hatta o kadar dikkat etmeme rağmen çorabını da boyamıştım.

Buna rağmen bana o kadar sıcak ve içten bakıyordu ki kelimelerle tarif edemem.

– Olur, evladım, diyordu. Olur, öyle iş kazaları.

– Baban ne iş yapıyor, diye sordu.

– Babam yok Efendim, dedim sessiz ve hüzünlü bir edayla.

– Peki annen?

– Annem de hasta.

– Yani evin erkeği sensin, öyle mi?

Yüreğimden kalkıp boğazıma düğümlenen çaresizlik duygusunu savuşturmak için kendimi öyle sıkıyordum ki bunun için bir anda terler boşalmıştı, saçlarımdan yüzüme doğru.

Durumu fark eden adam:

– Olur, çocuğum, dedi. Hayatta her şey olur.

O esnada okulun zil sesi gelmeye başlamıştı. Belki de bunun için konuyu değiştirmedi.

– Peki, okula da gidemiyorsun, öyleyse?

Başımı eğdim, konuşmadım.

– Okumak ister miydin?

Gözlerimden saçılmaya başlayan zehir gibi yaşlarla başımı kaldırdım:

– Çok istiyorum; ama okutan yok.

Bu son sözüm adamı yüreğinden vurmuş olacak ki gözündeki gözlüğü çıkardı, mendiliyle yaşlarını kurulamaya çalıştı.

– Peki, çocuğum, dedi. Ben yardımcı olsam okur musun?

Bu sözü yıllardır duymayı bekliyordum. Yerimden ok gibi fırlayarak adamın ellerine kapandım.

– Efendim, dedim. Kulunuz, köleniz olurum. Ne olur bana yardım edin. Ben okumak istiyorum. Vallahi borcumu öderim size.

Kendimi tutamadım, içimi köz gibi yakan bir acıyla ağlamaya başladım. Adam eğildi, beni kucağına bastı.

– Ah, çocuğum, dedi. Sen içimi yaktın. Gel seni okutayım da bari bir yetim duası nasip olsun.

Bu sözler, âdeta uçsuz bucaksız bir çöl ortasında, bütün umutların bittiği yerde, ölüm-kalım mücadelesini kaybetmek üzere olan bir mazluma uzanmış kurtarıcı bir eldi. Doğru duyduğuma bir türlü inanamıyordum. "Sana şaka yaptım evladım" diyecek, diye ödüm patlıyordu.

Yanındaki adamları boya sandığımı aldılar. Kendisi de boya içinde simsiyah olmuş olan elimden tuttu; okula doğru ilerlemeye başladık.

Okulun büyük kapısından içeri girince okul müdürü bu adamı hazır ol vaziyetinde karşıladı.

Buna çok şaşırmıştım. Demek ki bu adam çok büyük bir makama sahipti; okul müdürü bile karşısında hazır ola geçmişti.

– Müdür Bey, dedi. Bu çocuğun babası yokmuş. Annesi de hastaymış. Fakir, gariban bir yetim...

Bunu okula kaydet, bütün masraflarını ben karşılayacağım ve bu yavrunun velisi de ben olacağım.

– Emredersiniz Efendim.

Okul müdürü bana dönerek:

– Çocuğum yarın gel, seni okula kaydedeyim, dedi.

Müdürün Karşısındaydım

Uçmuştum; âdeta uçmuştum. O kadar mutlu olmuştum ki rüyadaydım sanki. Uyanıp da gerçek dünyaya döneceğim diye tir tir titriyordum.

Kucağıma ayakkabı boya sandığımı bastım, koştum eve. Sırılsıklam olmuş terler içinde, hasta yatağında inleyen annemin boynuna atıldım.

– Gözümün nuru, dedi. Ne bu telaş böyle?

Olanları bir çırpıda anlattım; ama bir rüya gibi gelişen bu hadiseye ne annem ne de ben inanabiliyorduk.

Meğer endişemiz boşuna değilmiş. Yüreğimizde alevlenen bu beklenmedik umudu tuz buz edecek kara haber, pusuya yatmış, fırsat kolluyormuş.

Her şeyden habersiz, tatlı hülyalar kuruyordum kendi kendime. O gece sabah olmamıştı bir türlü. Yıllardır hayaliyle yandığım okuma hasreti bütün bedenimi sarmıştı. Bu heyecanla sabahleyin erken saatte, okul kapısının önünde bitmiştim. Öylesine hayal balonlarıyla coşmuştum ki sanki dünyada okuyan ilk ve tek insan benmişim gibi kendimi kontrol edemiyordum.

Beni müdürün odasına götürdüler. İçeri girer girmez yerde serili halıyla karşılaştım. Halıya basmamak için eski ve yırtık ayakkabılarımı çıkardım. Bunu gören müdür bey gülümsedi.

– Çocuğum, dedi; bu halı ev halısı değil. Ayakkabılarını giy.

Bizim evde hiç halı olmamıştı. Eski bir kilim ve ottan yapılmış bir hasır seriliydi odamızda. Birkaç yamalı minder ve dağılmak üzere olan iki adet de ot yastığı.

"Niçin bu güzelim halıya ayakkabıyla basıyorlar?" diye çocuksu mantığımla hayretle karşılamıştım.

Müdürün huzuruna çıkmak benim için padişahı ziyaret etmek gibi bir şeydi. Günlerini çobanlık yaparak geçiren, koyun ve kuzulardan başka bir arkadaşı olmayan bir çocuk için bu tarifsiz bir duyguydu.

Nereden, nasıl başlayacağımı bilemeden bir süre müdüre baktım. Benim endişemi ve tedirginliğimi anlayan Müdür:

– Otur çocuğum, dedi. Yeni alınmış pırıl pırıl bir koltuğu göstererek.

Benim pantolonum ve ceketim o kadar eski, yamalı ve biçimsizdi ki bir an bu halimle o tertemiz koltuğa oturmaktan çekindim.

Müdür tereddüt ettiğimi görünce ısrar etti:

– Otur çocuğum, dedi. Niçin ayakta duruyorsun?

Oturduğum koltuk da ne kadar güzel ve yumuşacıktı. Hayatımda ilk kez bir koltuğa oturuyordum. Benim koltuklarım dağda gördüğüm taşlar, ağaçlar ve tümseklerdi.

Müdür Bey hizmetliyi çağırdı.

– Çocuğa bir şeyler getirin, dedi.

Önüme çay geldi. Bu hayatımda cam bardakta içtiğim ilk çaydı. Bizim çay ve şeker alacak paramız olmazdı. Annem, sonbaharda ayva yaprağı toplar, onu da ıhlamur gibi kaynatırdı. İçine de bir damla pekmez damlatarak içerdik.

Elime bardağı aldım. Çay da ne güzel görünüyordu, cam bardağın içinde. Seyretmekten içmeye kıyamıyordum.

Bardaktaki çayı yudumlamaya başlayınca âdeta büyüsüne kapıldım bir anda. Belki de ilk kez içtiğim için bana ulaşılmaz gelmişti. "Ah," dedim içimden. "Keşke paramız olsa da biz de her sabah çayla kahvaltı yapsak bazen de keyif çayı yapıp içsek... Ama nerede?"

Elimdeki bardaktan birkaç yudum almıştı ki gözümün önüne annem geldi. Onsuz içtiğim çay, bir anda boğazıma dizilmişti. İçim sızladı. Sanki anneme ihanet ediyormuşum gibi geldi.

"Keşke," dedim. "Bu katı bir şey olsaydı da yarısını kesip anneme götürseydim. Çünkü onun da bir yudum çaya ihtiyacı var."

Bardak elimde kaldı. Kalan çayı da içemeden masaya indirdim.

– İçsene evladım, dedi müdür. Niçin çayını bitirmedin?

– Çayı çok sevmem, diyerek kurtulmaya çalıştım, içimdeki hazin fırtınayı hissettirmeden.

Beni Bekleyen Şok

Müdür beni bir müddet tepeden tırnağa süzdü. Ardından da bazı sorular sorarak içinde bulunduğum çetin hayat şartlarıyla ilgili ipuçları edindi.

Sonra da hayat tecrübesini bakışlarıyla birleştirip gözünü çok ötelere dikti.

– Allah yardımcın olsun evladım, dedi. İnsan zorluklarla pişer, tecrübelerle olgunlaşır.

Tedirgin davranışlarla ayağa kalktı, bir müddet gezindi, sonra yeniden karşıma oturdu. O kadar sıkıntılı bir durumu vardı ki sanki bana önemli bir hususu söylemek istiyor da bir türlü ifade edemiyordu.

Yanıma geldi, şefkatle tedirginliğin, acıyla umutsuzluğun iç içe geçmiş edasıyla, mahzun gözlerini bana çevirdi.

– Bak, evladım, dedi. Nerden başlayacağımı bilemiyorum, lakin sana söylemek zorundayım.

Bu yaklaşım, bu davranış ve bu ifadeler, dünden beri dünyamı saran tozpembe hayalleri bir kıvılcımla kül edecek haberin ilk işaretleri gibiydi.

– Seni de çok ümitlendirdim. Biliyorum ne kadar üzüleceğini; ama ne yapayım. Benim elimden bir şey gelmiyor.

Hayret ve şaşkınlık kaosu, beynimde amansız bir fırtına koparmaya hazırlanırken ben nefes almadan Müdür Bey'in açıklamalarına odaklanmıştım.

– Evladım, senin elinden tutup bize getiren o adam ilçemizin kaymakamıydı. Dün okulu ziyarete gelirken seni görmüş, bize getirmişti.

Dün ikindiye doğru vilayete giderken yolda kaza geçirip rahmetli oldu. Cenazesi de akşamleyin memleketine gönderildi.

Çok sevilen, iyi ruhlu, yardımsever bir insandı. Senin gibi birçok öksüz ve yetimin elinden tutmuştu.

O anda koltuğun içinde kaybolmuştum. Müdür Bey'in sözleri kulaklarımda uğulduyor, her bir kelime beynime düşen bir top güllesi gibi vücudumu binlerce parçaya ayırıyordu.

"Yakaladım, tuttum" derken ellerimin arasından sıyrılıp kaçan bir kuş gibi, bütün ümitlerim uçup gitmişti.

Bir et yığını gibi serildiğim koltuktan kalkacak mecalim kalmamıştı. Vücudumun her gözeneğinden fışkıran terler, nasıl bir işkence altında olduğumu çok iyi anlatıyordu. Müdür Bey'in son cümlesini hayal meyal duymuştum.

– Üzgünüm çocuğum. Benim yapabileceğim hiçbir şey yok. Keşke sana yardım edebilseydim.

Kendimi Kaybetmiştim

Psikolojik bir depremin yıkıntıları arasında kaybolan varlığımı kurtarmak için can havliyle yalvarıyordum Müdür Bey'e:

– Ne olur bana yardım edin, ben okumak istiyorum, diye ayaklarına kapanarak kendimi paralıyordum.

Okuma uğruna kendimi helak ettiğimi gören Müdür, feryadıma daha fazla direnemedi.

– Kalk evladım, dedi gözlerinden boşalan yaşlarla. İçime ateş düşürdün benim. Demek okulu bu kadar çok istiyorsun, öyle mi?

– Çok istiyorum hem de pek çok. Ne olur beni okutun.

Son anda benim için bir imkân yakalamış gibi birden gülümsedi.

– Peki, çocuğum, dedi. Sana yardım edeceğim.

Benim de üç evladım var. Ay sonunu zor çıkarıyoruz; ama şimdiye kadar acımızdan ölmedik. Sana yardım etmekle de inşallah rızkımız da bereketlenir.

Kalk çocuğum, seni okula alıyorum. Bundan sonra yalnız müdür değil, senin manevî baban da olmaya çalışacağım.

Bu sözlere inanamıyordum. Bu sözler ölmüş bir insanın yeniden dirilişi, kuru bir ağacın hayat bulması, çöllerin yağmura doyması gibi bir şeydi.

Müdür Bey, bana yeni bir boya sandığı alacak, öğlene kadar okulun önünde ayakkabı boyayacak, öğleden sonra da okula gidecektim.

Bu haberi duyar duymaz, annem hasta yatağında iksirli bir ilaç içmiş gibi gözlerini sevinçle açmış, beni mis gibi sinesine basarak doyasıya koklamıştı.

"Ya Rabb'i şükür, Ya Rabb'i şükür!" diyerek titreyen ruhuyla Yüce Allah'a hamd ediyordu.

Fırıncılık, Boyacılık ve Öğrencilik

Kucağımda çantam, elimde boya sandığımla okula başladığım gün, sevincimden yerimde duramıyordum. Başım göklerde, ayaklarım yere değmiyor, herkes benden bahsetsin istiyordum.

Sınıfa ilk adım attığımda, Fevzi Öğretmen'in bana olan nasihatini hatırladım. "Yalnız sınıfın değil, okulun da en çalışkanı olmalısın" demişti. "Yoksa annenle birlikte ömür boyu ayaklar altında ezilmeye devam edersin. Senin başarmaktan başka çaren yok. Ya başaracaksın ya da başaracaksın!"

Çektiğimiz onca sıkıntının da etkisiyle, okul derslerine öyle bir istek ve hızla başlamıştım ki âdeta konuları su gibi içiyor, verilen ödevleri de en iyi şekilde yerine getiriyordum. Hem emsallerimden üç yaş daha büyüktüm hem de ne yaptığımı bilecek kadar acı bir hayat tecrübesine sahiptim.

Okul önünde başladığım ayakkabı boyacılığı işi, hem bana gündelik temin ediyor hem de evimizin ufak tefek ihtiyaçlarını karşılıyordu. Ama annemin ilaç parasıyla ev kirasını nasıl ödeyeceğimiz konusu küçük beynimi her gün matkap gibi deliyordu.

Ayakkabı boyacılığının annemin ilacını almaya yetmediğini ve evimizin kirasını karşılamadığını gören okul müdürü, bana bir de fırında iş ayarlamıştı. Sabah erkenden gidip simit alacak ve o simitleri işçilerin geçtiği caddelerde satacaktım. Saat dokuza kadar da satamadığım simitleri, okula getirip öğlene kadar ayakkabı boyacılığı yaparken yanımda bulunduracaktım. Bu şekilde hem boyacılıktan hem de simitçilikten gelen harçlık, ihtiyaçlarımı karşılar, diye yeni bir heyecanla sarılmıştım işe.

Okula başladığım ilk hafta, hem boyacılık ve simitçilik hem de öğrencilik havasına iyice girmiştim.

Öyle bir azimle çalışıyordum ki asla yorulmak nedir, bilmiyordum. Sabah erkenden fırına gidiyor, simitleri alıyor, onların bir kısmını işe gidiş saatlerinde satıyor, diğerlerini de öğlene kadar okula getiriyordum. Öğlene kadar okulun önünde boyacılık ve simitçilik beni yoruyordu; fakat bunu hiç önemsemiyordum. Akşama kadar da okulda ders görüyor, eve geldiğimde de geç saatlere kadar ödevlerimi yapıyordum.

Annem beni sabah kaldırırken neler çekiyordu zavallı. Bir türlü uyanamıyordum yorgunluk ve uykusuzluktan.

"Kalk gözümün nuru, kalk ciğer parem!" diyerek o fersiz parmaklarıyla saçlarımı okşayarak beni koklar, öper bazen de halime dayanamayıp ağlardı.

Kulağımı Parçalayan Tırnaklar

Okullar açılalı bir ayı geçmesine rağmen bazı ihtiyaçlarımı temin edememiştim. Özellikle de resim ve müzik öğretmenimin istedikleri çok pahalı gereçler olduğu için alamamıştım.

Bir bayan müzik öğretmeni mandolin istiyordu. Benim ise alacak param yoktu. O gün derste beni kaldırdı:

– Hâlâ almadın mı, diye sordu sinirlenerek.

Başımı eğdim.

– Sana diyorum, dedi. Hakarete varan ses tonuyla. Senden başka vurdumduymaz var mı? Herkes ilk haftadan itibaren aldı. Ya sen?

Nedenini anlatmak için gözlerine baktım; ancak öyle sinirlenmişti ki kontrolsüz bir şekilde bağırıyordu.

– Yarına o mandolin alınacak!

Fakirlik numarası yapıp durma. Herkesin imkânları kıt; ama bir mandolin alamayacak kadar da değil.

Eğer okumaya niyetin varsa hele bu dersten geçmek istiyorsan bu sözlerimi unutma. Yoksa bu kocaman boyunla, arkadan gelen minicik çocuklarla birlikte okumaya devam edersin.

Bunca hakarete dayanamadım ve ağlamaya başladım.

– Hop, hop, diye geldi tuttu kulağımdan. Öyle duygu sömürüsü yapma.

Uzun tırnaklarını kulağıma bastırarak öyle sıktı ki keskin tırnakları kulağımı kesince boynuma doğru kanlar akmaya başlamıştı. Bununla da yetinmeyerek öyle bir tokat indirdi ki enseme, gözlerimden alevler çıkmıştı.

Ağzından çıkan hakaretlerin haddi hesabı yoktu. Bütün sınıf sus pus olmuş benim düştüğüm hazin durumu izliyordu.

Ben yediğim dayağa değil, düştüğüm aşağılayıcı duruma kahroluyordum. Parmağını gözlerime uzatarak:

– Bana bak, dedi sakın benimle uğraşmaya kalkma. Bundan sonra da sözlerimi emir kabul et. Yoksa ben bu okulda olduğum sürece bu dersi geçemezsin.

Oturduğum sırada, yüzlerce parçalara ayrılmıştım sanki. Böyle anlayışsızlık, bu kadar zalimlik ve insafsızlık...

Kendisine asi olduğumu, karşı çıktığımı, özellikle mandolin almayıp dersine ilgi göstermediğimi sanıyordu.

Benim ne derece zor hayat şartları içinde olduğumu, her gün okul önünde boyacılık yapışımdan ve simit satışımdan anlaması lazımdı. Demek ki o işleri fantezi için yaptığımı sanıyordu.

Kırk yaşlarında, bekâr, kin ve nefret dolu yapısıyla öğrencilerin korkulu rüyası olan Handan Hanım hızını alamayarak tekrar ayağa kalktı, son sözünü söyledi:

– Bana bak ukala, dedi. Yarın baban yanıma gelecek, hem senin için benden özür dileyecek hem de bir açıklama yapacak. Anladın mı?

Buna dayanamıyordum, bütün arkadaşlarım benden önce davranarak:

– Öğretmenim onun babası yok, dediler.

Handan Öğretmen'den bir yumuşama beklenirken hiç oralı olmadı.

– O zaman annesi gelsin, dedi.

Bizi iyi tanıyan bir arkadaşım tekrar ayağa kalkıp benim yerime açıklama yaptı:

– Öğretmenim annesi de hasta yatıyor.

– Ben bilmem, kalksın gelsin.

Bu zalimce yaklaşım bütün arkadaşlarımda nefret uyandırmış, herkes benim düştüğüm bu durum karşısında çok üzülmüştü.

Beni Utandıran Kız

İkinci derste; yaşıtlarından daha uzun boylu, temiz giyimli, oldukça güzel görünümlü Hasret, çekingen ve hanımefendi davranışlarıyla yanıma geldi.

Sınıfın başkanı da olan Hasret'le bir anda göz göze gelince bakışlarındaki o duruluk, temizlik ve merhamet hissi, içime tuhaf bir duygu saçmıştı. Heyecandan ne yapacağımı şaşırmıştım. Oturmakla kalkmak arasında bir an bocaladım, sıkıntıdan ter bastı birden.

– Arif, dedi çok üzgün bir ses tonuyla. Müzik Öğretmenimiz sana çok haksızlık yaptı. Biz de kahrolduk o kaba davranışları karşısında. Eğer bizi yanlış anlamazsan arkadaşlarımla sana destek olmak istiyoruz.

Konuşması o kadar müşfik ve rahatlatıcıydı ki merhamet dolu sözleri beni etkiliyordu; gök mavi gözleriyle karşılaşmamak için sürekli önüme bakıyordum.

El içine çıkamamış, yetimlik psikolojisini üstünden atamamış, hep aşağılanmış, ikinci sınıf insan konumunda biri olarak bir binbaşının kızıyla senli-benli nasıl konuşabilirdim?

O konuştukça ben eriyor, bir an önce yanımdan uzaklaşmasını istiyordum.

– Arkadaşlarımla bir miktar para topladık, diye devam etti. Bu bir mandolin alacak kadar; fazla değil, ama en azından sana katkısı olur.

İşte bu beni yıkmıştı. Sanki altımdaki tahta sıra derin bir çukura dönüşerek bir anda beni içine atıp yutmuştu. Hasret'in konuştuklarını duyamıyordum artık. Tek hissettiğim şey, gözlerimin önündeki karanlık, beni bunaltan baskı ve kulaklarımdaki uğultuydu.

– Arif, Arif…

Hasret'in sözleriyle kendime geldim. Ne kadar seslendi duyamamıştım.

– Biliyorum, çok etkilendin, dedi hiçbir şey olmamış gibi. Lakin bu soruna çözüm bulmalıyız.

Elindeki bir miktar parayı bana uzattı.

– Al, dedi. Üzerini tamamlayıp öğretmenin istediği mandolini alırsın.

Utancımdan daha fazla dayanamayarak başımı tekrar önüme eğdim.

– Hayır, dedim nefesimi zor alarak… Hayır, bunları kabul edemem.

– Etmelisin Arif, dedi o büyülü ve sıcak sesiyle. Yoksa bu öğretmen seni geçirmez.

– Ben kimseden bir şey almam. Ben alsam da annem buna izin vermez.

– Ama başka çaren yok. Eğer almazsan seni derse kabul etmez bir daha.

Daha fazla dayanamadım bu baskının ağırlığı karşısında. Kendimi o kadar sıktım ki yine de işe yaramadı, küçük bir çocuk gibi hıçkırmaya başladım.

– Israr etme ne olur, dedim. Bu, bana ölüm gibi geliyor.

İçine düştüğüm durumun dayanılmazlığı Hasret'i daha çok üzmüştü. Buğulu bir ses tonuyla:

– Seni anlıyorum, dedi. Allah yardımcın olsun.

Yanımdan ayrıldı. Bir taraftan müzik öğretmenimin baskısı bir taraftan da Hasret'in merhamet dolu yaklaşımları, o günkü hatıralarımın unutulmazları arasında yer almıştı.

Islanan Simitlerim

O sabah erkenden kalkarak fırına gittim.

– Salih Amca, dedim fırıncıya. Müzik öğretmenim benden mandolin istiyor; ama alacak param yok. Bana bugün yüz tane simit ver; ama satamazsam iadesini kabul et. Eğer satarsam mandolin parasının bir kısmını denkleştiririm. Bir kısmını da yarın, öbür gün... Ne olur Salih Amca, yoksa beni derse almayacak.

– Vay vicdansız hoca vay, diye söylendi yaşlı fırıncı. Evladım, bunu senin için bir kereliğine yaparım; ama ileride bu borcunu ödersin. Sevincimden kuşlar gibi çırpındım.

– Tamam, dedim. Sen bana mandolin parasını denkleştirene kadar yardım et, ben de bu hakkını fazlasıyla öderim, söz.

Simitleri özenle tepsiye dizdim, başımın üzerine koydum, işçilerin geçtiği caddenin kenarına getirdim. Orada işçiler her sabah işe giderken benden bir simit alırlardı.

Simit tepsisini portatif ayakları üzerine yerleştirdim. Bir yağmur bastırdı o an... Sanki gök yarıldı da bütün sular başıma akmaya başladı.

Tam iki saat boyunca hiç durmadan coştu, sellere döndü. O fırtına, o yağmurdan dolayı yüz simitten yalnızca on tane satabilmiştim.

Simitler yağmurun altında yenmeyecek hale gelmişti; ben de sırılsıklam olmuştum. O kadar üzüldüm, o kadar bunaldım ki bütün beklentilerim, hayallerim yağmurla birlikte aktı, gitti.

"Allah'ım şimdi ben ne yapacaktım?"

Zaten başımdan sular akıyordu. Eski elbisemin içinde tir tir titriyordum. Onca simidin ıslanıp mahvolmasına kahroluyordum. Simitlerin parası da mandolin alma arzusu da suya yenik düşmüştü.

Okula gidip boyacılık yapma ve kalan simitleri satma saatim gelmişti; ama ıslanan simitleri artık kimse almazdı.

"Allah'ım! Allah'ım, ne olur yardım et!" dedim içimi yakan çaresizlik ateşi gözyaşlarıma dönüşerek... "Çaresiz kaldım ben. Bu simitleri satamazsam mandolin alamayacağım, öğretmenim de beni derse almayacak. Yüce Rabb'im! Ben okumak istiyorum ne olur, bana yardım et!"

Hem ağlayarak simitleri topluyor hem de ümitleri ıslanmış aklımla çıkar bir yol arıyordum.

Bu dramatik ortamda o kadar bunaldım, o kadar sıkıldım ve o kadar tükendim ki herhâlde "pes etmek" buna denirdi.

Böyle Adam da Varmış

O esnada kravatlı bir adam, elinden tuttuğu çocuğuyla yanıma geldi. Çocuk sürekli olarak babasına:

– Simit, simit, diye bağırıyordu.

Ama adam simitlerin ıslandığını görünce:

– Evladım, dedi. Bu simitler ıslanmış, yenmez.

– Hayır, simit, diyorum; simit, diye tutturmuştu; babasını dinlemiyordu.

O anda adamın gözleri ayaklarıma kaydı. Ayağımda komşumun verdiği eski ve büyük bir ayakkabı vardı. Yürüyünce ayağımdan çıktığı için iple bağlamıştım. Çorabım da olmadığı için ayakkabı ayağımı kanatıyordu. Kanlar ise ayakkabının dışına bulaşmıştı.

Hele elbisem yamalı ve dökülmek üzereydi. Zaten bu yüzden utancımdan arkadaşlarımın arasına zor giriyordum.

Adam bu acınacak halimi görünce içindeki merhamet duygusu, bir anda parlak yüzünü bulutlandırmıştı.

– Evladım, dedi. Senin baban ne iş yapıyor?

Bu soru her sorulduğunda içim burkuluyordu.

– Babam, yok amca, dedim.

– Öyle mi çocuğum, dedi. Peki, bu simitleri sen fırıncı için mi yoksa kendin için mi satıyorsun?

– Kendim için amca. Ben öğrenciyim de...

– Öyle mi evladım?

Adamın yüzündeki endişe çizgileri daha da derinleşmişti.

– Peki, bu kalan simitlerin kaç lira yapıyor?

– Şu kadar.

Yüzü nurlu, kalbi temiz, vicdanı buram buram gözlerine yansıyan bu hayır sahibi, elini cebine atarak bir tomar para çıkardı.

– Al çocuğum, dedi parayı saymadan. Senin bütün simitlerini alıyorum.

Sonra yanıma geldi. Başımı göğsüne bastı.

– Evladım, dedi. Bilesin ki her gün durumu iyi biri gelip senin simidini almaz. Senin çalışıp başarılı olmaktan başka çaren yok. Yoksa ömür boyu ayaklar altında ezilir, simit tablalarının başında çare arayıp durursun.

Unutma çocuğum. Allah çalışan ve başarmaya inanan bir kulunu asla ayaklar altında ezdirmemiştir.

Simitlerimi bir poşete doldurdu, çocuğunun elinden tutup uzaklaştı.

En zor anımda bir Hızır gibi gelerek bitmiş umutlarımı yeniden yeşerten bu adama, kim olduğunu bile soramamıştım.

Avucuma tutuşturduğu parayı hemen saydım. Bana verdiği para, simitlerin parasından kat kat fazlaydı.

Allah'ım! Tam mandolin alacak kadardı.

Sevincimden uçarak gittim anneme; çünkü bugün hasta yatağında yolumu gözleyen meleğime anlatacağım çok şeyim vardı.

Sürpriz Bir Ziyaretçi

Eve gidince bir sürprizle karşılaştım. O sürprizi ömür boyu asla unutamam. Davut Hoca ve eşi Kevser Hanım, ilçeye doktor kontrolüne gelmişler. Bu vesileyle de bize uğramışlar veya doktoru bahane edip ziyaretimize gelmişlerdi. Neler getirmemişlerdi ki bir tane kilim, birkaç yeni yastık, bir tane teneke soba, bir at arabası odun, kışlık bazı yiyecekler ve eski giysiler...

Evin birikmiş iki aylık kirasını da ödemişlerdi. Hasta yatağında inleyen annem, bu sevinçle sanki şifa bulmuştu.

Dünya iyisi bu insanlar, kasabadaki iki odalı, toprak evimizin huzurlu olması için ellerinden geleni yapmışlardı. Allah dostu bu iki insan, yaşlı ve hasta olmalarına rağmen burada da bizi unutmamışlardı.

O gün evde ilk kez sıcak bir yemek piştiğini görmüştüm. Davut Hoca'nın getirdiği lavaş ekmeğine doyamamıştım. O gün annemin yüzü gülüyor, evin içinde huzur zerrecikleri uçuşuyordu. İlk kez evde bu kadar doyuyordu karnım. O günü nasıl unutabilirdim?

Annemin teşekkürleri ve duaları bitmek bilmiyordu.

– Keşke hiç yanımızdan gitmeseniz, diyordu.

Davut Hoca bana sarıldı.

– Haberini alıyorum, dedi. Sabahtan akşama kadar azimle, gayretle çalışıyormuşsun. Çok sevindim. İnşallah öyle büyük bir adam olacaksın ki hem kendini hem de anneni kurtaracaksın.

Bu teşvikler bana öyle bir ümit kaynağı oluyordu ki âdeta damarlarıma güç ve kuvvet pompalıyordu.

– Evet, hem kendimi hem de annemi kurtaracağım, demiştim.

Hep birlikte yemek yiyorduk. Annem hiç beklenmedik bir şekilde İzmir'den haber gelip gelmediğini sordu.

Bu soru üzerine, Davut Hoca ve Kevser Hanım birbirlerine bakmışlardı; ancak bakışlarında ısrarla gizlemeye çalıştıkları bir konunun varlığı derhâl anlaşılıyordu.

Bunu kendine has duyguyla sezen annem:

– Yoksa kötü bir şey mi var, dedi.

Davut Hoca, o ünlü rahatlatma tekniğini kullanarak önce konunun etrafında dolaştı, insanın başına her an her şeyin gelebileceğinden söz etti. Sonra da haberlerin iyi tarafından başladı.

– Eşinin hasretiyle kasabayı terk eden ağabeyin, İzmir'e gitmiş, çalışıyormuş.

– Ya, diye atılmıştı annem aylardır görülmeyen bir sevinçle.

– Sana selam göndermiş. Gelip kardeşimi ve yeğenimi de götüreceğim, biraz sabretsinler, demiş.

Bu haber doğru muydu yoksa Davut Hoca annemi rahatlatmak için mi söylemek zorunda kalmıştı, bilmiyorum. Ne olursa olsun, annem bu haber karşısında kuşlar gibi rahatlamış, sevincinden dört köşe olmuştu.

– Demek ağabeyim iyi, çalışıyor, bizleri de götürecek ha?

Kara Haber Bitmiyordu

Davut Hoca ve eşinin vermek istedikleri haber bu değildi. Çünkü o en kötü haberi, en sona sakladıkları belliydi. Bu durum annemin gözünden kaçmamıştı.

– Bir de üzüntülü bir haber vardı değil mi, dedi.

Kevser Hanım, Davut Hoca'nın gözlerine baktı. Sanki "Hadi söyle başka çare yok!" der gibiydi.

Davut Hoca sakin ve etkileyici bir tonla başladı konuşmaya.

– Melek kızım, dedi. Artık sen çocuğunla birlikte bir dünya kurdun. En kötü günleri geride bıraktın. Bundan sonra İzmir'dekilerin size faydası yok. Bunu kabul etmek lazım. Onları düşünerek ümitlenmek yanlıştır.

Davut Hoca İzmir'dekiler derken babamı kastediyordu. Annem, "Havalım" dediği kocasına karşı inanılmaz bir sevgi, kara bir sevda içindeydi. Davut Hoca da annemin bu hassas noktasını bildiği için açıklamasını ona göre yapıyordu. İkna edici üslubuyla annemin ümidini kesmek istiyordu.

Annem bunları duymamış gibi:

– Cemal'e bir şey mi oldu, diye atıldı.

– Hayır, kızım bir şey olmamış, ama görümcen Zehra Hanım, girdiği bunalımdan kurtulamamış bir türlü. Bir caddeden karşı tarafa geçerken araba çarpmış, rahmetli olmuş.

Bu haber önümüzdeki sofraya bir bomba gibi düşmüştü. Dayıma sırılsıklam âşık giden ve zoraki ayrılığın kurbanı olan halam, babamın hatalarına mahkûm olmuş, genç yaşında hayata veda etmişti.

Bu hadiseden en çok etkilenecek olan dayımdı. Bu ayrılık onun hayatını perişan edecekti.

Annem bu konuyu merak ederek Davut Hoca'ya ısrarla sormuştu:

– Hocam ne olur, benden gizlemeyin bunu. Ağabeyimin bundan haberi oldu mu acaba?

Davut Hoca, belki de annem üzülmesin diye üstünkörü bir açıklama yapmıştı:

– Tam bilmiyorum kızım. Ağabeyin de orada olduğuna göre durumdan haberdardır herhâlde. Bana ayrıntılı bir haber gelmedi.

Sonradan bize ulaşan bilgiye göre, dayım, halamı takip ederek İzmir'de izini bulmuş. Babama gözükmeden gizlice her gün halamın peşinde gezmiş; ama halam çok ciddi bir bunalım geçirdiği ve kendinde olmadığı için dayımla konuşmamış.

Halamın peşinden adım adım ayrılmayan dayım, kaza anında halamı kurtarmak istemiş, ama kazaya engel olamamış. Her ne kadar halam bunu hissetmese de son nefesini dayımın kucağında vermiş, mezara da onun elleriyle indirilmiş.

"Ah, baba ah! Bütün bu yürekleri parçalayan dramın sebebi sensin. Sana çok kızıyorum, ama babamsın işte. Bütün bunlara rağmen gün geçtikçe annem gibi seni merak ediyorum, hatta özlüyorum."

Davut Hocaların maddî ve manevî yardımlarıyla annem iyi bir tedavi görmüştü. Ben de mandolini alarak müzik derslerine devam etmeye başlamıştım.

Sıra Fen Bilgisi Öğretmeninde

İnişli, çıkışlı bu hayat yolunda şimdilik önümüzdeki acil engeller aşılmış görünüyordu; ama en keskin, en karmaşık, en çözümsüz olayların bizi beklediğini bilmeden bu zor hayata devam ediyorduk.

Her sabah öğretmenlerimiz sınıfa geldiklerinde temizlik yoklamaları yaparlar, ellerimizin ve tırnaklarımızın temizliğine ve mendilimizin olup olmadığına bakarlardı.

O gün, okulumuza yeni gelen Fen Bilgisi öğretmenimiz, ilk derste temizlik yoklaması yapıyordu.

Okula geç başladığım için boyum arkadaşlara göre daha uzundu, bu yüzden de en arka sıraya oturmuştum.

Ne yazık ki mendilim de yoktu, ayakkabı boyacılığı yaptığımdan dolayı da elimin üstü ve tırnaklarımın arası suyla kolayca çıkmayan, simsiyah boya ve cila kalıntılarıyla doluydu. Bu yüzden oldukça kirli bir el görünümündeydi.

Sıra üstünde elimi gören öğretmenimiz, şaşkınlık dolu bir çığlık attı:

– Aaaa! Evladım, bu ne biçim el? Sen hayatında ellerini hiç yıkamadın mı? Hem mendilin de yok. Anlaşıldı, temizlik gibi bir derdin de yok senin.

Elini yumruk yaparak kafama öyle şiddetlice indirdi ki darbenin etkisiyle alnım "pat" diye sıraya vurdu. Sıranın da kenarına geldiği için alnım yarıldı, birden kanlar boşalmaya başladı.

Öğretmen yaptığı bu yanlış davranıştan kendini haklı çıkarmak için bağırmaya devam ediyordu:

– Sen ne biçim öğrencisin? Senin temizlik anlayışın bu mu? Utanmıyor musun böyle okula gelmeye, geri zekâlı? O vurdumduymaz annen-baban seni hiç uyarmıyor mu?

Bir taraftan çeneme doğru yollar çizerek akan kanın paniği, bir taraftan da öğretmenin acımasız davranışı, yine üstümde silindir geçer gibi beni ezmişti.

Sınıftaki bütün arkadaşların bakışları benim üstümdeydi. Bu hazin durumun, elem verici şokunu yaşıyorlardı.

Alnımdaki kanlar yüzüme yayılınca yanımda oturan arkadaşım dayanamayarak mendilini çıkarıp silmeye başlamıştı.

Bu ağır baskı altında, sorulara cevap vermemem ve sürekli susmam, öğretmeni çileden çıkarmıştı. O, bu davranışımı bir saygısızlık ve derse karşı bir ilgisizlik olarak yorumluyordu. Biraz da yaşım ve boyum sınıfta fark edilecek kadar gelişkin olduğu için bu yaklaşımımı bir başkaldırı olarak görüyordu. Fakat benim nasıl eriyip küçüldüğümü, sınıf huzurunda nasıl kahrolduğumu fark etmiyordu.

Ben yaşımın verdiği olgunlukla bu olaya çok içerlemiş ve bu durumdan çok etkilenmiştim. Keşke sınıf huzurunda, arkadaşlarımın önünde bu kadar hakaret görüp beş paralık olmasaydım da ölseydim. İçimi öyle yakıp beynimi öyle dağıttı ki bu hadise, dersin sonuna kadar acımı içime gömerek sessiz sedasız gözyaşı döktüm.

Dünyada umudunu kesmiş, canlı bir ceset gibi evin yolunu tuttuğumda, beynimde sürekli olarak yankılanan bir soru vardı:

"Bizim bu halimiz ne olacak, Allah'ım! Niçin bizi anlamıyorlar?"

Bunalan aklımla çare arıyordum. Bir taraftan da bu halimi anneme nasıl izah edeceğimi düşünüyordum. Beynim savaş meydanı gibiydi. Davut Hoca'nın son ziyaretinde verdiği nasihatlerden aklımda kalan iki cümleyi hatırladım:

"Derdin çaresi, dert içindedir. Acının ilacı da acıda gizlidir. En büyük başarılar, en büyük sıkıntılarla başlar. Sabır, şükür ve gayret, insanı zirveye taşıyan sihirli bir eldir."

"Peki, bu çekilmez sıkıntımı başarıya nasıl dönüştürebilirim?" diye düşünürken o anda, sanki beynimin keşmekeşi içinde gizli bir el bana yol gösterdi. Okul Müdürümüz ve aynı zamanda Türkçe Öğretmenimiz olan Zekeriya Hoca'nın geçen dersteki konuşmasını hatırladım:

"Çocuklar, akşam eve gidince o günün önemli olaylarını yazın ve yorumlayın. Hem günün stresinden kurtulursunuz hem de yazma tekniğiniz gelişir. Belki de ileride yazar bile olursunuz."

Yazar olmak...

İlk kez beynime damlayan şifalı bir ilaç gibi gelmişti bana. O anın tarifsiz psikolojisi içinde, yazar olmayı düşüne düşüne evimizin kapısına dayanmıştım.

Annem benim bu halimi görünce sırtından hançer yemiş gibi sıçramıştı ayağa.

– Gözümün nuru, bu ne hal, dedi beni göğsüne basarak. Ne oldu sana böyle?

Telaş ve şaşkınlık içinde, ne yapacağını şaşırmıştı.

– Bir şey yok anne, dedim. Ayağım kaydı da alnım sıraya değdi.

İnandı sözlerime zavallı. İnandı; çünkü benim asla yalan söylemeyeceğimi sanıyordu. Ne yapayım, onu üzmemek için başka bir yolum yoktu. Gerçekten sıraya değmişti, ama ayağım kayarak değil, Fen Bilgisi öğretmenimin acımasız yumruğuyla.

Annem, yine hastalanmıştı. Sağlığı günden güne geriliyordu. Önüme koyduğu dünden kalan bulgur pilavını kaşıklarken annemi süzüyordum. Sapsarı bir beniz, gittikçe eriyen bir vücut, göz çukurlarında kaybolan gözler, fersizleşen bakışlar içimi daraltıyor, aklıma kötü şeyler getiriyordu.

Annem ciddi bir tedavi olmazsa Allah korusun halim ne olurdu? Bunu düşünmek bile bana dehşet veriyordu.

Kafamda cirit atan bu çözümsüz problemle dersimin başına otururken annem de kendini yatağa atmıştı. Duymamı istemese de iniltileri odayı kaplıyordu.

Sırtıma binen bu tonlarca elemin altında, elime kalemimi alarak ilk kez Türkçe öğretmenimin dediğini yapıp yazarak rahatlamak istiyordum; ama bu başlangıcın hayatıma yön verecek yeni bir umut olacağını, nereden bilecektim. Demek ki Rabb'im, kulunun en bunaldığı anlarda, ona nefes aldıracak ve kalbinde ümit ışığı olacak bir kapı açıyordu.

Fen Bilgisi öğretmenimin, sınıf huzurunda beni kahredişinin öyküsünü; içim kanayarak, gözlerim dolarak ve kalbim çarparak kâğıda aktardım. O an öyle bir duygu yoğunluğu yaşamıştım ki âdeta yazımın her kelimesine gözyaşı dökmüştüm. Acizliğim, çaresizliğim, yetimliğim harf harf satırlara aktı, aktıkça rahatladım, rahatladıkça da yazdım.

İki sayfa tutmuştu. Bu benim hayatımda yazdığım ilk yazıydı. Ne bir öyküye ne denemeye ne de kompozisyona benziyordu. Kaleme nasıl geldiyse öyle karalamıştım işte.

Sabahleyin ilk dersimiz Türkçeydi. Okul Müdürü, babacan ve sevgi dolu tavrıyla sınıfta mükemmel bir derse başlamıştı, yine. Dersin konusu da "İnsan Sevgisi"ydi. Hem anlatıyor hem de davranışlarıyla bunu yaşıyordu.

Öğretmenimi Şikâyet Edemedim

Benim yanıma geldiğinde alnımdaki sargıyı fark etti.

– Evladım, ne oldu sana, diye sordu kaşlarını merakla çatarak.

Başımı hüzünle eğdim, içimden kanayıp gelen duygu dalgasını yutkunarak savuşturmaya çalıştım.

– Söyle bakalım ne yaptın bu alnına, diye üsteledi.

Benden cevap alamayınca sınıfa döndü.

– Ne oldu arkadaşınıza?

Hasret parmak kaldırarak hemen konuya girdi, üzgün ve kırgın bir ses tonuyla:

– Fen Bilgisi öğretmenimiz, dedi.

– O mu yaptı?

– Evet...

– Ama niçin?

– Ellerini yıkamıyor, diye.

Müdürün gözleri bir anda açıldı, burun delikleri öfkeyle daralıp genişledi. Bakışlarını meçhul bir yere topladı.

– Bu çocuğun ayakkabı boyacılığı yaptığını bilmiyor mu? Ellerinin derisine işlemiş bu boyanın, kolay kolay çıkmayacağını hiç mi duymamış?

Bana öfkeyle döndü:

– Peki, çocuğum, ben sana kaç kez söyledim; bir problem yaşarsan bana gel, diye... Neden gelip söylemedin?

Yine cevap vermedim. Gidip çantasından bir kâğıt getirdi, önüme koydu.

– Yaz, dedi. Öğretmeninin yaptığı o kabul edilmez davranış için bir şikâyet dilekçesi yaz. Ben söyleyeyim, sen de yaz. Gerisini ise bana bırak.

Son cümlesi öyle sert ve kararlı çıkmıştı ki sanki yüreğine bir anda biriken tonlarca kin ve intikam duygusu bir anda patlayıvermişti.

Elime kalemi aldım. Heyecan ve panik içinde parmaklarım titriyordu.

Yazamadığımı görünce:

– Evladım sen dediğimi yap. İnsan sevgisinden noksan bir öğretmenin bu okulda işi yok.

– Hocam ben yapamam, dedim. Kötülük olsun istemiyorum; hem onun da çocukları varmış.

Son cümle müdürün kalbine ok gibi saplanmış olacak ki gelip kollarıyla beni sardı.

– A benim masum evladım, dedi. Demek çocuklarına zarar gelmesin diye şikâyet etmiyorsun öyle mi?

Öfkeden ateş saçan gözleri bir anda bulutlandı, kirpiklerinde damlalar sıraya dizildi.

Sınıfın üzerinde hüzünlü bir hava oluştu. Bu ortamdan çıkmak için konuyu değiştirdi Zekeriya Hoca.

– Çocuklar, dedi. İlçe kaymakamlığı ortaokul ve liseler arası anı yarışması düzenledi. İlk üçe girenlere para ödülü verecekler. Yaşadığınız ilginç anılarınız varsa yazıp bana iletin de yarışmaya göndereyim. Belki aranızda derece alanlar çıkar.

Bütün gözler; çok güzel konuşan, çok güzel yazan ve kompozisyonları öğretmenler tarafından çok beğenilen, Hasret'e dönmüştü. Ben ise akşam yazdığım yazıyı çantamdan çıkarıp müdüre uzattım.

– Bunu dün gece yazmıştım, dedim. Dün sınıfta yaşadığım olay...

Müdür Bey, kâğıtları elimden aldı, gitti masasına oturdu, okumaya başladı. Bütün sınıf gibi ben de dikkatle hocamızı izliyordum.

Bir anda, iki sayfalık yazının duygu yüklü atmosferine kapılan Zekeriya Bey'in kaşları yay gibi inip kalkıyor, dudakları hüzünle kıvrılıyor, yüzü de ikide bir acıyla geriliyor, çene kemikleri isyan etmiş gibi dışarı fırlıyordu.

İkinci sayfanın sonuna doğru, kurumuş dudakları titremeye ve iri simsiyah gözlerinden yaşlar boşalmaya başlamıştı. Koskoca müdür, sınıfın huzurunda ağlıyor, ara sıra da elinin tersiyle gözünü kuruluyordu.

Metin bitince yaşlı gözlerini, kendini sessizce izleyen öğrencilerin üzerinde gezdirdi.

– Çocuklar, dedi bu yazı beni niçin ağlattı biliyor musunuz?

Bu yazı gözyaşlarıyla yazılmış. Çünkü gözyaşlarıyla yazılan yazılar, gözyaşlarıyla okunur.

Bu metnin her harfi elem, acı ve keder dolu. İfadeler ise çok sade, akıcı ve etkileyici. İnşallah bu yazının sahibi arkadaşınız ileride büyük bir yazar olur.

Geldi, saçımı okşadı, yanağımı sıktı.

– Çektiğin bu acı için bu okulun müdürü olarak senden önce özür diliyorum, dedi. Sonra da bu yazın için seni tebrik ediyorum.

Çok ince ruhlu olan hocamız, yazının olağanüstü güzelliğinden dolayı değil, benim yıkılmış ruhumu tamir etmek ve beni ümitlendirmek için bu iltifatlarda bulunuyordu.

– Bu yazını yarışmaya göndereceğim, dedi; ama yarışmada ödül alıp almaması hiç önemli değil. Çünkü benim gözümde daha şimdiden birinci seçildi.

O esnada bir moral alkışı koptu. Çocuk dünyası işte, yarım saat önce elem dolu olan kalbim, şimdi sevinçle atıyordu. Bir insanı ümitlendirmek, heveslendirmek ve başaracağına inandırmak kadar başarısı için daha etkili bir metot yoktu. Bunu o gün anlamıştım. Müdür Hasret'e dönerek:

– Kızım sen de yaz, dedi. Umarım ki senin yazdığın da başarı elde edecektir.

Hasret yaşından beklenmeyen bir olgunlukla yine farkını ortaya koymuştu.

– Gerek yok hocam, dedi. Ben Arif gibi hem güzel yazamam hem de Arif'e rakip olmak istemem.

Müdür ibretle başını salladı ve Hasret'i bu ince davranışından dolayı kutladı.

Birinci Olmuştum

Çok sürmeden birinci olduğum haberi ulaşmıştı. Belki de Müdür Bey'in özel girişimiyle bu dereceyi bana vermişlerdi; ama ne olursa olsun çok mutlu olmuştum. Mutluluk da ne demek sevincimden uçmuştum.

İlçemizin kaymakamı bana para ödülü verirken sormuştu:

– Bu parayla ne yapacaksın? Nerede harcayacaksın?

Hiç düşünmeden cevap vermiştim:

– Anneme ilaç alacağım. Eğer kalırsa bir pantolonla, bir de ayakkabı...

Pantolonum yamalı ve eski olduğu için sınıfa girip çıkarken herkes bana bakıyor diye utanıyordum. Ayakkabım yırtık, ayaklarım da çorapsızdı. Bu yüzden durmadan ayağım kanayıp yara oluyordu.

Kaymakam pantolon ve ayakkabıma baktı. Sonra da elimden tutup karşıma çömeldi.

– Evladım, dedi. Senin kimin, kimsen yok mu?

Derhâl Okul Müdürü araya girerek olup bitenleri özetledi.

Kaymakam yanındakilere hemen emir verdi.

– Çocuğun bütün ihtiyaçlarını giderin. Annesinin ilaç parasını da...

Bundan daha güzel bir haber olur muydu? Herhâlde derdin içinde derman, acının içinde şifa bu olmalıydı. Fen Bilgisi öğretmenine çok kızmıştım; ama onun yanlış davranışını Rabb'im, hayal bile edemediğim güzelliklere çevirmişti.

Yaklaşan bayram için yeni kıyafetlerim olacak, annemin ilaç paraları ödenecek ve evin kirası verilecekti.

O gece annemle mutlu bir gece geçirmiştik. Sanki dünyanın en zengin ailesi bizmişiz gibi olanları düşünüp sevincimizden uyuyamıyorduk.

Tekrar yırtılır, diye ne yeni ayakkabımı ne de pantolonumu giymeye kıyamıyordum. Hele evimize alınan erzakı annem, gıdım gıdım harcıyordu. "Biterse bir daha alamayız!" diye hep endişe içindeydi.

Kaymakam Bey'in sağladığı imkânlarla birazcık yüzümüz güldü derken kötü haber yeniden annemi yerle bir ederek bütün bütün yatağa düşürmüştü.

Annemin Son Umudu da Çökmüştü

Kasabadan tanıdık bir aile getirmişti o üzücü haberi. Dayım, vefat eden halamın ardından ruhî dengesini kaybederek hastaneye yatmış, babam ise resmî olarak annemden boşanmak için dava açmıştı. Zaten kendine ait bir hayatı olduğunu biliyorduk; ama hayatını birleştirdiği başka biriyle resmî olarak evlenmek için boşanma davası açması annemi yıkmıştı. Binden bir ümit de olsa güzel bir haber bekleyen annemin hayallerini tamamen bitirerek kahretmişti.

Âdeta aklını yitirmiş deliler gibi iki de bir "Görüyor musun gözümün nuru, baban bizi defterden silmiş? Görüyor musun bizi unutmuş?" diyerek içindeki fırtınanın ne kadar şiddetli olduğunu gösteriyordu.

Günlerce annemin ağzından bundan başka bir şey duymamıştım.

Bu nasıl bir sevgiydi, bu nasıl bir istekti, bu nasıl bir aşktı ki gördüğü sayısız ihanet ve azaba rağmen hâlâ içinde sönmeyen bir hasret vardı.

Pazartesi günü okula geldiğimde beni müdür çağırmıştı. Yarışmayla ilgili başarım, gazetelere haber olmuş, yazım yayınlanmış ve fotoğrafım da basılmıştı. Haberin manşeti ise oldukça dikkat çekiciydi:

"Ortaokul Öğrencisi Yetim Arif'in Büyük Başarısı!"

Müdür Bey, beni kucakladı, öptü ve tekrar tebrik etti:

"İnşallah ileride başarılı bir yazar olacaksın, ben de seninle gurur duyacağım" diye sevincini ifade etmişti.

"Bundan sonra yazmaya devam et. Yaşadığın her olayı yaz ve yorumla. Tabii bunun için de bol bol kitap okuman gerek. Ben sana temin ederim. Okudukça yazmaya karşı ilgin daha da artacaktır."

Müdür Bey'in telkinleriyle bol bol kitap okumaya başlamıştım. Her akşam da yaşadığım olayları yorumlayan yazılar yazıyordum. Bunlardan bazılarının gazetelerde çıkması beni daha çok heveslendiriyordu. Daha fazla okumak ve yazmak için kendime zaman bulmaya çalışıyordum.

Valiye Yazdığım Mektup

Ortaokuldaki ikinci yılım, annemin hastalığının şiddetlenmesiyle başlamıştı. İlçede gittiğimiz doktor:

– Eğer bu hanım ciddi bir tedavi görmezse böbrekleri iflas eder ve diyalize bağımlı hale gelir. Bunun için de büyük bir hastanede tedavi görmesi lazım. Devlet güvenceniz olmadığı için de bu çok para tutar.

Ne büyük şehre gitmeye ne de annemi ciddi bir tedavi ettirmeye imkânımız yoktu. Sabahlara kadar iniltiler içinde acı çeken ve bir türlü uyuyamayan annem:

– Korkma evladım, Allah büyük, inşallah şifa verir. Sen üzülme okumana bak, diye bana moral vermeye çalışıyordu.

Ama gün geçtikçe hastalığının vahameti bütün çıplaklığıyla ortaya çıkmıştı. Annem artık yerinden kalkamıyor, bir şey yiyemiyor ve sabahlara kadar feryat ediyordu.

Ben tam bir panik içinde ne yapacağımı şaşırmıştım. Ne okulda ne de işte kendimi toparlayamıyor, bir saniye bile annemin durumunu kafamdan atamıyordum.

Aklıma Vali Bey'e mektup yazmak geldi. Belki de sesime kulak verir, bize yardım eder, diye çocuksu bir istek oluşmuştu içimde.

O gece, elime, kalemi aldım, bir sayfalık hazin ve içli bir mektup yazdım. Sabah da ilk işim götürüp postaneye vermek oldu. Belki Vali yardım etmez, annem boşuna ümitlenmesin diye de gizli tutmuştum; ama yardım ederse annem için büyük bir sürpriz olacaktı.

Günlerce bekledim; ama bir ses çıkmadı. Tam ümidimi kesmişken Okul Müdürü çağırdı beni.

– Arif, dedi. Seni Kaymakam Bey istemiş. Birlikte gitmemiz gerekiyor, hazırlan da çıkalım.

Ben yardımı validen beklerken Kaymakamın çağırmasına daha çok ümitlenmiştim. "Yine bize acımış olmalı ki yardım etmek istiyor herhâlde!" diye düşünmüştüm.

İlçenin en büyük binası olan kaymakamlık konağının merdivenlerinden tırmanırken içimde yine baş edilmez bir heyecan vardı. Sırılsıklam terlemiştim kalp çarpıntısından. "Annemin amansız hastalığına çare olacak bir çözüm bulur da sevinçle eve koşarım ve anneme müjdeyi veririm" diye hayaller kura kura çıkıyordum merdivenleri.

Kaymakamın huzuruna müdürle birlikte girmiştik. İlk görüşmemizde beni ayakta karşılayan, tebrik eden, çok büyük bir yakınlık ve ilgi gösteren kaymakamdan eser yoktu.

Koltuğuna gömülmüş, sert bakışları, çatık kaşları ve asık suratıyla beni tepeden tırnağa öfke dolu bir edayla süzdükten sonra "Oturun!" diye işaret etti. Önce Müdür Bey oturdu, sonra da ben.

Kalbim bir anda yerinden sökülecekmiş gibi vurmaya başladı. Acaba bilmediğim bir terslik mi olmuştu? Binbir ümitle geldiğim yerde, yine dünyam mı kararacaktı?

Aklıma babam geldi. Acaba babamla ilgili bir haber mi almıştı yoksa dayım, Davut Hoca, Fevzi Öğretmen... Benim için önemli olan kişiler bir anda hafızama hücum etmişti.

Başıma Gelenler

Müdüre sert bir bakış atarak yürek hoplatan bir ses tonuyla konuya girdi.

– Duydun mu Müdür Bey, Arif'in yaptığını?

Hem ben hem de Müdür Bey, önce birbirimize baktık, sonra da Kaymakam Bey'e döndük; ama bu öfke ve kızgınlık dolu cümlenin her kelimesi birer top güllesi gibi beynime düşerek beni oturduğum koltuğa çivilemişti.

– Ne yapmış Kaymakam Bey, dedi müdür, korku ve şaşkınlık içinde.

– Daha ne yapacak? Biz onu yetim, garip, kimsesiz diye kolladık, koruduk, yedirdik, giydirdik, o da bu nimetlere nankörlük ederek beni valiye şikâyet etmiş.

Müdür Bey bakışlarında ateş saçan bir hışımla bana döndü:

– Bu ne demek Arif, dedi.

Dünyamı bin parçaya ayıran bu çıkış karşısında âdeta dilim tutuldu, nefesim kesildi. Boğazıma kilitlenen kelimeleri açamadım, yalnızca içimi saran bu ateşin acımasızlığıyla ağlamaya başladım her zaman yaptığım gibi.

– Ben de sana acımıştım, ama yaptığım yardımları az görerek beni valiye şikâyet etmene inanamadım. Bu küçük yaşınla böyle aç gözlü oluşuna ve duygu sömürüsü yapmana çok şaşırdım.

Bu kadar ağır, sitemkâr ve rencide edici kelimelerin bombardımanı altında öylesine kendimden geçmiştim ki sanki önümde cesedimin yalvarışlarını ve çırpınışlarını görüyordum.

Müdür Bey'in:

– Bunu nasıl yaparsın Arif, diye gürleyişiyle kendime geldim.

Bir tarafta kaymakam, öbür tarafta da müdür, neredeyse beni boğup öldüreceklermiş gibi o sert ve acımasız bakışları birer ok gibi kalbime batırmaya devam ediyorlardı.

– Konuş bakalım Arif, bütün bunların bir nedeni olmalı.

Üzerimden öldürücü bir silindir geçmiş gibi bende tek kelimelik bir derman kalmamıştı. Kendimi son bir çırpınışla savunmayı denedim; ama başaramadım.

İçimde patlayan hüzün lavları gözlerimden ateş gibi dökülmeye başlamıştı. Daralan nefesimin fersizliğiyle:

– Ben sizi şikâyet etmedim, dedim titrememe hâkim olamayarak.

– İşte mektubun burada, diyerek yazdığım kâğıdı uzattı burnuma sokarcasına.

Vali Bey gereğinin yapılması için bana göndermiş.

– Ben kötü bir şey yazmadım ki dedim gözyaşlarımı silerek. Doktor, annemin çok acil tedavi edilmesi gerektiğini söyledi. Bizim de buna imkânımız olmadığı için durumu Vali Bey'e anlattım.

İri gözlerini çıldırmış gibi bana diken kaymakam, tekrar gürledi.

– Bu ne anlama geliyor akılsız herif, dedi. Bu, kaymakam bana yardım etmiyor, bari siz edin, demektir.

Vali Bey, ilçenin dertleriyle ilgilenmediğimi sanacak. Bu benim için senin küçük kafanın anlayamayacağı kadar kötü bir şeydir.

Sözlerini daha da sertleştiren kaymakam büsbütün kontrolden çıkmaya başlamıştı.

– Bu mektup düpedüz beni şikâyettir, diye bağırıyordu. Şikâyetten öte, benim geleceğimle oynamaktır.

Çok üzülmüştüm. Allah'ım, ben şimdi ne yapacaktım? O küçük aklımla bunları nasıl düşünebilirdim? Hele bana büyük desteği olan kaymakama bu ihaneti nasıl yapabilirdim?

Bunun böyle olmadığını, dilim döndüğü kadarıyla anlattım; fakat kaymakamın öfkesini dindiremedim.

Son sözü şu oldu:

– Bundan sonra gözüm üzerinde olacak, bir yanlışını daha yakalarsam atarım seni okuldan. Hadi gözüm görmesin seni.

Eridim, bittim, tükendim. Oturduğum koltuğa çaresiz bir ceset gibi yığıldım. Ayağa kalkan Müdür Bey'in, "haydi" işaretini gördüğüm halde yerimden kımıldayamıyordum.

Bütün vücudum zehirli bir iğne yemiş gibi bir anda uyuşuvermişti. Gözlerimde resimler çiftleşiyor, odanın eşyaları etrafımda pervane gibi dönüyordu.

Müdür Bey'in derinden derine duyduğum son cümlesiyle, kendi içimde kayboldum, gerisini de hatırlamıyorum zaten.

Kendime geldiğimde, başımda müdür, kaymakam ve bir de tanımadığım başka bir adam vardı. Ellerinde kolonya şişesi ve ıslak mendiller...

Kaymakamın, can alıcı bakışlarıyla tekrar karşılaşmamak için kalktım yerimden.

– Baygınlık rolünü de iyi oynadın, meğer sen ne oyuncuymuşsun, diyerek hâlâ bana inanmayan ve beni aşağılık bir insan olarak gören kaymakamın bu davranışı, onurumu ayaklar altına seren son darbe olmuştu.

Danışmadan İş Yapma

Yürümeye, kendimi kontrol etmeye bir gramlık dermanım bile yoktu. Demirleri tuta tuta merdivenleri indim.

Kaymakamlığın önünde içimin yangınını bir nebze söndürmek için:

– Hocam, dedim Müdür Bey'e. Siz bana inanıyorsunuz değil mi?

Müdür Bey'in gözleri birden alevlendi, iri kursak kemiği inip kalktı, dudakları hüzünle kıvrıldı.

– İnanıyorum çocuğum, dedi; ama mektubu yazmadan önce keşke bana danışsaydın. Her doğru, her yerde söylenmez. Bazı insanlar doğruları yanlış anlar. Doğrular, doğru yerlerde ve doğru kişilere karşı söylenir.

Unutma Arif'im, bir işi yaparken mutlaka bilenlerle istişare et. Sen ne kadar zeki de olsan hayat tecrüben olmadığı için hata yapabilirsin. Boşuna mı demişler "On bilsen de yine de danış" diye.

Tuttu kolumdan:

– Haydi, çocuğum, dedi. Bugün birlikte çok üzüldük; insan bu gibi olayları yaşamazsa hayatı ezberleyemez. İnşallah bu yanlışlar, daha büyük yanlışlara düşmemen için tecrübe olur.

Ben kaymakamdan ve validen ümidimi kesmiştim; annem de hayattan ümidini kesmek üzereydi. Bir şey yapmam lazımdı; fakat ne yapacaktım, nereden başlayacaktım, bilemiyordum.

Akşam evin yolunu tutunca bu çıkmazların, bu açmazların mengenesi arasında yine hayallere dalmıştım. Benim çektiklerim, annemin acıları yanında neydi ki... Yine onu yatağının içinde dayanılmaz acılarla çırpınırken görme endişesi, daha yoldayken beni kahretmeye yetiyordu.

"Allah'ım bizim halimiz ne olacak?"

Gene anamın dayanılmaz feryatları, gecemizi, gündüzümüzü paramparça etmeye, küçücük dünyamızı zehre çevirmeye yetiyordu.

Annem, katlanılması zor, bu hastalık dramıyla boğuşurken başka bir hadise daha kapımızı çalmıştı.

Annemi Yıkan Haber

Boşanma davasının ardından, annemi ikinci kez yıkan haber, babamın ikinci evliliğinden 12 yaşında bir kızı olduğunu öğrenmekti. Bu haber, evimizin içine bir bomba gibi düşmüştü. Sanki bu bir haber değil de annemi duvardan duvara çarpan, bütün hücrelerini birbirinden ayıran müthiş bir kıyametti. Hem de öyle bir kıyametti ki her şeyi kökünden söken, her şeyi birbirine katan cinstendi.

Annemin de son ümitlerini, son hayallerini yerle bir etmişti. Artık milyonda bir ihtimalle de olsa tek sevdiği insana kavuşma ümidi yanıp kül olmuştu. Sevdasını bir saniye bile aklından çıkarmayan annem, hayat direncini büsbütün yitirecekti.

Annem için Havalı, benim için de baba hayali ölmüştü; ama bu ölüm bizi de kahredecek, perişan edecek bir girdaba dönüşmüştü.

Evimizi küçük kıyamete çeviren bu acı içinde babama mektup yazıp halimizi anlatmayı çok istedim; ancak valiye yazdığım mektup, önümde korkulu bir hayalet gibi dururken bunu yapamadım.

Ortaokul üçüncü sınıfa geldiğimde artık annem yerinden kalkamıyor, günlerdir boğazından bir damla su, bir lokma ekmek geçmiyordu.

Ölüm korkusu, küçük dünyamı öyle sarmıştı ki annemin vefat etmesi halinde durumumun ne olacağı endişesi, bir yılan gibi kalbimi zehirlemeye devam ediyordu.

O gün Kadir Gecesi'ydi. Ben bir parça kuru ekmeği, tastaki suyun içine batırıp ıslata ıslata iftarımı açmıştım.

Günahların affedildiği, duaların kabul edildiği, dileklerin geri çevrilmediği bu gecede, annemin sağlığı için yalvarıp yakaracaktım.

Annem ise yatakta artık iniltileri de kesilmiş, yavaş yavaş canı çekiliyor gibi kendini kaybetmeye başlamıştı. Bu durumu fark edince içim kavruldu. Onun ölüm korkusu bir bıçak gibi beynime girdi. Zangır zangır bir titreme vücudumu kontrol edilmez hale getirmişti.

Kurtarın Bizi

Annemin gözleri sağa-sola kaymaya başlayınca müthiş bir korku ve panikle:

– Anne, diye atıldım üstüne... Anne kurban olayım, ne olur ölme! Beni yalnız bırakma anne! Ben sensiz ne yaparım? Anne, aç gözlerini, sen ölürsen ben de ölürüm. Beni bu halimle bırakma, anne!

Kendimi yırtarcasına, parçalarcasına attığım bu feryatlar, annemin dünyasında yankı bulmuş olmalı ki gözlerini açtı. Fersiz dudaklarını oynattı, dermansız kollarını, beni sarmak için hafifçe kaldırdı. Cansız, ölgün ve çökmüş bakışlarını, yağmur gibi yaşlar akan gözlerime dikti.

– Gözümün nuru, dedi. Korkma, ben iyiyim...

Ağzından çıkan son kelime "namaz" oldu. En zor anında bile namazını bırakmayan annem, namaz kılamamanın elemi içindeydi. Sonra yeniden daldı, gözlerini yavaşça kapadı.

Bu sefer "öldü"ğünü sanarak yırttım, tükettim kendimi. Çaresizliğin, amansızlığın içinde kendi kendime saldırarak kahroluyordum. Ayağa fırlayıp:

– Yardım eden yok mu, diye bağırdım evin içinde meçhul bir yöne doğru. Annem ölüyor, yardım edin!

Bu feryat öyle yakıcı ve öyle acıyla çıkmıştı ki içimden ciğerimin söküldüğünü, nefes borumun patladığını hissettim.

"Allah'ım ne olur yardım et. Aciz kaldım, çaresiz kaldım" diye Rabb'ime yalvarıyordum.

Sesimi birilerine duyurmak istiyordum, ama kime? Evimizin etrafında yakın bir komşumuz yoktu. Bizim evimiz kenar bir mahallenin sonundaydı.

Dizüstü çöktüm, ellerimi açtım. Sesimin çıktığı kadar bağırdım:

"Allah'ım yetiş, anam gidiyor!"

O esnada hayatım boyunca unutamayacağım bir olay gerçekleşti. Belki de çaresizlik içinde çare arayan, masum ve günahsız annemin hürmetine yaşadık bu esrarengiz durumu.

Sırlı İki İnsan

İki odalı toprak evin, tahta kapısı yavaşça açıldı. Yüzlerini ilk kez gördüğüm iri yarı, temiz yüzlü ve pamuk simalı bir adamla, sıkı sıkıya örtünmüş, parlak yüzlü bir hanım belirdi.

– Melek Hanım'ın evi burası mı, diye sordular.

O perişan ve bitmiş halimle fırladım heyecan içinde.

– Evet, dedim.

– Demek çok hasta…

Yatağı gösterdim.

– Günlerdir hiç kalkmadı, hiçbir şey yemedi.

Tir tir titriyordum. Öyle bir panik ve heyecan içindeydim ki nerdeyse kalbim durmak üzereydi.

Hanım, annemin başına geldi, adam da iki-üç adım ilerideki eski mindere oturdu.

– Biz bu mahalleye yeni taşındık, dedi. Melek Hanım'ın da hasta olduğunu duyduk. Bu mübarek kadını, bu mukaddes gecede ziyaret edip duasını alalım, dedik.

– Sen oğlu olmalısın.

– Evet, dedim bakışlarında ılık, tatlı ve etkili bir güç saçan adama.

– Maşallah evladım dedi, maşallah. Allah'tan ümit kesmeyen, ümit bulur; çalışan da mükâfatını alır. Biraz sonra bir ambulans gelecek, anneni vilayete tedaviye götürecekler. Korkma evladım annen iyileşecek. Bu gece dua et. Çünkü bu gece bütün dilek kapıları açıktır. Halis kalple istenilen hiçbir şeyi, Rabb'im geri çevirmez.

Hanım, annemin başında sürekli dua okuyor, yüzüne üflüyor ve elini alnına koyup Allah'tan şifa istiyordu.

Kalktılar. Onlar henüz kapıdan çıkmışlardı ki bir korna sesi duydum. Kapıyı açtım karşımda bir ambulans duruyor ve beyaz giysili iki adam…

– Melek adında hasta bir bayan varmış bu evde?

– Burası, dedim.

– Sen?

– Oğluyum.

– Hadi çocuğum sizi vilayete, hastaneye götüreceğiz annene yardım et, hazırlansın.

– Siz kimsiniz? O adamın dediği kişiler misiniz?

– O adam da kim?

– Biraz önce çıktı evden.

Adam boş bakışlarla beni taradı. Söylediklerimden hiçbir şey anlamadığı belliydi:

– Çocuğum bizi Vali Bey gönderdi. Şimdi sizi hastanede bekliyor.

Ben şaşkınlık içindeydim. Olanları anlamaya çalışıyordum. Kafam iyice karışmıştı. Vali yüzünden, Kaymakam Bey beni kovmuştu. Peki, o adamın dediği ambulans bu muydu? Yoksa o da ayrı mıydı? Acaba o da arkadan mı gelecekti?

Bu onlarca gizemli halin cenderesinde annemi hazırlamaya çalışıyordum.

Vali Bey'in Yakınlığı

Kadir Gecesi'nin o kutsî ikliminde hastaneye vardığımızda, kapı önünde bir grup bekliyordu. Onların içinde yalnız Okul Müdürünü ve Kaymakam Bey'i tanıdım, diğerlerini ise ilk defa görüyordum. Görevliler, bir ceset haline gelmiş olan annemi acil servise taşırken, bizi bekleyen grubun en önünde beyaz saçlı, esmer tenli, oldukça kilolu ve altmış yaşlarında gösteren bir bey yanıma gelip kollarımdan tuttu.

– Arif sen olmalısın, dedi.

– Evet, dedim ürkek bir sesle.

O esnada, yanıma, kaymakam ve okul müdürü de yaklaşmışlardı. Birlikte hastanenin girişindeki özel odaya geçtik. Sonradan hastane baştabibi olduğunu öğrendiğim doktor, annem için ne yapılması gerektiği konusunda, diğer doktorlara bir müddet talimat verdi.

Vali olduğu her halinden belli olan yaşlı adam, odanın köşesine kurulmuş büyükçe bir masanın arkasına yerleştirilen görkemli koltuğa oturdu. Beni de karşısına aldı.

– Şuraya geç evladım, diye yer gösterdi. Diğerleri de koltuklara yerleştiler. Yaklaşık on civarında iyi giyinmiş, önemli mevkilerde olan kimse vardı.

Ben yine şaşkın ve tedirgin halimle müthiş bir heyecan yaşıyordum. Kaymakamdan yediğim o azar, saplı bir hançer gibi hâlâ içimden duruyordu.

– Kaymakam Bey, sana biraz kızmış. Tabii ki kötü niyetle değil. Yanlış anladığı için...

Doğrusu mektubun beni çok etkiledi. Konuyu acil gördüğümüz için Kaymakam Bey'e havale ettim ki mahallinde gereğini derhâl yerine getirsin diye; ama o da senin bu davranışından farklı bir anlam çıkarmış. Sonra işin doğrusunu öğrenince gelip benden özür diledi. Ben de kaymakamın yaptıklarından dolayı senden özür dilemek için çağırdım evladım.

O anda öyle duygulandım, içimde öyle hazin bir rüzgâr esti ki derhâl ayağa fırlayıp Vali Bey'in eline sarıldım.

– Siz annemi kurtarın yeter, dedim. Ona bir şey olursa ben yaşayamam.

Kendimi tutamadım yine... Bir taraftan yanaklarıma doğru sicim gibi yaşlar inerken bir taraftan da o anın heyecanıyla tir tir titriyordum. İçime öyle farklı bir iklim dolmuştu ki oturduğum yerde, yaylı koltuk varmış gibi kendimi kontrol edemiyordum. Vali Bey'e içimde alevlenen arzuyu son kez haykırdım: *Annemi kurtarın ne olur, o ölmesin!*

Beynimde tufana dönen anne acısıyla yine kendimden geçmiştim. O yalnız benim annem değildi, o benim bedenimde bir beden, içimde bir candı.

Onun eriyip gitmesi, beni de eritiyor, onun adım adım ölüme yaklaşması beni de çaresizliğe sürüklüyordu. Onsuz bir hayatı düşünmek, benim için tek kelimeyle dehşet vericiydi.

Vali Bey gelip yanıma oturdu. Cebinden çıkardığı mendille gözyaşlarımı sildi. Sonra da gözlerimin içine bakarak tane tane konuşmaya başladı:

– Devlet bizi buraya sizler gibi gariban, çaresiz ve mağdur vatandaşlar için gönderdi. Bizim işimiz sizlere hizmet etmektir. Korkma evladım, ben yanınızdayım artık. Senin annen, benim kardeşim olacak, sen de benim manevî evladım. O artık emin ellerde, ne yapılması gerekiyorsa o yapılacak.

Vali Bey'i Etkileyen Rüya

Başını önce parlak ışıklar saçan avizeye çevirdi. Sonra da özenle sakladığı bir sırrı açıklar gibi bakışlarını oturanların üzerinde tek tek gezdirdi.

– Sizinle önemli bir hususu paylaşacağım, dedi. Sizi de bunun için çağırdım buraya.

Dün gece, sabah namazını kıldıktan sonra biraz uzanmıştım, içim geçmiş, uyuya kalmışım.

Bir mahkeme salonunun önünde buldum kendimi. Niçin buraya getirildiğimin şaşkınlığı içindeyken baktım uzun boylu parlak simalı ve tok sesli bir zat tuttu kolumdan:

– Sana yazıklar olsun, dedi. Seni bunun için mi vali yaptılar. Niçin sorumlu olduğun insanların imdadına gitmiyorsun?

– Hayır, dedim. Ben adaletli ve dürüst bir valiyim. Darda kalan herkese yardım ederim.

– Maalesef öyle değilsin, dedi gözlerimin içine öfkeyle bakarak. Sen de sürüsünü kurtlara kaptıran çobanların cezasını göreceksin.

– Aman Efendim, dedim. Ben hiçbir vatandaşımı mağdur ve çaresiz bırakmadım.

– Sana mektup yazan çocukla ilgilenmedin ve onu kırdın. Bu sana yeter. Çünkü onun annesi saliha bir hanımdır. Bu mübarek gecede onun duasını al.

Tam mahkeme salonuna doğru götürüldüğüm bir anda, dehşet içinde uyandım.

O kadar gerilmişim ki kendimi, bir süre toparlayamadım. Bir yandan kalbim göğüs kafesimi delip çıkacakmış gibi atıyor, bir yandan da olduğum yerde kımıldayamıyordum. Çok etkilenmiştim, öyle duygulandım ki hatırladıkça hâlâ ürperiyorum.

Kendime gelir gelmez, derhâl kaymakamı aradım ve olanları öğrendim. Çok; ama çok üzüldüm.

Anladım ki Arif ve annesi çok zorda ve yardıma muhtaç. Ayrıca bu hanımefendi tertemiz bir kul, masum ve günahsız bir insan.

Şimdi bize bir görev düşüyor, ilçede kaymakam, ilde ben bu insanların dertlerine çare olmalıyız. Tabii yalnız onlara değil, onlar gibi derman bekleyen herkese.

Gözleri kızarmış, yüzünü hüzün sarmış ve dudakları acıyla kıvrım kıvrım olan Kaymakam Bey, yerinden kalkıp yanıma geldi, önüme çömeldi.

– Çok üzgünüm, dedi. Bu davranışımın ne büyük bir hata olduğunu anladım; lakin göreceksin, kendimi size affettireceğim.

Şükrümü, sevincimi nasıl ifade edeceğimi, memnuniyetimi nasıl dillendireceğimi bilemedim. O gece sabaha kadar dua edip Rabb'ime yalvarmıştım.

Hayallerimiz Yine Buz Tutmuştu

Annem iki ay ilde hastanede yattı. Ben de ilçede, iki ay boyunca Müdür Bey'in evinde misafir oldum. Müdür Bey beni sık sık alıp anneme götürüyordu. Onun iyileştiğini görünce neşeden, mutluluktan uçuyordum.

Bir ay daha hastanede yatması gerekiyordu. Ondan sonra evde ilaç tedavisine devam edecekti; ama yine olmadı. Yine kara bulutlar evimizi sardı, yine hayallerimiz alabora oldu, yine ümitlerimiz yarı yolda kaldı.

Annemin tedavisinin bitmesine bir ay kala hem kaymakamın hem de valinin arka arkaya tayini çıktı, gittiler. Gelen yeni vali ise sağlık güvencemiz olmadığı için annemin tedavisini yarıda kestirerek bizi kapı dışarı etti.

Allah'a şükür ki annem ayağa kalkıp kendine gelecek kadar iyileşmişti; ancak tedavi sürdürülmezse yine başladığı yere dönmesi kaçınılmazdı.

Bir türlü yakamızı bırakmayan belalardan, musibetlerden ve elemlerden kurtulmak için gecemi gündüzüme katıp çalışıyordum. Ortaokul son sınıfın birincisi olmak için âdeta derslerimi su gibi içiyordum.

O zaman onluk not sistemi vardı. Dersin birinden dokuz aldığımda oturup ağlıyordum. "Hayatın bu kadar çaresizliğini yaşadıktan sonra nasıl dokuz alırım?" diye kendimi yiyordum.

Okulun son haftasına girdiğimde, notlar şekillenmişti. Müzik ve resim dersi dokuz, diğerleri ise ondu.

Bu sevincimi gölgeleyecek tek derdim, biriken ev kiraları ve annemin yarım kalan tedavisiydi. Ama fedakâr annem beni üzmemek için her akşam eve geldiğimde bir tiyatrocu gibi rol yaparak iyi olduğunu sergilemeye çalışıyordu.

Dilinden düşürmediği şu sonsuz teslimiyeti her gün, her an tekrarlardı:

"Allah var, keder yok. Mevla'm neylerse güzel eyler..."

Ortaokul bitmişti. Benim birinciliğim, Hasret'in ikinciliği, Taner'in de üçüncülüğü ilan edilmişti.

Okulda bütün öğrenci ve öğretmenlerin katılımıyla ödül töreni düzenlenmişti. Okul müdürü mahcup olmayayım diye bana yeni bir ceket ve pantolon almıştı. Bunları ilk kez ödül töreninde giymiştim. Allah'ım! Nasıl sevinip dört köşe olmuştum.

Yeni gelen Kaymakam Bey'in elinden ödülü almak için davet edildiğimde, müthiş bir alkış kopmuştu. Benim gibi sıradan bir yetimin, alışık olmadığı taltiflerle büyütülmesi beni utandırmış; hatta heyecandan elim, ayağım titremişti.

Kürsüde bana verdikleri plaketin ardından övücü konuşmalar yaptılar. Çaresiz bir çocuğun parlak başarısı olarak anlatılan bu hadise, beni daha da kamçılamıştı. İlk kez içimde başarılı olacağıma bu kadar inanmıştım.

Hasret'in Son Sözleri

Hasret ve Taner ödül törenine ailelerini de çağırmışlardı. Kürsüye, anne ve babalarıyla çıkmışlardı. Ya ben? En mutlu günümde de yalnızdım. Hem Hasret'in hem de Taner'in babaları gelip beni tebrik etmişlerdi. "Öykün bizi çok etkiledi çocuk," demişlerdi. "İnşallah, daha büyük başarılar elde edersin."

Ödül töreninde yan yana durduğumuz Hasret'in olgunluğu, hanımefendiliği ve ciddiyeti her haline yansıyordu.

"Başarılar dilerim," demişti, insanı derinden etkileyen masum bakışlarıyla... "Artık okul bitti. Belki bir daha görüşemeyiz; ama senin çok büyük bir adam olacağına inanıyorum. Bunun için sana dua edeceğim."

Babasının elinden tuttu, döndü, gitti. Ben de utancımdan ter içinde kalmıştım.

Akşam olup bitenleri anneme anlattım. O da bu duruma çok sevinmişti.

– Gözümün nuru, okul bitti, bundan sonra ne olacak, diye sordu.

– Yatılı İlköğretmen Okulu Sınavına gireceğim anne. Kazanırsam hem yatılı okuyacağım hem de bütün giderlerimi devlet karşılayacak. Ayrıca dört yıl sonra da okulu bitirince öğretmen olacağım.

– Yani kurtulacağız, diye sarıldı annem boynuma sevinçten uçacak gibi.

Sanki o anda okulu kazanmış, bitirmiş ve öğretmen olmuştum. Saniyeler içinde gerçekleşen hayalimizin çocuksu mutluluğunu yaşıyorduk.

Annem bez sofrayı serdi, ortasına da bir parça kuru ekmek, bir tabak da un çorbası koydu. Ana-oğul önümüzdeki mütevazı yemeği kaşıklarken, birden durgunlaştı.

– Gözümün nuru, dedi. Peki, sen Yatılı İlköğretmen Okulunu kazanıp gidersen ya ben ne olacağım?

Bu söz pürneşe halimizi, bir anda söndürdü, sevincimizi kursağımıza tıkadı.

– Bir çare buluruz anne, diyerek geçiştirmeye çalıştım. Seni burada koyup gidecek halim yok. Allah, büyük! İnşallah bir yol açar bize.

Üçüncü Bölüm

Sınavı Kazanamazsam Okuma Hayalim Bitecekti

Yatılı İlköğretmen Okulu'nun sınavını kazanmam, hayatımın dönüm noktası olacaktı. Aylardır, bütün dikkatimi, heyecanımı ve isteğimi bu noktaya odaklamıştım.

Benim bu okulu kazanmayı istememdeki sebep, diğer öğrencilerin arzularından farklıydı. Çünkü hayata kısa yoldan atılıp devlete sırtımı dayama mecburiyetim vardı. Zaten ilköğretmen okulları yatılı olduğu için ekonomik durumu zayıf öğrencilerin vazgeçilmez hedefi durumundaydı. Ben de ilkokuldan beri âdeta gece gündüz bu hayalle yaşıyordum. Bütün dualarım, beklentim ve ümidim bunun üzerine kurulmuştu. Ayrıca bu okulu kazanamazsam okuyamayacağımı çok iyi biliyordum. Çünkü malî durumum liseyi ve ardından da üniversiteyi okumaya müsait değildi.

Günlerce annemle bu okulun hayalini kurduk, ümitlendik. Ümitlenmek de ne demek, kendimizi dönülmez bir amaca bağladık. Kısacası, bu sınav, benim hayatım için "var veya yok olma" anlamını taşıyordu. İş öyle bir noktaya gelmişti ki ya sınavı kazanıp kurtulacaktım ya da okuma hayalimden vazgeçip kendime küçük bir iş bularak hayatın çilesine devam edecektim.

Ancak bu sınav için çok sayıda öğrenci başvurmuştu. Yalnız yirmi kişi alınacaktı. Onca öğrenciyi geride bırakıp ilk yirmiye girmek çok zordu. Benim gibi küçük bir ilçede okumuş bir öğrenci için imkânsızdı. Hele bazı insanların "hiç ümitlenme, oraya torpilliler girer; hatta kimin gireceği şimdiden bellidir" gibi sözlerini duydukça bütün ümidimi ve beklentimi yitiriyordum.

Sınava girmek için uzak bir şehirde bulunan yatılı ilköğretim okuluna gittik. Bizi, imtihanın yapılacağı, okulun spor salonuna almışlardı. Kalabalık öğrenciler, salonu tıklım tıklım doldurmuşlardı. Ben de en arka sıraya düşmüştüm.

Müthiş bir heyecan ve panik içindeydim. Bu kadar öğrencinin içinden sıyrılmak ne mümkündü?

Sınavda klasik usulle, on tane soru sormuşlardı. Soruların beşi sözel, beşi de sayısal ağırlıktaydı.

Kâğıdı elime alır almaz, vücudumdan boşalıp gelen bir titreme, bütün dünyamı kasıp kavurmaya başlamıştı. Kendimi teskin etmek için bildiğim bütün duaları okuyordum.

Biraz kendime gelince sorulara şöyle bir göz attım. Sayısal sorular içinde bir-iki matematik problemi beni korkutmuştu. Bu sınavı kazanmak için bütün sorulara cevap vermem gerektiğini biliyordum.

Bildiğim sorulardan başlayarak cevap vermeye koyuldum. Bir ara salonu şöyle taradım, baktım ki bazı görevli öğretmenler, bir kısım öğrencilere yardım ediyordu.

"Eyvah!" dedim. "Bu öğretmenlerin her biri bir öğrenciyi kazandırırsa bana nasıl sıra gelecek?"

O an müthiş bir ümitsizliğe düştüm. Elim, kolum yeniden döküldü, moralim bitiverdi. İmtihanı ortada bırakmamak için kendimi son kez toparlamaya çalıştım.

"Bari yapabileceğimi yapayım da kazanamazsam da elimden gelen bu" derdim. İşte bu düşünceyle kendimi yeniden sorulara yoğunlaştırdım.

Hayatım Kayıyordu

Sınav sonu yaklaştığında iki matematik problemi dışında, diğerlerini çok iyi yaptığıma kanaat getirmiştim; ama o problemleri yapamadığım takdirde, sınav sevdasının burada noktalanacağını, hayatımın kayacağını biliyordum.

Kendimi o kadar sıktım ve panikledim ki bunun için dayanamayıp sessizce ağlamaya başladım.

"Ya Rabb'i, yardım et!" diye yalvardım. "Bu benim son şansım. Annem benden müjde bekliyor. Onun hatırı için."

Bir yönetici edasıyla imtihan salonunda gezinen orta yaşlı, sarışın bir bayan yanıma yaklaştı.

– Çocuğum hayırdır, dedi. Niçin ağlıyorsun?

– Hocam, dedim gözyaşımı elimle silerek. Şu iki soruya takıldım, kendime stres yaptım ondan. Eğer yapamazsam her şey bitecek...

– Çocuğum, niçin bitsin? Hayat bir imtihandan ibaret değildir. Daha çok imkânlar çıkarır karşına. Hadi ağlamadan devam et.

Bir ara gözlerini yapamadığım problemlere çevirdi.

– Bak o problemlerden birini doğru yapmışsın. Şu ikinci problemin de yolu doğru, üzerinde iyi düşün, sanki ötekine biraz benziyor!

Bu, bana yeni bir ümit ve müthiş bir moral olmuştu; ama bahsettiği ikinci problemdeki hatamı bulup düzelttiğimden emin değildim. "Doğru mu, yanlış mı?" çıkmazı içinde boğuşurken sınav bitmişti.

Bu, sınavın bitişi değil, âdeta benim bitişim olmuştu. Sanki o bina çökmüş, dünyam yıkılmış, ümitlerim de sönmüştü. Çaresizce kâğıdı aldım, çıkıştaki toplama masasına götürdüm. Yanıma gelen sarışın bayan öğretmen de sınav kâğıtlarını topluyordu.

Bir Ölünün Dirilmesi Gibiydi

Kâğıdı önüne koydum, dünyaları başına yıkılmış ve her şeyini kaybetmiş bir insan çaresizliği içinde:

– Hocam sağ olun, dedim.

Kâğıdı bıraktım, döndüm, yürüdüm; ama o anda bir ejderhaya dönen hayatın beni yuttuğunu hissediyordum. Bütün ümitlerim bitmişti sanki.

Yüzümdeki hüzünden, endişe içinde olduğumu anlayan öğretmen arkamdan bağırdı:

– Evladım, korkma. Soruyu doğru çözmüşsün. İnşallah kazanırsın.

Bu ses beni hayata döndüren sihirli bir ilaç gibiydi âdeta.

– Sizin yardımınızla oldu, hocam dedim, heyecan içinde kendimi tutamayarak. Yaptıklarımdan emin olmadığım için bütün ümitlerimi yitirdiğim bir anda bana yol gösterdiniz. O yüzden size binlerce teşekkür borçluyum. Hele şimdi çözümümün doğru olduğunu da söylediniz, dünyaları bağışladınız bana.

Yıkılan, biten ümitlerim bir anda şaha kalkmıştı. Sanki o an bana dünyayı bağışlamıştı. O kadar sevinmiştim ki bunu kelimelerle anlatmak ne mümkün?

Cuma günü girdiğimiz sınavı kazananların listesi, Pazartesi günü açıklanıp okulun giriş kapısına asılacaktı. İçimde, ümitlekorku, kazanmakla-kaybetme kıyasıya savaşa tutuşmuştu. Pazartesi gününe kadar nasıl sabredecektim.

Nihayet sonuçların açıklanacağı o büyük gün gelmişti. Sınava giren öğrencilerle okulun önünde sonuçları bekliyorduk. Ortalık ana-baba günü gibi müthiş bir izdiham vardı. Yüzlerce genç, listenin asılmasına odaklanmıştı.

Kalbimin Durduğu An

Okul görevlilerinden bir kişi, kazananların listesini getirdi, okulun giriş kapısının camına astı; ama o kadar öğrenci vardı ki yaklaşıp okumak mümkün değildi. Her öğrenci, bir an önce listeye ulaşmak isteyince büyük bir kargaşa yaşanmaya başlandı.

Ortalık bir anda karışınca okuldan bir görevli:

– Arkadaşlar, dedi. İzdihama gerek yok. Eğer sakin olursanız kazananların ismini yüksek sesle okuyayım, siz de dinleyin.

Kalabalık, bir anda buz kesti sanki. Bütün gözler görevlideydi. Bütün nefesler tutulmuş, kalp atışları, göğüs kafeslerini zorluyordu. Dayanılmaz bir heyecanla herkes görevlinin ağzından çıkacak isimlere kilitlenmişti.

Görevli "Arif..." deyince, o an her şey dondu. Zaman, ışık, yer, hayal, ümit... Kendimi bir anda kaybederek sevincin inanılmaz mutluluğu içinde, olduğum yere yığıldım. Çünkü bu benim için yalnızca bir okulu kazanmak değil, hayatı kazanma veya kaybetme meselesiydi.

Buna dayanmak ne mümkündü? Hayatında elem ve dramdan başka bir şey görmemiş bir yetim için bu mutluluğun tarifi kelimelerle anlatılmazdı.

Kendimi daha fazla tutamayarak ağlamaya başladım. Ağladıkça içim kabarıyor, kabardıkça da çocuklar gibi feryat ederek gözyaşı döküyordum.

Yanıma, sınava giren bir öğrencinin yakını olduğunu tahmin ettiğim yaşlı bir bayan yaklaştı, tuttu elimden:

"Kalk ağlama, çocuğum," dedi. "Allah, Kerim'dir. Bu imtihan, dünyanın sonu değil ki! İnşallah, bir daha girip sen de kazanırsın."

Yaşlı hanım, sevincimden ağladığımı nereden bilecekti? Kazanamadım da onun için ağlıyorum sanıyordu.

Bana Ümit Veren Öğretmen

Ayağa kalktım, kendimi topladım. Sonra da bana yardım eden ve bana âdeta hayat veren o bayan öğretmeni bulayım, diye okul binasına girdim. Niyetim o sarışın öğretmenin kim olduğunu, nerede bulabileceğimi, okul görevlilerinden birisine sorup öğrenmekti. Ona teşekkür etmeliydim. Çünkü en zor anımda bana destek olmuştu.

Tam idare katının kapısından içeri girerken o bayanla karşılaştım. Son derece sevecen, şefkatli bir tavırla:

– Gözün aydın çocuğum, dedi. Kazandığına çok sevindim.

Bayan hocanın eline kapandım, yine heyecanımdan gözyaşlarımı tutamadım.

– Hocam, dedim. Siz kime yardım ettiğinizi bilmiyorsunuz. Siz belki de bu sınava giren öğrencilerden en mağdur ve en muhtaç olana yardım ettiniz. Verdiğiniz moralle benim hayatımı kurtardınız.

Kısaca kendimden bahsettim. Niye bu okulu bu kadar istediğimi anlatınca bayan hoca da çok duygulandı ve gözleri doldu.

– Demek öyle ha! Şimdi bu işe daha çok sevindim; fakat sakın benim torpil geçtiğimi sanma, o son soruyu yapamasaydın yine kazanırdın. Çünkü açık ara birinci oldun.

Meğer bayan öğretmen, ilköğretmen okulunun matematik hocasıymış.

– Hocam, dedim. Bana niçin yol gösterdiniz?

Hocanın gözleri daldı, uzaklardan anlamlı bir şeyler bulup çıkarıyormuş gibi, bakışlarını bir noktaya kilitledi ve gözlerine yaşlar dolup geldi.

– Evladım, dedi gözlerini mendille kurulayarak. Sana çok benzeyen bir oğlum vardı. Geçen yaz hem evladımı hem de babasını kaybettim. Seni görünce dayanamadım. Sen anne yüreğini bilemezsin. Sana olan ilgim bundandır.

Sınavın heyecanı içinde kendimi öyle yitirmiştim ki Hasret'in de kazandığını; hatta gelip beni tebrik ettiğini bile hatırlamıyordum.

Benim kafamdaki tek düşünce, hemen memleketime dönüp bu müjdeyi annemle paylaşmaktı; ama yol param bittiği için orada kalakalmıştım.

Ölüm Kusan Sevincim

Okulun yanındaki inşaatta, iki gün iş bulursam yol parası çıkar umuduyla, sahibine gidip derdimi anlattım.

Genç müteahhit önce iş vermek istemedi; ama çok ısrar edince yarı fiyatına olursa kabul edebileceğini söyledi. Başka çıkar yolum yoktu, çaresiz kabul ettim. Bu sefer de yol parası için dört gün çalışmak zorunda kalacaktım.

Anneme bir an önce kavuşabilmenin hayali içinde, inşaatın üçüncü katına kurulan iskelede harç yapıyordum.

Sıcağın beynimi cehenneme çevirdiği ikindi vaktinde, bir çatırtıyla sarsıldım. "Ne oluyor?" demeye kalmadan, altımdaki tahtanın kırılmasıyla, kendimi baş aşağı yere çakılırken buldum. Kafam yere çarpınca beynimin bin parçaya ayrılarak her tarafa saçıldığını hissettim.

Hayatla arama gerilen simsiyah bir perde beni kör ederek yaşam köklerimi koparıp almıştı. Bir anda görüntü kayboldu, sesler kesildi ve dünya koordinatlarından çıkan bir insan gibi, karanlık dehlizlere yuvarlanmaya başladım.

Son hatırladığım, beni tutmak ister gibi canhıraş kucağını açan annemin, kıyametler koparan çığlıklarıydı.

Bu feryadına dayanamayıp "Allah'ım, beni öldürme!" diye bağırdım içimden. "Yoksa annem bensiz yaşayamaz."

O anda hayat filmi koptu, ölümle yaşam arasında upuzun bir yol belirdi. Yoğun bakımda, bilinci kaybolmuş bir insan olarak ölümle pençeleşiyordum. Bitmez zannedilen ömrün, her an bir kuş gibi elden çıkabileceğini ilk kez anlamıştım.

Şuurumu kaybetmiş bir halde hastanenin yoğun bakımında yatarken orta boylu, beyaz önlüklü, ciddi bir şahsın başımda dikildiğini fark ettim.

"Korkma" dedi. "Kâinatı yaratan Zat, her şeyin şifasını da vermiştir. Annenin senin için yaptığı dualar kabul oldu. İnşallah, çok yakında şifa bulacaksın."

Gözlerimi açtığımda, onlarca alet, edevat ve hortum içinde üç günden beri cansız bir ceset gibi yattığımı öğrenmiştim.

Âlemlerin Rabb'i Beni Anneme Bağışladı

Başımda, kolumda ve ayaklarımda sargılar vardı. Sanki üzerimden silindir geçmiş gibi kendimi bitkin ve halsiz hissediyordum.

– Öldürmeyen Allah, öldürmüyor, dedi başımda bekleyen tecrübeli bir doktor. Doğrusu senden ümidi kesmiştik; ama Yüce Allah seni sevdiğine bağışlamış olmalı.

Âlemlerin Rabb'inin beni anneme bağışladığından hiç şüphem yoktu. Onun reddolunmaz duaları sayesinde âdeta bir mucize yaşatarak yeniden hayata döndürülmüştüm.

Beni yarım yevmiyelik bir parayla çalıştıran inşaatın sahibini, verdiğim ifadelerle hapisten kurtarmıştım. Fakat gözünü para hırsı bürümüş adam, hastane masraflarımı bile karşılamayarak beni ortada bırakmıştı.

Beni tedavi eden doktor, durumumu öğrenince hem hastane giderlerimi hem de yol paramı karşıladı.

Her tarafım yara-bere içinde, benden günlerdir haber bekleyen anneme bir an önce ulaşmak için yola çıkmıştım. Kafamdan atamadığım tek düşünce, annemin üzülmemesi için bu kazayı nasıl izah edeceğimdi.

Memlekete âdeta uçarak gitmiştim. Yaşadığım bu felakete rağmen bu yaşıma kadar böyle mutlu olduğumu hatırlamıyordum.

Hele annemin boynuna sarılıp sevinç gözyaşları dökmeye başlayınca sanki çektiğimiz bütün sıkıntılar birer birer erimişti. Ruhumuz, gönlümüz bayram ederken bu mutluluğumuzu ikiye katlayan bir haber ulaşmıştı elimize.

Bir gazetenin açmış olduğu hikâye yarışmasında ikinci gelmiştim. Bu şekilde hem yazarlığa karşı ümidim biraz daha pekişmişti hem de bana yol giderlerini karşılayacak bir miktar para göndermişlerdi.

Bütün bunlar güzeldi; ama asıl problem, benim okumam için annemin yanından ayrılmam gerektiğiydi. Gece gündüz bunları düşünür olmuştuk. Okul kayıtları gelip çatınca annem:

– Gözümün nuru, dedi. Git okuluna kaydını yaptır hele... Gün doğmadan neler doğar. O zaman inşallah Rabb'im bir kapı açar, bizi çaresiz bırakmaz.

Ödül parasını, yol harçlığı yaparak tekrar okula gittim, kaydımı yaptırdım. Yeni gelenlerin her biri, yeni bir dünyaya adım atmanın mutluluğunu yaşarken benim içime ayrılığın hicranı düşmüştü.

Bu konuda bana yol göstermesi için sınavda bana yardımcı olan matematik öğretmenim Leyla Hanım'ı buldum, derdimi anlattım:

– Gel çocuğum, diyerek beni okul müdürüne götürdü.

– Müdür Bey, dedi. Kendisi okulumuzu en yüksek puanla kazanan öğrencimiz. Ancak çok acil bir problemi var. Eğer bu çözülmezse okuyamayacak.

Yerinden kalkan müdür yanıma geldi, omuzlarımdan tuttu, bakışlarını gözlerime dikti. Sonra da ellerimi avuçları içine alıp dedi ki:

– Önce başarın için seni kutlarım. Mademki en yüksek başarıyı sen gösterdin, o zaman her türlü probleminle ilgilenmek de bize düşer. Şimdi söyle bakalım. Seni okumaktan alıkoyan problemin nedir?

İçinde bulunduğum durumu bütün ayrıntılarıyla anlattım. Hem Müdür Bey hem de Leyla Hanım gözleri dolu dolu dinlemişlerdi hazin hayat hikâyemi. Durumum onları çok etkilemişti.

– Acıklı bir öykü çocuğum, dedi Müdür Bey. Bu şartlarla buraya geldiysen bundan sonra da bize emanetsin artık. Bizler de senin için elimizden geleni yaparız.

Madem ayakkabı boyacılığı yapmışsın, o işe okul açılınca burada da devam et. Hem öğretmenlerin hem de arkadaşların, eminim ki sana destek olacaklardır.

Bizim yemekhanede üç tane bayan çalışmaktadır. Anneni de alırız, hem onlarla çalışır üç beş kuruş kazanır hem de sizi birbirinizden ayırmamış oluruz.

Okulumuzda bayan işçiler için bir oda ayırdık. Annen de onlarla kalıp orada barınır. Hastalığı konusunda da okulumuzun imkânlarını kullanırız.

Yerimden fırladığım gibi Müdür Bey'in eline kapandım sevincimden kendimi tutamayarak. Yanaklarıma doğru inen gözyaşları bu sefer çaresizliğin değil, çarenin ve umudun haykırışlarıydı.

Okul açılınca annemi bulaşıkhaneye yerleştirdim. Çok şükür ki bütün gün çalışması gerekmiyordu.

Ben de okulun yatakhanesinde kalacaktım, odama yerleştim. Yeni aldığım ayakkabı ve boya sandığını da zaman kaybetmeden okulun giriş kapısının önüne koydum.

Daha ilk haftada herkes beni tanımıştı: "Bulaşıkçı kadının oğlu, boyacı Arif!", "Boyacı gel, boyacı git", "Boyacı sen işine bak", "Boyacılar bundan anlamaz"...

Birçok insan dudak bükerek aşağılayıcı gözle bakıyordu bana, benim için zor günler başlamıştı; hem de öyle çetin günlerdi ki yaşamayı bırakın, hatırlamak bile azap veriyordu insana.

Okulda beni anlayan tek insan Hasret'ti; ama onun da çevresi derhâl sarılmıştı. Güzelliği, olgunluğu ve çekiciliği etrafında bir sürü menfaatçi insan türetmişti.

Bu okul, çok farklı bir dünyaydı. Küçük bir köy çocuğu için ulaşılmaz ve hayal edilmez bir yerdi. Her şey bana garip, ürpertici ve çok büyük gözüküyordu. Yemek tabakları, çatal ve kaşıklardan, yatak ve dolaplara, oturduğumuz sıralardan, ihtişamlı yapılara kadar her şey göz alıcı ve erişilmezdi. Bu dikkat çeken ve hayret uyandıran yeni hayata alışmaya çalışıyordum; ama benim hedefim tekti: Okulu bir an önce bitirip kendimin ve annemin çaresizliğine, fakirliğine son vermek... Öğretmen olunca benim için her şey bitecekti. Bundan başka bir şey düşünmemiştim.

Sağ-Sol Kavgası

Okul açılalı iki-üç ay geçmeden sağ-sol kavgaları şiddetlenmişti. Türkiye'ye, Komünist bir rejim getirme hayaline kapılan gençlerle; buna karşı çıkan öğrenciler arasında kıyasıya bir çatışma başlamıştı. Hemen her gün kavgaların çıktığı, camların, çerçevelerin aşağıya indiği okul, bir savaş alanına dönmüştü.

Muhafazakâr eğilimli okul yönetimi ve bir kısım öğretmenlerin tayini çıkmış, onların yerine radikal sol ağırlıklı hocalar gelince sağ görüşlü bir kısım öğrencileri de okuldan atmışlardı.

Öyle günler geçiyordu ki her sabah kalkınca bugün sağ salim akşama çıkar mıyız, diye can derdine düşüyorduk.

Memleketi bölmek ve parçalamak isteyen dış güçler, bu vatan evlatlarını birbirine düşman etmişti. Bunun çok büyük bir hata olduğu ileride anlaşılacaktı; fakat binlerce suçsuz, ana kuzusunun hayatına mal olacaktı.

Okulda muhafazakâr öğretmen ve öğrencilerin çeşitli bahanelerle uzaklaştırılmalarının ardından, derslerde de tamamen ideolojik konular ön plana çıkmıştı. Çünkü hocalarımızın büyük kısmı Ateist görüşlü ve Marksist fikirli insanlardı. Hemen her derste; Allah'ın, Peygamber'in, Kur'an ve dinin aleyhinde en ağır yorumlar yaparak öğrencilerin zihinlerini bulandırıyorlardı. Özellikle de biyoloji, sosyoloji ve felsefe hocaları bu hareketin başını çeken kimselerdi. Her fırsatta İslam'a saldırıp doğru adresin Komünist bir yönetime kavuşmaktan geçtiğini anlatıyorlardı.

Durum gittikçe öyle vahim bir hal almıştı ki dersi geçmek için hocaların istediği biçimde düşünmek gerekiyordu. Hepsi de saf, temiz ve dini bütün Anadolu çocukları olan arkadaşlarımın huzuru kaçmış, aklı bulanmış ve görüşleri farklılaşmaya başlamıştı.

Başlangıçta hocalarımızın bu görüşlerine direnen bazı arkadaşlar; ya öğretmenlerin fikirlerinden etkilenerek ya da geleceklerinden korkarak yavaş yavaş hocalarımız gibi düşünür olmuşlardı.

Aradan bir sene geçmeden, tertemiz ve inançlı gelen öğrenciler, bu ağır baskı ve yıldırma sonucu, dine ve imana karşı çıkan kimseler haline gelmişler veya öyle gözükmek zorunda kalmışlardı.

İdeolojik Yaklaşımlar

İkinci yıl işin dozu büsbütün artmıştı. Hocaların görüşüne karşı çıkan arkadaşlar ya sınıflarını geçememişler ya da bir kulp takılarak okuldan uzaklaştırılmışlardı. Annem ve ben, özel durumumuz nedeniyle kendi kabuğumuza çekilmiştik; ama yine de büyük endişe içindeydik.

Her gün okulda arama yapılıyordu. Dine dair bir kitap veya yayın bulundu mu, sonuç çok vahim bitiyordu. Okul ortamı öyle hale gelmişti ki birçok hoca hiç gizlemeden, doğrudan yıkıcı propagandalarını sürdürüyorlardı.

Açık açık, kurtuluşun Komünizmde olduğunu savunarak bütün inanç değerlerine saydırıyorlardı. Onların gözünde Allah, Peygamber ve Kur'an gibi değerler alay konusu oluyordu.

Bunlara itiraz eden öğrencilere ise asla müsamaha etmiyor, bir şekilde dışlayıp cezalandırıyorlardı.

Benim de aklımda ve psikolojik dünyamda birçok sıkıntı ve problem başlamıştı. Yani hocaların bu ideolojik görüşlerini bir koro halinde baskıyla ve zorla da olsa dinleye dinleye aklım karışmıştı. Kendi geleceğim için ortaya çıkıp itiraz edemediğim için de sinip gitmiştim.

Gerçekten kurtuluş Komünizmde miydi? Yani Cumhuriyet, din, iman gibi temel değerler kurtuluş için yetersiz miydi?

Allah diye bir yaratıcı (hâşâ) yok muydu? Her şey kendi halinde başıboş muydu? Öldükten sonra tekrar dirilme ve bir hesap olmayacak mıydı? Bizi izleyen sevap ve günahlarımızı yazan melekler bir hayalden mi ibaretti? Din, iman, Kur'an ve peygamber gibi konular gerçek dışı, öylesine uydurulmuş şeyler miydi?

Bütün bu ve benzer konular, hocalarımızın durmadan propaganda malzemesi olarak ele aldığı, bizleri de şüpheye düşürdüğü; hatta inkârcı, imansız hale soktuğu hususlardı.

Bu tür çalışmalar aklımı, fikrimi, inancımı ve imanımı allak bullak etmişti. Daha da kötüsü beni tamamen bunalıma sürüklemişti.

"Olmaz böyle şey!" diye, içimden isyan ediyordum. Bu kâinatın bir yaratıcısı vardır. Bugüne kadar Allah, Peygamber, din ve Kur'an diyenler hep yanlış düşünüyor da bizim hocalar mı doğru düşünüyor, diye yorumda bulunuyor, kendi içimde kendi kendimle mücadele ediyordum. Bu işte bir kasıt ve yanlışlık olduğu ortadaydı; ama bu inkârcı görüşleri çürütecek ve bunlara cevap verecek bir insana, bir güce ve bir kaynağa ihtiyacım vardı.

Günlerce, aylarca kendi kendimle boğuştum. Öğretmenlerimiz gibi bir çırpıda "Allah (hâşâ), din, iman ve ahiret gibi şeyler yoktur!" diye her türlü inanç değerlerinden sıyrılmam ve kendimi bir dinsiz gibi görmem mümkün değildi. Aklım ve kalbim bunların var olduğunu söylüyordu; ama nasıl?

İşin içinden çıkamıyordum; ama bunların hiçbirini üzülmesin diye anneme açamamıştım. Hepsini de kendi içimde yaşamaya çalışıyordum; fakat annem, bir şeylerin olduğunu hissediyordu.

Tabii ki bunları tamamen kabul etmiyordum; ancak kafamdaki soruların cevabını verebilecek ve içimdeki fırtınayı durdurabilecek bir büyüğüm, bir yol gösterenim yoktu. Bu yüzden de küçüklüğümden beri bırakmadığım namazlarımı, nazlı ve gönülsüz kılmaya başlamıştım. Ne yazık ki gün geçtikçe de dinden ve imandan soğuyor, ibadetlerden uzaklaşıyordum.

Yine o gece bu duygularla, büyük bir stres ve bunalım içinde yatmıştım. Kendi içimden Allah'a el açıp:

"Allah'ım!" dedim. "Bana yardım et, bir yol göster. Bunlara inanmıyorum; ama inançsızlığa da adım adım yaklaşıyorum. Eğer elime bir hakikat geçmezse, beni doğruya götürecek bir yol olmazsa, bu işin sonu çok vahim olacak!"

Yalvardım, ağladım, imdat ve kurtuluş istedim O'ndan.

Hayatımı Değiştiren Rüya

Öylece uyumuşum. O gece hayatımda bir milat olmuştu. Müthiş bir rüya görmüştüm.

Rüyamda şiddetli bir deprem oluyordu. Yerler yarılıyor, duvarlar yıkılıyor, evler çöküyordu; her taraf su, çamur ve keşmekeş içindeydi.

İnsanlar o bataklıkta boğuluyor, çıkmak için çırpınıp bir kurtarıcı arıyordu. Öylesine korkunç bir can pazarıydı ki ben de o çırpınan ve batmamak için imdat isteyen insanlar arasındaydım. Durmadan "Yetişin! Kurtarın! Boğuluyorum!" diye bağırıyordum.

Baktım, ileride sağlam olarak ayakta kalan bir cami, avlusunda orta yaşlı, nuranî ve parlak yüzlü biri bana doğru el sallıyor, bir taraftan da:

"Bu tarafa gel!" diye işaret ediyordu. Çamurlarla boğuşa boğuşa o adama doğru yürümeye başladım; öyle bir yere geldim ki takatim bitti, artık öleceğimi anladım, büyük bir panik içine düştüm.

Bir yandan "Allah'ım yardım et!" diye bağırıyor, bir yandan da o kişinin beni kurtarması için çığlık çığlığa kıyamet koparıyordum; lakin caminin avlusuna çok yaklaşmıştım. Baktım o zat birer ikişer insanların elinden tutup caminin avlusuna çıkarıyordu.

Bana da gülümseyerek:

– Korkma, kardeşim! Seni de kurtaracağım, dedi.

Bana doğru bir ip attı. İpin tam ucundan yakaladım. Beni de çekip caminin avlusuna çıkardı.

– Haydi, gözün aydın; kurtuldun, dedi.

Sesi ve davranışları öylesine içten ve samimiydi ki sanki ölüm korkusunu bir anda bitirmişti.

– Allah razı olsun, dedim. Sen olmasaydın ben ölecektim.

– Hayır, kardeşim, dedi. Doğmak da Allah'ın emridir, ölmek de... Sen teşekkürünü bana değil, Allah'a et.

– Bazıları Allah (hâşâ) yoktur, diyorlar, diye bir soru sormaya hazırlanıyordum ki:

– O sorunu sonra cevaplarım, bak görüyorsun ki şimdi işim var, diyerek boğulmak üzere olan insanları kurtarmaya devam etti.

İçimde müthiş bir heyecan oluşmuştu.

"Allah'a şükür!" dedim. "Sorularıma cevap verecek birisini buldum. Bu adamı bırakmayacağım."

Tarifsiz bir heyecanla uyandım. Her tarafım titriyordu, kendimi kontrol edemez bir haldeydim.

O zatın gülümsemesi, yüz hatları, görüntüsü ve çok tatlı tavırları bütün ayrıntısıyla hâlâ gözümün önündeydi.

Rüyadaki o deprem, tam benim iç dünyamı anlatıyordu. İnançsızlığın bataklığı içinde boğulmak üzereydim çünkü. Beni kurtaracak bir güce, bir fikre, bir kaynağa ihtiyacım vardı. Belki de bana öyle bir kişi yardım edecekti.

Yine sabaha kadar niyazda bulunmuştum Yüce Mevla'ya:

"Allah'ım" dedim. "Beni kurtar bu bunalımdan, Sensiz bir hayat istemiyorum" diye medet isteyip gözyaşı dökmüştüm.

Rüyam Gerçek Oluyordu

Hocalarımızın korkusundan çoktan beri yakın camilere gidip namaz kılamıyordum; ama bu rüyadan sonra ne olursa olsun, Cuma namazına gitmeye karar verdim. Bunun tehlikeli olduğunu biliyordum. Öğretmenlerimiz, namaza gittiğimi duyarlarsa benim için hiç de iyi olmazdı. Belki de okul hayatımı tehlikeye atarlardı; ama içimdeki sıkıntıya dayanacak gücüm kalmamıştı.

Okulumuzun epeyce uzağında bir cami vardı. Kimseye görünmeden erkenden gidip caminin bir köşesine çekildim.

Yaşlı imamın vaazlarını dinlemeye başladım. Bir harfini bile kaçırmıyordum; işlediği konu, benim istediğim hususlar değildi. Olsun, yine de istifade ediyordum.

Namazdan sonra herkesin çıkmasını bekledim. Çünkü İmam Efendi'ye bazı sorular sormak istiyordum. Ne de olsa imamdı. Umarım ki benim sorularıma cevaplar verirdi de beni bu bunalımdan kurtarırdı.

Namazdan sonra İmam Efendi, caminin avlusuna çıktı. Cesaretimi toplayıp yanına yaklaştım, dedim ki:

– Hocam, müsaade ederseniz sizinle biraz konuşabilir miyim?

Yaşlı gözlerini bana çevirdi. Şöyle tepeden tırnağa taradı. Sanki şüpheli birisini arıyormuş gibi iyice süzdükten sonra biraz da sert bir ses tonuyla:

– Ne konuşacaksın benimle, dedi.

Beklemediğim bu çıkış karşısında biraz panikledim, sonra kendimi çabuk toparladım.

– Bazı sorularım var, dedim.

Aynı sertlikte cevap verdi:

– Ne gibi sorular?

– Öğretmenlerimiz imana dair bazı konuları inkâr ediyor da onları soracaktım.

Hocanın bakışları gittikçe gerildi, sesinin şiddeti de arttı:

– Sen nerede okuyorsun bakalım?

– Yatılı İlköğretmen Okulunda.

– Anlamıştım zaten.

Yaşlı ve haşin bakışlarını gözüme dikerek:

– Bana bak evlat, dedi. Bana senin arkadaşların da geldi. Saçma sapan sorular sordular.

Yok, Allah yokmuş (hâşâ), yok ahiret yokmuş, yok melaike yokmuş… Tövbe, Ya Rabb'i, tövbe…

Siz hepten dinsiz olmuşsunuz. Çekil karşımdan, şimdi çiğnerim seni, imansız herifler…

Tuttu kolumdan kenara doğru itti. Kendisi de öfkeyle söylene söylene yürüdü. Neye uğradığımı şaşırmıştım. Tam bir şok içindeydim. Demek ki benim gibi diğer arkadaşlarım da gelip hocadan yardım istemişler, onların sorularına kızmış, aynı tepkiyi bana da gösteriyordu.

İyi; ama bir imamın böyle bir yaklaşım sergilemesine gerek var mıydı? Beni anlayışla karşılayıp problemlerimi dinlemesi, bana yardımcı olması gerekmez miydi? Bu soruları imamlara değil de kime soracaktık?

O Adam

Tam bir şaşkınlık içinde, ne yapacağımı bilemeden ayaküstü öylece kalakalmıştım.

Kalabalığın az ilerisinden:

– Kardeş, diye bir ses geldi tatlı, sıcak ve tanıdık bir tonda.

Sesin geldiği yöne doğru döndüm. "Olamaz!" diye geçirdim içimden.

Evet "O Adam!" ta kendisi...

Bana doğru işaret ediyordu. Rüyamda beni boğulmaktan kurtaran adam. Evet, evet oydu.

Boyu, tatlı ve nuranî yüzü, içten ve samimi davranışı, her şeyi... Evet, rüyamdaki kişinin ikizi; hatta ta kendisi!..

İnanamıyordum. Bir an donup kaldım. Acaba şaşkınlık içinde kaldığım için gözlerim oyun mu oynuyordu bana? Bütün bunlar gerçek miydi?

Olduğum yerde duruyordum. O adam yavaş adımlarla yanıma gelip elini bana uzatarak içimi ısıtan ve rahatlatan bir ses tonuyla:

– Kardeş, dedi. İmam Efendi'yle aranızda geçenlere istemeyerek şahit oldum. Onun kusuruna bakma. İmam Efendi yaşlı. Gençlerin dünyasını pek anlamaz. Hem yakın bir zamanda hanımı rahmetli oldu. Biraz da onun tesirinde. Asabî oluşu da bundan dolayı olmalı.

Bu cümleler öyle içtendi ki beni rahatlattı; zaten adamın yüz ifadelerine, mütebessim simasına, duru ve düzgün davranışına hayran olmamak mümkün değildi. Sanki beni oracıkta cereyan gibi çarpmıştı.

Benim biraz rahatladığımı, heyecanımın geçtiğini anlayınca:

– Tanışalım, dedi.

Adı Süleyman'dı. Bir devlet dairesinde memur olarak çalışıyormuş. Tayini yeni çıkmış, buraya yeni gelmiş. Hemşehri de çıktık. Çünkü memleketlerimiz birbirine yakındı.

Süleyman Ağabey, o samimi ve sıcak tavrıyla:

– Benim evim buraya çok yakın, dedi. Hanıma, ben gelene kadar çay demle, demiştim, eminim şimdi hazırdır. Buyurun beraber gidelim, hem çay içer, sohbet ederiz hem de İmam Efendi'ye soracağın soruların cevaplarını konuşuruz.

Süleyman Ağabey, sanki içimi okuyordu. İlgimin neye karşı olduğunu biliyor, beni o noktaya doğru çekiyordu.

– Biliyor musun, dedi. O soruları bir zaman bana da sormuşlardı. Aklım, kalbim allak bullak olmuştu. Bir büyüğüm bana bazı kitaplar vermişti. O kitapta, bu tarz soruların çok güzel cevapları vardı. Ben çok istifade ettim. İnanıyorum ki sen de faydalanırsın.

Bu teklife nasıl hayır diyebilirdim? Günlerce bunun hayalini kurmuyor muydum? Bunun için Yüce Mevla'ya yalvarmamış mıydım?

Ruhumun Aradığı Buradaydı

Evi sade, temiz; âdeta huzur doluydu.

Kitapları arasında Bediüzzaman Said Nursî'nin Kur'an tefsiri olan *Risale-i Nur* kitapları dikkatimi çekmişti. Çünkü bu kitaplardan Davut Hoca da sık sık bahseder bazen de anneme teselli olsun diye okurdu.

Süleyman Ağabey'le karşılıklı oturduk.

– Kardeş aç mısın, diye sordu önce. İstersen karnımızı doyuralım, sonra da çayımızı içelim. Biliyorsun çayın altı boş olursa sohbete tat vermez.

Gülüştük.

– Hayır, ben yemek yedim, dedim. Çok ısrar etti, kabul etmedim.

Duvardaki çarpıcı tablolar ve üzerlerinde yazılı özlü ve güzel sözler dikkatimi çekmişti. Hele gözlerimi zengin kütüphanesinden ayıramıyordum.

Her türlü kitap mevcuttu. Karl Marks'tan Mao'ya, Hitler'den Lenin'e, İmam-ı Gazali'den Seyit Kutup'a, Necip Fazıl'dan Nazım Hikmet'e birçok eser... Geniş bir kültüre sahip olduğu belliydi. Birçok kaynaktan istifade etmişti.

Benim gözüm özellikle *Risale-i Nur* kitaplarına takılmıştı. Bunu fark eden Süleyman Ağabey, birkaç tanesini önündeki sehpaya koydu.

– Bunlardan okuduğun oldu mu, diye sordu.

– Hayır, dedim; ama küçükken görmüştüm.

– Bu kitaplar Kur'an tefsiri; ancak bu eserlerin bir özelliği var. *Risale-i Nur,* hem iman hakikatlerini aklımıza en uygun şekilde izah ediyor hem de kâinat kitabını okuyor.

Çağımızda insanların akıllarını ve kalplerini meşgul eden inkâra dair meseleleri, en uygun ve ikna edici şekilde ele alıp ispat ediyor. Bu kitapları okuyanlar, inkârdan ve şüphelerden kurtulurlar.

Çok merak etmiştim. Çünkü benim de aklımda ve kalbimde yüzlerce şüphe doluydu. İnşallah, bunların cevabını bulurum, diye ümitlenmiştim.

O zaman sorularımı Süleyman Ağabey'e sormalıydım. Bu fırsatı bir daha bulamazdım.

İlaç Gibi Sohbet

Beynimde fırtınalar estiren soruları bir bir sormaya başladım. Büyük bir dikkat ve ilgiyle de cevaplarını dinliyordum. Bu benim hayatımda dinlediğim en etkili ve en mükemmel sohbetti. Sanki konuşulan her kelime, her harf bir ilaç gibi ruhuma akmıştı.

Kâinatın, kendi kendine olamayacağını, onu sebeplerin ve tabiatın yapamayacağını, çarpıcı, etkili ve mantıkî delillerle *Tabiat Risalesi*'nden okuyup anlatırken hocaların ortaya attıkları inkârcılık idealarıı sabun köpüğü gibi eriyip gidiyordu. İki saatten fazla süren bu sohbeti âdeta nefesimi tutarak dinlemiştim. *Risaleler* beni çok etkilemişti. Etkilemek de ne demek, sanki çarpmıştı.

Kafamı altüst eden konularla ilgili karşılıklı soru ve cevaplar, ortaya konan bilimsel ve aklî yorumlar, toplumsal barışın nasıl sağlanacağı hususundaki mükemmel görüşler, dünyamı farklı âlemlere taşırken gelip giden çayların, konup kalkan pastaların ve bol bol ikram edilen meyvelerin farkında bile olmamıştım.

Vakit çok ilerlemişti. Beni hem rüyada hem de dünyada etkileyen bu adamı bırakmaya niyetim yoktu; lakin gitmek zorundaydım.

– Burada dinlediklerimi benim gibi arayış içinde olan arkadaşlarıma anlatacağım dedim. En kısa zamanda da sizi ziyarete getireceğim onları.

Beni kapıda uğurlarken Süleyman Ağabey'in gözlerinin içi gülüyordu. Benim heyecanım ve içimin huzuru ise hat safhadaydı.

Süleyman Ağabey'le tanıştıktan sonra yapılan sohbetle ve okunan kitapta dinlediklerim ve duyduklarım, bende büyük bir tesir bırakmıştı. Bu konuları, samimi olduğum ve benim gibi şüpheler içinde bulunan arkadaşlara anlatıyordum.

Hepsi de beni ilgiyle dinliyor, Süleyman Ağabey'le tanışmak ve bu konularla ilgili sohbetler etmek için can atıyorlardı.

Benim de daha sorup öğreneceğim yüzlerce konu vardı.

Bir grup arkadaşla birlikte, yine bir Pazar günü Süleyman Ağabey'in evine misafir olmuştuk.

İçimizde, öğrencileri örgütleyen, Komünist ve Ateist görüşleriyle ünlü bir arkadaşımız da vardı. O da anlatılanları merak etmişti.

"Ben de geleyim" diye ısrarda bulunmuştu. Eğer bu arkadaşımız Süleyman Ağabey'in görüşlerinden etkilenirse okulda Komünist hareketin omurgası çökmüş olurdu.

Süleyman Ağabey, bizi çok sıcak bir alâkayla karşıladı. Son derece tertipli ve düzenli evinin mütevazı bir odasına kabul etti. Evde inanılmaz bir duruluk, temizlik ve huzur vardı. İnsan, daireye adımını atar atmaz, içine bir rahatlık ve hafiflik doluyordu.

Bizimle tek tek tanıştı, ilgilendi, hal hatır sordu. Arkadaşlarımın bir kısmının beklemeye tahammülü yoktu. Ateist hocaların fikirlerinden çok etkilenmiş olan arkadaşlar, bir an önce konuların tartışılmasını bekliyorlardı.

Okulumuzda Komünist ve Ateist görüşleri ile tanınan öğrenci lideri Aydın, konuyu açtı:

Harika Bir Cevap

Aydın, sorular soruyor, Süleyman Ağabey de aklî ve mantıkî yaklaşımlarla cevaplar veriyordu. Bunlar öyle cevaplardı ki sanki Allah'ı, Kur'an'ı ve Peygamber'i yeni tanıyormuşuz gibi zihnimizde inanılmaz etkiler bırakıp bizi mest ediyordu. Gün boyunca süren sohbet; sürüklendiğimiz yolun yanlışını göstermiş, bir kul olduğumuzu fark ettirmiş ve dünyaya bir imtihan için geldiğimizi beynimize çivi çakar gibi anlatmıştı.

Sohbet sonrasında ayağa kalkan Aydın, "Önemli şeyler dinledim, biraz düşünüp hazmetmem lazım" diyerek hayret ve şaşkınlığını ifade etmişti.

Süleyman Ağabey'in Pazar günü evde yapılan sohbeti, hayatımın bir dönüm noktası olmuştu; benimle birlikte birçok arkadaşımın duyguları da değişmişti.

Süleyman Ağabey, bizi kapıya kadar geçirdi. Ellerimizi tek tek sıktı, tekrar görüşmek üzere bizi uğurladı.

Hepimizin de gözleri gülüyor, kararan kalplerimizde ve sönen umutlarımızda bir aydınlık, bir kıpırdama hissediliyordu.

Hele Komünist ve Ateist faaliyetleriyle ünlü arkadaşımız Aydın'ın, Süleyman Ağabey'in elini sıkarken söyledikleri çok çarpıcıydı:

"Sizinle tanıştığıma çok memnun oldum. Ümit ederim ki sizinle her görüşmemizde diğer tereddütlerimiz ve şüphelerimiz de hallolur."

Ölümün kenarındayken son anda kurtulan insanlar gibi, huzur ve sevinç içinde okulun yolunu tutmuştuk.

Sohbette bulunan her arkadaş, kendi çevresine, dinlediklerini anlatmaya başlayınca beklemediğimiz ölçüde, büyük bir ilgi uyanmıştı. Artık her Cumartesi ve Pazar Süleyman Ağabey'i ziyaret ediyor, onun doyumsuz sohbetini dinliyor, *Risale-i Nur* kitaplarından istifade ediyorduk. Bu hizmet, okulumuzdaki Komünist hareketin ve Ateist düşüncenin hızını kesmişti.

Okulun bir numaralı öğrenci lideri durumundaki Aydın, birkaç ay boyunca sohbetlere devam ederek müthiş bir dönüş yapmıştı. Öğrencileri etkileme kabiliyeti fazla olduğu için onlara durmadan iman ve Kur'an hakikatlerini anlatıyor, birçoğunun namaza ve ibadetlere başlamasına sebep oluyordu.

Bütün bu olup bitenleri anneme anlatıyordum. O da benim gibi mutluluktan uçuyordu; ama annem, son zamanlarda, yine sağlık problemleri yaşamaya başlamıştı. Yaptığı işte arkadaşları her ne kadar kendisine yardımcı oluyorlarsa da git gide durumu kötüleşiyordu.

Hasret'in Dramı

Benim dönüş yaptığımı, sohbetlere katıldığımı, Kur'an ve Kur'an tefsiri okuduğumu adım adım takip eden Hasret de istifade ettiğim kaynaklardan yararlanmaya çalışıyordu.

Albaylığa yeni terfi eden babası, kendisindeki bu değişimi anlayınca eşiyle birlikte bir akşam Hasret'i hesaba çekmişler.

– O çocukta ne buluyorsun ki kendini bu kadar kaptırıyorsun, demiş babası.

Hasret de:

– Benim Kur'an okumaya başlamam, Kur'an tefsirinden istifade etmem ve namaz kılmamın başkasıyla ilgisi yok. Ben insan olarak kendimi sorguladım, ibadetlerimi yapmaya karar verdim. Asla bunu Arif için yapmadım; ama ondan yardım aldım o kadar, diye cevap vermiş.

Bunun üzerine annesi çok sinirlenerek araya girmiş:

– Sen ne kadar gizlesen de Arif'le ilgili duygularını biliyoruz; şunu aklına iyi sok: gök yerle birleşse seni Arif'le yine de yan yana düşünemeyiz!

Babası daha da ileri giderek:

– Benim kızımın bir çoban parçası, bir boyacı; hatta bulaşıkçının oğlu ile anılmasını bir hakaret sayarım. Bugünden itibaren evimizde başörtüymüş, ibadetlermiş bunları görmeyeceğim. Hele Arif'le ilgili tek kelime duymayacağım. Okulda ona yaklaştığını duyarsam derhâl oradan alırım seni, diye gürlemiş.

Çok büyük bir baskı altında kalan Hasret, susmaktan başka bir şey yapamamış. Çünkü babasının evdeki otoritesine karşı bir şey söylemesi mümkün olamamış.

Hasret, o günlerde morali bozuk olarak okula gelip gidiyordu. Yüz ifadelerinden, davranışlarından bir gariplik olduğu belliydi; ancak bu konularla ilgili tek kelime etmedi. Zaten okulda çok mesafeliydik. Konuşmak zorunda kaldığımızda da oldukça resmî oluyorduk. Karşı karşıya gelme mecburiyeti olduğunda da benim yüzüm kızarıyordu; karşısında eziliyordum.

Beni Aşağılayan Kadın

O günlerde bir öğle vakti, koridorlarda adım anons edilmişti. Acele olarak danışmaya gitmem istenmişti.

Dışarıdan beni arayıp soran olmadığı için Süleyman Ağabey'in beni ziyarete geldiğini sanarak sevinç içinde koştum.

Danışmada görevli olan arkadaş, misafir salonunda oturan uzun boylu, orta yaşlı, çok iyi giyinmiş, bakımlı bir bayanı işaret ederek:

– Arif, şu hanımefendi seni bekliyor, dedi.

Baktım; tanıdığım biri değildi. Ürkek adımlarla yanına yaklaştım.

– Buyurun, benimle görüşmek istemişsiniz, dedim.

– Arif mi, diye sordu çatık kaş ve asık bir suratla.

– Evet, dedim birden heyecanlanarak...

Bir hışımla ayağa kalktı. Gözlerini gözlerime dikti; parmağını hışımla burnumun ucuna uzattı, üzerindeki eski elbisemi alaycı bir edayla süzüp, kontrol edemediği bir öfkeyle:

– Bana bak pasaklı diye bağırdı. Seninle ilk ve son kez konuşacağım. Söylediklerimi sakın unutma. Ben, Hasret'in annesiyim. Kızımdan uzak dur, tamam mı? Senin gibi bulaşıkçı bir kadının oğlu, basit bir boyacının ne haddi var ki bizim gibi bir aileye sokulabiliyor.

Parmağını, gözlerimi oyarcasına tekrar sallayıp:

– Eğer kızıma yaklaştığını, konuştuğunu veya etrafında dolandığını duyarsam yetim metim demem, hayatını karartırım senin. Şimdi yıkıl, defol karşımdan.

Okul binasının bir anda başıma çöktüğünü hissetmiştim. Sanki gökten kafama tonlarca taş inmişti de onun sarsıntısını yaşıyordum. Yere düşmemek için önümdeki sandalyeye tutundum. Hayatımda bu kadar utandığımı, ezildiğimi, kahrolduğumu hatırlamıyordum. Gözlerim kararmaya, kulaklarım çınlamaya başlamıştı. Tam yere düşeceğim anda son bir hamleyle kendimi koltuğun üstüne attım.

Kendime geldiğimde, kadın çekip gitmiş, ben de kan ter içinde sırılsıklamdım.

Şükür ki yemek saati olduğu için bayanın bana söylediklerini ve benim kendimi kaybedişimi gören olmamıştı.

Kendime Çok Kızmıştım

Kendimi zar zor toparladım. Olanlar beynimde öylesine deprem etkisi yapmıştı ki sanki orası, kafatasım değil de bir savaş meydanıydı:

"Sen haddini ne zaman bileceksin" diye kızmaya başladım kendi kendime... "Sen bir yetimsin. Sıradan bir boyacı, bir bulaşıkçı kadının oğlu. Bunu ebediyen aklından çıkarma. Okulu kazanmakla şartların değişmedi. Sen kimsin, albayın kızı Hasret kim? Aklını başına al.

Haydi, şimdi kalk, hiçbir şey olmamış gibi dersine git. Bundan sonra da kalbinde ne kadar aşk, meşk ve sevda varsa hepsini sil. Öğretmen olduktan sonra da bir dengin çıkarsa o zaman düşünürsün."

Kendime kıza kıza, sitemler yağdıra yağdıra sınıfın yolunu tutmuştum.

Hasta yatağından yeni kalkan mecalsiz bir insan gibi bitmiş halimi gören arkadaşlar, "Hayrola Arif?" diye soruyorlardı. Ben ise "Biraz rahatsızım da onun için" deyip geçiştiriyordum. İçimdeki fırtınayı çevreme sezdirmemeye çalışıyordum.

Sınıftaki sırama oturdum; ama beynimdeki depremin duracağı yoktu. Hele içimde yaşanan binlerce "al-ver"lerin önü arkası gelmiyordu.

Hasret'in annesinin o parmak sallayışı, beni ve annemi aşağılayışı ve savurduğu tehditler gözlerimin önünden gitmiyordu.

Yazılarım gazetelerde yayımlandıkça, başarılarım alkışlandıkça, notlarım sınıfta konuşuldukça ben de kendimi "bir adam oldum" zannetmiştim. Haddimi, seviyemi, durumumu unuttuğuma nasıl hayıflandım, nasıl kızdım anlatamam.

Hocayı Çileden Çıkaran Tartışma

Okulda da dersler çekilmiyordu. Dışarıdaki gergin hava derslere de yansıyor, can sıkıcı diyaloglar ve ideolojik yaklaşımlar havayı geriyordu. Hele felsefe dersi, artık dayanılmaz noktaya varmıştı. Özellikle de sol grupların lideri durumundayken dönüş yapan Aydın'la felsefe hocası, ders sonuna kadar tartışıp kavga ediyorlardı. Çok yürekli, dişli ve cesur olan Aydın'ı bir türlü pes ettiremiyorlardı. Bu da sınıfı her an patlayacak bir bomba gibi huzursuz ediyordu.

Yine o derslerden biriydi. Bu kafayla ne kadar dinleyebilirdim, bilmiyordum.

– Arkadaşlar, diye söze başlamıştı felsefe hocası. Bugün biraz daha proleter ihtilale yaklaşıyoruz. Bu rejimin yıkılarak yerine Komünizmin gelmesi, bunu engelleyen dinî inançların ve kurumların ortadan kaldırılması gerekir, diye hakaret dolu bir edayla giriş yapmıştı.

Yerinde duramayan bir kaplan gibi Aydın dayanamayarak söz istedi. Daha konuşmaya başlamadan Felsefe Öğretmeni patladı:

– Bir kere sen konuşma. Satılık ve dönek bir insanın konuşmaya hakkı yoktur. Seninle yıl sonu hesaplaşacağım, diye sınıf ortasında tehdit etmeye başladı; ama Aydın, inadına soğukkanlılığını ve saygısını korumaya çalışıyordu.

– Hocam neden kızıp bağırıyorsunuz? Siz bir görüş ileri sürdünüz, ben de o görüşünüze katılmadığımı beyan edecektim. Bu sizce doğal değil mi? Müsaade edin neden katılmadığımı izah edeyim. Siz her konuşmanızda, her insan özgürce dilediğini yapabilmeli, demiyor muydunuz?

Felsefe Öğretmeni dayanamadı:

– Hayır, dedi. Benim özgürlük anlayışım, aydın insanlar içindir. Sizin gibi gerici ve yobazlar için değildir.

– Peki, hocam, istediğiniz rejim gelirse görüşünüze karşı çıkan insanların hali ne olacak? O milyonlarca insanı öldürecek misiniz veya kamplara mı göndereceksiniz?

– Bak görüyorsunuz değil mi? Konuşmasına fırsat verdiniz mi derhâl ortamı sabote etmeye başlıyorlar, onun için böyle insanları konuşturmayacaksınız.

Bütün engellemelere rağmen Aydın, hocanın itiraz ettiği konuları ele alıp onun görüşlerini çürüten nefis bir konuşma yapmıştı. Yeni dönüş yapanlardan Atılgan ve Halis de fikirleriyle doyurucu bir bütünlük oluşturmuşlardı.

Sınıf huzurunda söyleyecek bir sözü kalmayan Hoca, bu sefer büsbütün çileden çıkmıştı:

– Otur yerine ukala herif, diye bağırmaya başladı. Bu konular felsefenin konusu, dolayısıyla benim işimdir. Senin bu konularda söz söyleme hakkın bile yoktur. Çatlasanız da patlasanız da bu safsataları ortadan kaldıracak bir rejim gelecektir.

Hoca, bu tartışmada bir yenilgi havasına girmemek için kızıp tehditler savurarak sınıfı terk etmişti.

Caniliğin Bu Kadarı

Bu durum arkadaşlar üzerinde şok etkisi yapmıştı. Herkes çok iyi biliyordu ki Orhan Hoca bunun altında asla kalmaz, tartışmaya katılanları bir şekilde cezalandırırdı. Bunun en iyi ihtimali ise dersten bırakmak olurdu. Bu işin bu kadarla kalmayacağı çok aşikârdı.

Cuma günü öğleden sonra dersimiz yoktu. Felsefe Hocamızın dersinde tartışmaya katılan Aydın ve Atılgan'ın da içinde bulunduğu bir grup arkadaşla Cuma namazına gidip sonra da Süleyman Ağabey'in ikindi sohbetine katılacaktık. Felsefe Öğretmeni ise bazı arkadaşlar kanalıyla bizi takip ettirmekteydi. Bunu biliyorduk; ama bir hain gibi etrafımızı kuşattığının farkında değildik.

Okul yönetiminin de Felsefe Hocası gibi düşünen kişilerden oluşması, Orhan Bey'i daha da pervasız hale getirmişti. Bu yüzden muhafazakâr öğretmenleri çeşitli bahanelerle birer birer okuldan uzaklaştırıyorlardı.

Biz de bunun bilincinde olarak göze batmamaya ve dikkatleri çekmemeye gayret ederek namazlarımızı kimsenin görmediği yerlerde kılıyor, Kur'an ve Kur'an tefsirlerini de yatakhanede saklamak zorunda kalıyorduk.

Cumadan sonra topluca Süleyman Ağabey'in evine giderek iki üç saat boyunca onun doyumsuz sohbetini dinledik. Onun evinden her çıktığımızda kuşlar kadar hafif ve huzurlu hissediyorduk, o gün de öyle olmuştu.

Akşam yatakhaneye geldik, daha üzerimizi çıkarmadan arama için kaldığımız oda basıldı.

Felsefe Öğretmeni Orhan Bey, Müdür Yardımcısı Kemal Bey, Biyoloji Öğretmeni Zikri Bey vatan hainlerini pusuya düşürmüş gibi:

– Kimse yerinden kalkmasın. Arama yapacağız, diye sert ve hakaret dolu bir yaklaşımla odamıza girdiler.

Odada Felsefe Öğretmeni'nin intikam almak için yanıp tutuştuğu Aydın ve Atılgan da vardı.

Bizi ararken davranışlarıyla o kadar öfke ve kin doluydu ki her sözü hakaret, her bakışı düşmancaydı.

Önce üzerimizi aradılar; sonra da dolapları... Kitaplar benim dolabın üst bölmesinde, çamaşırların arkasındaydı. Sanki elleriyle koymuş gibi kitapları ve Kur'an'ı oradan çıkardılar. İşte kıyamet de o zaman koptu.

Eline Kur'an-ı Kerim'i alan Orhan Hoca, sanki zehirli bir yılan yutmuş gibi çığlık çığlığa bağırmaya başladı.

– Buldum, dedi. İşte burada buldum. Devletin okulunda Kur'an'ın ne işi var? Burayı medreseye çevirmişler. Bunlar Cumhuriyet düşmanları, Hilafet isteyen hainler.

Yatakhanedeki arkadaşlarla birlikte Kur'an'a karşı olan bu hakaretlerin şoku içindeydik. Hoca hızını alamayarak:

– Bunun cezası çok ağır olacak dedi ve Kur'an-ı Kerim'i eline alıp bana doğru öfkeyle fırlattı. Kitap burnuma öyle bir çarptı ki sıçrayarak arkamdaki cama vurdu, cam kırılınca da aşağıya düştü.

Hoca, Kur'an-ı Kerim'i ve Risaleleri görünce âdeta çılgına dönmüş, ne yaptığını bilmeyecek kadar kendini kaybetmişti.

Kitabın darbesiyle burnumdan kan akmaya başlamıştı. Ceketim ve gömleğim kan içinde kalmıştı.

Diğer hocalar da işin çok ileri gittiğini fark ederek Orhan Hoca'nın kolundan tutup teskin etmeye başlamışlardı; ama Hoca'yı durdurmaları ne mümkündü?

O esnada Aydın'la göz göze geldik. Bakışlarından kontrolünü kaybetmek üzere olduğunu anladım. "Yapma" diye işarette bulundum. Haklı iken haksız duruma düşmemeliydik.

Bunlar İnsan mıydı?

Yüzde doksan dokuzu Müslüman olan bir ülkede dolabında Kur'an bulunanlar en ağır biçimde cezalandırılıyor, Karl Marks, Lenin ve Mao'nun yıkıcı ve bölücü kitaplarını okuyan, Allah'a ve dine saldıran kişilerse "aydın" diye nitelendiriliyordu.

Benim burnumdan akan kan durmuyordu. Arkadaşlar etrafımda seferber olmuşlardı. Hele Aydın'la Atılgan, bu acımasızca yaklaşım ve ön yargı karşısında âdeta kendilerinden geçmişlerdi; ama onlara bütün gücümle engel olmaya çalışıyordum.

Burnuma tampon yaptık, üzerini de sardık. Şimdi bu halimi gören anneme ne anlatacaktım? Sağ-sol çatışmasının yaşandığı bu ortamda, bunu anlatmak için yine bazı sudan bahaneler uydurmak zorunda kalacaktım.

Akşam karanlığı henüz yeni bastırmıştı. Akşam namazı için koğuşta hazırlık yapmaya başlamıştık ki okulun hizmetlisi geldi.

– Seni Orhan Hoca çağırıyor, dedi.

Arkadaşlar ısrarla "Biz de gelelim!" dediler; ama onları zorla ikna ettim ve yalnız gittim. Karşı blokta müdür yardımcısının odasında bekliyorlardı. Orası Müdür Yardımcısı Kemal Bey'in makamıydı. Kemal Bey ise Orhan Hoca gibi din, iman düşmanı bir adamdı.

Odasına girince önce kimseyi göremedim. Sonra yüzlerini boyun atkısıyla sarmış iki genç çıktı karşıma. Biri kapıyı kilitledi, diğeri de elektriği söndürdü.

– Ne oluyoruz? Siz kimsiniz, demeye kalmadan enseme inen şiddetli bir yumrukla kendimi yerde buldum.

Ardından boğazıma, sırtıma ve karnıma inen tekmelerle nefesim kesildi. Kafama bir ayak darbesi öyle acımasızca indi ki beynimde sıcacık bir dalga oluştu, bir anda bütün vücudumu sardı.

Ne kadar tekmelendim, acımasızca ne kadar dövüldüm bilmiyordum. Kendime geldiğimde kapı açık, salon ışıkları yanık, etrafta da kimse yoktu.

Kendimi toplayıp ayağa kalkmam mümkün değildi. Ayaklarım, bacaklarım, kollarım, kafam tutmuyordu. Her tarafıma yüzlerce bıçak girip çıkıyordu sanki.

Felsefe Hocam Kur'an'ı görünce delirmiş, kendine has bir metotla beni susturmanın yolunu bulmuştu.

Müdürün Acımasızlığı

O gün sabaha kadar acılar içinde kıvranıp bir saniye bile uyuyamamıştım. Arkadaşlarım başımdan ayrılmadan nöbet tutmuşlardı; ama hepsi de Orhan Hoca'ya karşı öfke doluydu.

– Arkadaşlar, dedim. Bir yanlışın üstüne bir yanlış da biz yapmayalım. Eğer benden habersiz bir şey yaparsanız size hakkımı helal etmem.

Bunu duyan Aydın çıldırdı.

– Yapma Arif, dedi. Bu adam bunun cezasını görmeli. Kur'an'a yaptığı hakaretleri görmüyor musun? Böyle eli kolu bağlı duramayız.

– Hayır, dedim. Biz bu okulu bitirmekle en büyük intikamımızı almış oluruz. Yapacağımız tek şey, önce kendimizi çok iyi yetiştirmek, sonra da Orhan Bey'in fikirleriyle mücadele edecek öğrenciler yetiştirmek. Bunları her sohbette Süleyman Ağabey anlatıyor, neden çabucak unutuyoruz?

Arkadaşlar ses çıkarmadan öfkelerini içlerine attılar; ancak bizim için daha her şey bitmemişti. Tam tersi, olaylar yeni başlıyordu.

O gece yediğim dayak, vücudumda öyle bir hasar oluşturmuştu ki ayağa kalkınca bir yerlere tutunamayınca yürüyemiyordum. Aldığım darbeler o kadar acımasız olmuştu ki günlerce inlemiştim. Bütün bunları anneme, "Merdivenden düştüm..." diyerek geçiştirmeye çalıştım.

Sabahleyin burnum sarılı, yüzüm mosmor, başımda oluşan sıyrıklarla sınıfa girince arkadaşlar hayret içinde kalmışlardı.

Her ne kadar ceketimi temizlediysem de yine de kan izleri belliydi. Kan içinde kalan gömleğimi akşam soğuk suyla arkadaşlar yıkamışlardı; ama doğru dürüst çıkmamıştı. Tek gömleğim olduğu için de giyip gitmek zorunda kalmıştım.

Arkadaşlarımın ısrar etmesine rağmen akşam yediğim dayak için şikâyetçi olmamıştım. Kimi, kime şikâyet edecektim? Yine biz suçlu olur, zarar gören yine biz olurduk.

Ders henüz başlamıştı ki sınıfın kapısı açıldı, hizmetli girdi.

– Arif'i Müdür Bey istiyor, dedi.

Yerimden kalktım. Kafamda bu çağrıyı yorumlaya yorumlaya merdivenleri inmeye başladım. Bunun iki nedeni olabilirdi. Ya müdür yapılanları duymuş, benim gönlümü alıp bunu kapatmak isteyecekti ya da dolabımda ele geçirilen Kur'an ve Risaleler'in hesabını soracaktı. İkinci ihtimal daha kuvvetliydi.

Müdürün odasına girince beni şöyle tepeden tırnağa süzdü.

– Az bile olmuş, dedi. Kim yaptıysa eline sağlık... Burayı irtica yuvası yapmak isteyenleri öğrenciler görsün de ibret alsınlar. Otur şöyle, diyerek hakaret dolu bir ses tonuyla kafamdaki sargıyı gösterdi.

– Anlaşıldı, burada rahat durmayacaksın. Sen en iyisi geldiğin yere geri dön de çobanlık yaparken imanı ve Kur'an'ı koyunlarına anlat, onlarla beraber namaz kıl.

Önüme bir kâğıt uzattı.

– Bu nedir hocam, diye sordum korku ve şaşkınlık içinde.

– Okuma yazman yok mu, diye bağırdı. Seni okuldan altı ay uzaklaştırıyoruz. Daha sonra da tekrar okula dönmemen için elimden geleni yapacağım. Senin gibi insanların yeri, şehir değil, dağdır. Git orada yılana, çıyana arkadaş ol da aklın başına gelsin.

– Hocam yapmayın, diyerek yalvardım ellerini tutarak. Benim suçum ne?

Sesini büsbütün artırdı.

– Daha ne olacak, dedi. Yatakhaneyi mescide çevirmişsiniz. Kur'an, Kur'an tefsirleri, irticaî kitaplar ve daha neler neler...

– Hocam bunlar suç mu? Suçsa niçin ezanları susturmuyorlar, camileri kapatmıyorlar?

Biz okul disiplinine, kurallara, devletimize ihanet etmeyiz. Biz iyi bir insan olmak için Kur'an okuyoruz. Bu neden suç olsun?

– Çok konuşma, imzala şunu da valizini alıp defol buradan!

– Hocam, yapmayın ne olur? Biz annemle birlikte buraya sığındık. Bizim kalacak yerimiz yok. Okuldan uzaklaştırırsanız biz ne yaparız?

İmdadıma Gelen Sürpriz Bir El

O esnada müthiş bir ümitsizlik, tonlarca darbeler gibi, içimi dövmeye başlamıştı. Ruhumda öylesine çaresizlik oluştu ki kendi içimden yalvardım Mevla'ya:

"Allah'ım! Yetiş artık. Annemin hatırı için yetiş. Beni Kur'an için atacaklar. Kur'an'ın hakkı için yardım et!"

Başımda imza atmamı bekleyen müdürün telefon sesiyle dikkati dağıldı. Ahizeyi eline aldı. Birden bire ciddileşerek karşısında bir amiri varmış gibi hazır ol vaziyetine geçti.

– Buyurunuz Efendim, saygılar, hürmetler... Emredin Efendim, diye başladı söze. Çocuğu çağırdım, biraz hırpalamışlar. Ben de kim yaptı, diye araştırıyordum Efendim. Başüstüne, emriniz olur, deyip telefonu kapattı.

Üzerime bir cani gibi çullanan müdürün bir anlık değişikliğinin sebebini anlayamamıştım.

– Vali Bey, geliyor, dedi. Git şu kanlı gömleğini değiş, gel.

– Efendim, benim bir tane gömleğim var, dedim.

Hizmetliyi, evine gönderip gömlek getirtti.

– Al dedi, bu gömleği çabuk giy. Üzerindeki kan lekeleri gözükmesin.

Ayak sesleri, gürültüler ve Müdür Bey'in derhâl dışarı fırlamasından Vali Bey'in geldiğini anlamıştım. Ben de kapının önünde burnum ve kafam sargılı bir halde bekliyordum heyecan içinde. O andaki tek düşüncem, altı aylık okuldan uzaklaştırmanın durdurulması ve annemin daha fazla acı çekmemesiydi. Bunun için Rabb'ime yalvarıyordum gözyaşları içinde. Çünkü annemin durumu, kafamın, burnumun ızdırabını çoktan unutturmuştu. Öyle ki sırtımın ve kaburgalarımın dayanılmaz acısına katlanırdım; ama annemin bir damlacık gözyaşına asla...

Ben bu çıkmaz kuyunun dibinde mücadele verirken Vali Bey'in gür sesi duyuldu.

"Nerede o çocuk?" diye bağırıyordu. "Onlar burayı irtica yuvası mı sandılar? Burası Devletin laik okulu ve aydınlık bir geleceği... Gericilerin, yobazların burada işi ne?"

Valinin gelişinden biraz ümitlenirken bu çıkışlar bütün umudumu silip süpürmüştü. Bağırarak yanıma geldi, hırpalanmış halimi bir süre süzdü. Yüzünden okunan bir hüzün yayıldı. Sanki bağırıp çağıran o adam dağıldı. Yoksa rol mü yapıyordu?

Etrafı kalabalıktı. Müdür, müdür yardımcısı, felsefeci ve tanımadığım bazı insanlar...

Tam benim yanımdan bağırarak geçerken kocaman elleriyle elimi yakalayıp yavaşça sıktı. Benim duyacağım bir sesle fısıldadı:

– Evladım korkma, ben varım.

Allah'ım bu söz, bıçakların boğazıma dayandığı bir anda bir Hızır'ın imdadıma yetişmesi gibi bir şeydi. Kendimi tutamadım, elimi yüzüme kapayarak ağlamaya başladım.

Tekrar bana döndü, gelip elimden tuttu.

– Müdür Bey, dedi. Bu çocuk hatasını anlamışa benziyor. Buna bir şans daha tanıyalım. Bu şekilde şikâyetten de vazgeçer. Eğer o sizi şikâyet ederse başınız derde girer, seni de beni de bu koltuklardan atarlar.

Müdür Bey hazır olda:

– Peki, Efendim, dedi. Siz nasıl isterseniz...

Vali Bey, usta bir politika izlemişti. Hem benim yaptıklarıma karşı çıkan bir yönetici davranışı sergiliyor hem de beni kurtarmak için ince bir metot izliyordu.

Vali Bey'in bu olaydan nasıl haberdar olduğunu öğrenince hayretler içinde kalmıştım. Bunun için şükür secdesine kapanmıştım.

Meğer Kur'an bana çarpıp pencereden aşağı, yoldan geçen bir vatandaşın önüne düşmüş.

Kur'an'ın İlköğretmen Okulu yatakhanesinin penceresinden yırtılıp atıldığını düşünen vatandaş, eline kitabı alıp valiliğe koşmuş.

– Vali Bey, demiş. İlköğretmen Okulunda Kur'an'ı yırtıp atıyorlar. Eğer bu işe bir son vermezseniz yırtık Kur'an'la çarşıya çıkar, bütün vatandaşları ayağa kaldırırım. Biz Müslüman insanlarız. Bizim memlekette Kur'an yırtılırsa bu öfkenin önünde duramazsınız.

Vali Bey de sabahleyin gelince müdürü aramış.

Kendi kitabını Kendi koruyacağını vadeden Rabb'im ise ince bir planla problemi çözmüştü.

Süleyman Ağabey'in Yatıştırıcılığı

Bütün bu karmaşaların içinde bize Hızır gibi yetişen Süleyman Ağabey, ileriyi iyi gören, Devleti ve milleti seven, asayişe ve olumlu davranmaya çok önem veren bir insandı. Bize verdiği öğütlerin ne kadar isabetli olduğunu yaşayarak anlamıştık.

– Hiçbir kuvvet bizi, kulluğumuzu yapmaktan, vatan ve milletimizi korumaktan, bayrağımızın ve kitabımızın kutsallığını savunmaktan alıkoyamaz, demişti.

Ancak şu anda içinde bulunduğumuz durum, bir kardeş kavgasıdır. Bu konuda davranışınız şöyle olmalıdır:

Asla kavgaya girmeyin. Kavga eden taraflar dengelerini kaybetmiş demektir. Kavga edilirken isabetli karar verilmez ve objektif olunmaz. Hak ve adalet kaybolur. Siz ne kadar doğru insanlar olsanız da elinizde sopa olduğu müddetçe karşı taraftakiler sizin doğrunuzu görmezler ve size düşman gözüyle bakarlar. Sindirilseler, korkutulsalar bile size düşmanlıkları bitmez, aksine en zayıf anınızı kollarlar.

Dinsizlikle ve Komünizmle mücadele; kavga, sopa, kan ve darpla olmaz. İsabetli fikir, doğru görüş ve örnek hayatla olur.

Hiç merak etmeyin, bunlar bitecek, Ateistlik ve Komünistlik tarihe karışacaktır.

Süleyman Ağabey, bize gösterdiği yolla hayatımızı, önemli bir tehlikeden kurtarmıştı. Kavgaya girmemiştik, kimsenin canını yakmamıştık, Devlet malına zarar vermemiştik. Her zaman Devlet'in görevlilerine ve Devlet'in bekasına yardımcı olmuştuk. Zaten olması gereken de buydu.

Ne yazık ki bize vatanı, milleti, bayrağı, dini ve Kur'an'ı sevdiren Süleyman Ağabey, "Evinde yasak yayın bulunduruyor ve gizli sohbetler yapıyor" iddiasıyla karakollarda süründürülmüştü. Öte yandan da bu milleti bölerek kardeş kavgası çıkaran insanlara "aydın" denilerek gençliğin zehirlenmesine izin verilmişti. Yalnız hadiseler Süleyman Ağabey'i haklı çıkarmış ve Orhan Bey gibileri de yaptıklarından dolayı milletin vicdanında mahkûm etmişti.

Şimdi düşünüyorum da eğer o Ateistlik ve Komünistlik fırtınasının estiği, bölücülüğün hız kazandığı, kardeş kavgalarıyla bu milletin evlatlarının birbirine kırdırıldığı o dönemde; karşımıza, Süleyman Ağabey ve onun gibi düşünen insanlar çıkmasaydı biz de din ve Devlet düşmanı olarak ya bir kör kurşuna hedef olurduk ya da vatan haini olarak hapishane köşelerinde ömür çürütürdük.

Okulun sonuna gelmiştik. Öğretmen olacaktık artık. Çıkan bir afla okuldan atılan öğrencilerin hepsi yeniden dönmüşlerdi. Buna çok sevinmiştik. Çünkü o pırıl pırıl gençlere yapılan haksızlık herkesin vicdanını kanatmıştı.

Dördüncü Bölüm

Okulu Birincilikle Bitirmiştim

Okulu dereceyle bitirmiştim. Ödül töreninde herkes beni tebrik ediyor, hakkımda övücü konuşmalar yapılıyor, başarılarım her konuşmacı tarafından dile getiriliyordu. Ayakta zor duran vefakâr annem bir köşeye çekilmiş, gözyaşları içinde beni izliyor ve şükrediyordu.

Dalıp gitmiştim... "Rabb'im, Sen çok büyüksün! Nereden nereye..."

Ödül töreninde beni tebrik edenler arasında Hasret de vardı. Ama önemli bir konuyu paylaşmak istediği her halinden belliydi.

Gözleri bir anda bulutlandı, nefesinin temposu hızlandı, birkaç kez üst üste yutkundu.

– Annemin yaptığını yeni öğrendim, dedi. Ağlamaklı bir ses tonuyla. Çok üzüldüm, âdeta kahroldum.

– Annen doğru söyledi, diye cevap verdim. Ben haddimi bilemedim. Yanlışlık bendeydi.

Beni tebrik edenler sıraya geçtiği için derhal konuyu değiştirmek zorunda kaldı.

– Bundan sonra görüşmemiz zor olabilir; çünkü tayinimiz çıktı, gidiyoruz.

Israrla başımı öne eğip göz göze gelmek istemiyordum.

– Seni Rabb'ime emanet ediyorum, dedi hüzün dolu bir sesle. Sana her namazımda dua edeceğim ve senden hep güzel haberler bekleyeceğim.

"Bekleme," dedim içimden. "Ben yetim bir boyacı, sen ise bir albayın kızısın."

Hasret'in üzgün vedası içimde yeni bir yara açmıştı. Galiba kendi halime bakmayıp içimdeki ümidi silememiştim; ama bunu ne kendime ne de Hasret'e söyleyebilmiştim. Çünkü yeniden yıkılmaya dayanacak gücüm kalmamıştı.

Hasret'in gidişini yan gözle izlerken içim yeniden gerilmişti. Öylesine dalmış ve kendimden geçmiştim ki annemin kolumdan tutmasıyla fark etmiştim nerede olduğumu. Güngörmüş annem, saklamama izin vermeksizin umutsuzca sormuştu:

– Bu kız mı oğlum?

Utancımdan başımı önüme eğmiştim.

– Çok da güzelmiş gözümün nuru. Sen uygun bulursan bana şükretmek düşer.

Sesimi çıkarmadım. Annemin yaşananları öğrenip üzülmesini istemiyordum.

– Anne daha yapacağım çok iş var, dedim. Bu işe henüz sıra gelmedi.

Okulu dereceyle bitirmiştim. Yıllardır hayallerini kurduğum bir rüyam da gerçekleşmişti; ama en büyük düşüm, üniversite sınavında iyi bir puan alarak Siyasal Bilgiler Fakültesi'ni okuyarak bir kaymakam olmaktı. O zor günlerimde bana yardım eden rahmetli kaymakama vefamı, kaymakam olup mağdur insanlara yardım etmekle ödemek istiyordum. Sınavım da çok iyi geçmişti, yüksek bir puan bekliyordum.

Annemi de üniversite okumaya razı etmiştim. Yine de kendimize sığınacak bir yer bulabilirdik; hem çalışır hem de okurum diye düşünüyordum.

İzmir Kampı

Ben bu hayallerin tarifsiz ikliminde sınav sonuçları için gün saymaya devam ederken İlköğretmen Okullarını birincilikle bitirenleri İzmir'e kampa çağırmışlardı. Bu haber, bir türlü kabuk bağlayamayan "baba yarasını" yeniden deşmişti.

Annemi okulda bırakarak on günlük bir program için İzmir'e gittim; ama annem üzülmesin diye, babamdan bahsetmedim.

İlk defa annemle bu kadar ayrı kalacaktım. Beni uğurlarken şefkat dolu kollarını açıp sinesine basarak:

– Gözümün nuru, senin bir saniye bile ayrılığına dayanamam, demişti.

Ana-oğul, okulun merdivenlerinde sarmaş dolaş ağlaşarak ayrılmıştık.

İzmir benim hayallerimin şehriydi. Çünkü orada içimde bir türlü dinmeyen yetimlik sızımın kaynağı, babam vardı.

Babam... Beni üç aylık bebekken bırakıp giden... Köyün en güzel gelinini terk eden... Bu içimden çıkmayan bir hançer gibiydi. Baba hasreti kör bir bıçak gibi saplı duruyordu kalbimde.

"Şimdi evli bir de kızı var," diyordum. "O benim kardeşim hem de beni çok seviyor..."

Birkaç kez kız kardeşimin selamını almıştım. Bir de okula gelen bayram tebriğini; ama anneme bunlardan hiç bahsetmedim. Geçmiş yaraların yeniden kanamasını ve onun üzülmesini istemiyordum.

Bana gönderdiği tebrikte şunlar yazıyordu:

"Canım ağabeyciğim, sizin ve annemin bayramlarını kutlar, ellerinizden öperim. Sizleri çok seviyorum, çok da merak ediyorum."

Bu cümleyi bilmem ki kaç kez okumuştum. Demek anneme "anne" diyor, bizi merak ediyordu. Bu sorular fırtınası belki de beynimde binlerce kez eserek düşünce noktalarımı buz gibi dondurmuştu.

Babam, kardeşim bir de ikinci anne.

İçimde söz dinlemeyen baba hasretinin dışında, bir de kardeş sevgisi uyanmıştı. İkinci anne doğal olarak beni istemeyebilirdi, ama ya kardeşimin bana olan ilgisi? Bunun nerden kaynaklandığını bir türlü çözememiştim. Bu benim için bir muamma olarak kalmıştı.

"Acaba arasam mı? Acaba bulup da karşılarına dikilsem mi? Acaba babam yirmi yıl önce kaybettiği evladını karşısında görünce nasıl davranır? Yine burun büküp geçer mi, yoksa o yürekten gelen bir sesle 'evladım!' deyip yıllardır hasretini çektiğim kollarını boynuma sarar mı? Ya kardeşim?"

Bunların hayalini bile kurmak insanın dengesini bozuyordu; ya yaşamak nasıl olurdu?

On gün İzmir'in doyumsuz yerlerini gezerken tarihî güzelliklerini seyrederken baba hayali bir saniye bile aklımdan çıkmamıştı. Sanki her köşede, her sokakta babamın karşıma çıkmasını bekliyordum. Hâlbuki onu görsem bile tanıyamazdım ki. Çünkü yüzünü çok küçükken görmüştüm; ama hatırlayamıyordum.

Kan çeker, derler ya belki de görsem hissederdim!

Dönüşüme iki gün kalmıştı. Bu arada annemi arayıp iyi olduğunu öğreniyor, rahatlıyordum. Her seferinde de:

"Gözümün nuru, senin hasretin başka bir şeye benzemiyor" diye içimi ayağa kaldırıyordu.

Unutulmaz Bir Sahne

O gün hayatımın en unutulmaz sahnesini yaşayacaktım. O öyle bir sahneydi ki her hatırlayışta hâlâ heyecanlanırım.

Okulu birincilikle bitiren arkadaşlarla birlikte meydandaki parkta mola vermiştik, serinliyorduk. Başımızdaki öğretmen beni, az ilerideki büfeye bisküvi almak için göndermişti.

Küçük büfenin içine sıkışmış yaşlı; ama parlak yüzlü, siması tanıdık gelen bir bey oturuyordu. Sağ yüzündeki ben bir anda beni heyecanlandırmıştı.

"Acaba o olabilir mi?" diye geçirdim içimden.

Büfenin küçük kapısını açıp âdeta kontrolümü kaybederek haykırdım:

– Amca sizin adınız Fevzi mi?

Kalın kaşlarını eğdi, önemli bir şey keşfediyormuş gibi gözlerini kastı, etrafa nur gibi ışık saçan aydınlık simasını buruşturdu. Belli ki güngörmüş biriydi; beni tanıdığını düşünerek hafızasını yokluyordu.

– Sen hangi Fevzi'yi soruyorsun, evladım, dedi kulağımdan bir saniye bile gitmeyen o büyülü ses tonuyla.

Cevap vermesini bekleyecek sabrım kalmamıştı. Kollarımı sonuna kadar açıp içimi bir köz gibi yakan hasretle ellerine kapandım.

– Hocam, benim... Arif!

Şimşek çakar gibi parladı gözleri, saniyeler içinde yaşlar boşalmaya başladı. Yüreğinden paralayıp çıkan bir ses tonuyla:

– Yetim Arif'im! Evladım sensin ha!

İşte o anda film koptu. Birbirimizin söylediklerini ne anlayacak ne de duyacak durumdaydık. Bir duygu sağanağı bizi avuçlarına alarak yılların hasretiyle inletti, alev alev pişirdi.

Gözlerimizi sile sile bir hal olmuştuk.

– Demek öğretmen oldun, diyerek tekrar tekrar sarılıp öpüyordu.

O anda hayatın en önemli kurallarından birini anladım: *bir insanın geride bıraktığı en büyük miras, masum bir insanın gönlüne girip ona hayat direnci kazandırmakmış.*

Fevzi Öğretmen bize bunu öğretmişti. Emekli olduktan sonra muhtaç öğrencilere destek olmak için büfe çalıştırmaya başlamış. İhtimal ki o son nefesinde de bu yüksek ruhla dünyaya veda edecekti.

Acaba bir insan bundan daha büyük bir zenginliğe sahip olabilir miydi?

Felsefe Hocası'nın Caniliği

Kamp bitmişti, ama babamı aramaya, onunla karşılaşmaya cesaret edemedim. Beni tanımazlıktan gelir, diye korkuyordum. Bu korkunun gerçek olması içimdeki küçücük umudun da kaybolması demekti. Ümidimi kaybetmek istemiyordum. İzmir'den ayrılırken yüreğim baba hasretiyle yanıyordu.

Kamptan sonra Ankara'ya Millî Eğitim Bakanlığı'na uğrayarak ilk tayin yerimi de öğrendim.

Bu öyle müthiş bir duyguydu ki dağdaki çobanlıktan öğretmenliğe uzanan bu öykü, benim değildi sanki. Yaşadığım onca olumsuzluğa rağmen sonunda öğretmen olmuştum. Bu ateşten yeşermek gibi bir şeydi. Bunun içindir ki kendimi ülkeler fethetmiş bir komutan gibi hissediyordum.

Yirmi gün sonra beni hasretle bekleyen anneme döndüm; ama dünyamı altüst eden, beni benden alan o müthiş hadiseden haberim yoktu.

Felsefe Hocası'yla ilgili yaşanan olayı öğrendiğimde tek kelimeyle dehşete kapılmıştım.

– Felsefe Öğretmeni Orhan Bey kaza geçirdi oğlum, demişti annem bulutlanan anlamlı bakışlarını ta ötelere çevirerek.

Büyük bir heyecan ve telaş içinde atıldım:

– Bir şey oldu mu anne, diye sordum.

– Oldu oğlum, çok şey oldu...

– Öldü mü yoksa?

– Ölmedi; ama Rabb'im onu ölmeden önce defalarca öldürdü, herkese ibretlik etti.

Allah, Peygamber ve Kitap tanımayan Orhan Bey'in başına gelenler, kanları donduracak, akılları uçuracak cinstendi.

Hayatını Allah ve din düşmanlığına adamış olan felsefe hocası, Süleyman Ağabey'in öğrencilerle ilgilendiğini, onlara iman ve Kur'an hakikatleri anlattığını, Kur'an tefsiri ve Kur'an okuma programları düzenlediğini duyunca çıldırmış.

Okulda yaptığı gibi kendi yöntemleriyle hadisenin üzerine gidip zorla ve korkutarak onu sindirmeye çalışmış.

Yanına birkaç genç alıp bir gece vakti, Süleyman Ağabey'in evini basmışlar. O esnada da Süleyman Ağabey lise öğrencileriyle birlikte yatsı namazı kılıyormuş.

Hane dokunulmazlığını, nezaket kurallarını hiçe sayan bu Allah ve Peygamber düşmanları, ellerindeki sopalarla namaz kılan gençlere saldırmışlar. Ancak namaz kılan gençlerden birisi bu canilik karşısında kendinden geçerek Orhan Bey'in boğazına sarılmış, tam öldüreceği anda, imdadına Süleyman Ağabey yetişmiş.

Süleyman Ağabey ve öğrencilerine kaba bir ders verme niyetiyle giden Orhan Bey ve yanındakiler, gittiklerine bin pişman olmuşlar. Eğer Süleyman Ağabey öğrencilerini engellemeseymiş, Orhan Bey ve beraberindeki adamlar, o evden sağ çıkamazmış.

Buna rağmen dışarı çıkarak bütün mahalleyi ayağa kaldıran çığlıklar atmayı da unutmamışlar:

– Sizinle işim bitmedi. Bu evlerde Kur'an sökülüp atılıncaya kadar mücadele edeceğim.

Süleyman Ağabey sadece "Allah seni ıslah etsin!" diye cevap vermiş. Yanındaki vicdan sahibi bir genç, Orhan Bey'e çıkışmış.

– Yanlış yaptık hocam, demiş. İnanmasak bile namaz kılan insanlara saldırmayacaktık. Bak yine de adam bizi ölümden kurtardı. Yoksa o evden ölümüz çıkardı.

Orhan Hoca, o ezilmişlik psikolojisi içinde, ruhunda alevlenen imansızlık ateşiyle kendinden geçmiş, evine gelinceye kadar bağırıp çağırmış.

Olanlar da o gece olmuş.

– Oğlum, demişti annem. Allah çok sabırlıdır; ama hak edenlere de öyle bir tokat vurur ki el âleme rezil eder.

O ağızdan çıkan hakaretler, küfürler, Allah ve Kur'an'a yapılan saldırılar, arş-ı âlayı zorlamış olmalı ki sabahleyin kalktığında, ağzının ve gözünün eğildiğini görmüş.

Yüce Allah öyle bir ders vermiş ki etrafa maskara edip gülünç duruma düşürmüş.

Orhan Hoca yaptığı hatanın ne kadar vahim olduğunu nihayet anlayarak sabah olunca hemen Süleyman Ağabey'in evine koşmuş.

Gece azılı katiller gibi sopayla saldırdıkları eve, gözyaşları içinde yalvarır yakarır girmiş.

"Süleyman Bey, ben ettim, sen etme," demiş. "Senin bedduan beni bu hale getirdi. Ne olur, bana yardım et, ben bu halimle rezil oldum, el içine çıkamaz oldum."

Olanlar karşısında, Süleyman Ağabey diz çökerek açmış ellerini Yüce Allah'a:

"Ya Rabb'i," demiş. "Şimdi bu adamın halini benden bilecekler. Beni kemal sahibi sanacaklar. Bana yapılan hakaretin sonucu diye yorumlayacaklar. Ben aciz, günahkâr bir kulunum. Ne olur bu adama şifa ver de beni bu manevî sorumluluktan kurtar."

Belasını Bulan Dinsiz

Yüce Allah, Kur'an'a ve Peygamber'e küfreden bu adamın cezasını öyle bir vermiş ki o günlerde herkes bu ibretlik hadiseyi dilden dile konuşur olmuş.

Ben hayretler içinde olup bitenleri dinliyordum. Annem anlattıkça Yüce Mevla'nın bu unutulmaz hizmeti karşısında, âdeta buz kesiyordum.

– Yüz felci geçiriyorsun, diye doktorlar Ankara'ya göndermişler. Yola çıkınca da otomobili bir tırla çarpışmış. Kendisi gibi din, Allah tanımayan yeğeni orada ölmüş, hocanın ise kırılmadık, ezilmedik bir yeri kalmamış. Ağır yaralı olarak hastaneye yetiştirmişler.

On günden beri de hastanede ölüm kalım savaşı veriyormuş.

"Ey büyük Allah'ım! Cansızlara can veren Sen, çaresizlere imdat eden Sen, yetimlerin, öksüzlerin elinden tutan Sen... Sen nelere Kadir değilsin ki? Bu cezayla kimlere dersler vermiyorsun ki?"

Yüzlerce gencin aklına girip imanını dağıtan; pırıl pırıl Anadolu çocuklarını din ve Allah'a sırt çevirten; sayısız masum öğrenciyi, vatana, bayrağa ve millete düşman eden Orhan Hoca'nın sonu dilden dile, kulaktan kulağa yayılıyordu. Her duyan bu ibret sahneleri karşısında dudaklarını ısırıyordu.

Hele dolabımda Kur'an'ı bulduğu için müdür yardımcısının odasında ölesiye dövüldüğüm o geceyi nasıl unuturum. Düşman gibi yere serilip ezmedikleri, çiğnemedikleri yaralamadıkları yerim kalmamıştı. Darbelerin vücudumu hamura çevirmesi nedeniyle, aylarca yatağa uzanıp yatamamıştım. Günlerce küçük abdestimden kan gelmişti.

Şimdi sıra İlahî adaletteydi. Biz her ne kadar "Allah ıslah etsin!" desek de Rabb'imin azabı yakasına yapışmıştı.

Süleyman Ağabey'in Merhamet Dolu Yüreği

Beni en çok şaşırtan olay ise Orhan Bey'den akıl almaz zülüm ve hakaretler gören Süleyman Ağabey'in, onun zor durumda kaldığını görünce bütün olanları unutarak hastaneye ziyarete gitmesiydi. Bu herhâlde gönül insanı olmanın farkıydı.

Bir taraftan görev yapacağım yere gitmek üzere hazırlık yaparken bir taraftan da Orhan Bey'in son durumunu merak ediyordum. Bunun için Süleyman Ağabey'e gidip bilgi almayı düşünüyordum. Beni manevî bir evladı gibi adım adım takip eden, Allah dostu, manevî büyüğüm, geldiğimi duyunca benden önce davranıp kendisi gelmişti.

– Orhan Bey'in başına gelenlere çok üzüldüm, demişti. O adamın inanan herkese özel bir kini ve nefreti olmuştu; ama şimdi zor durumda. Başına gelenlerden ders almış olmalı ki hastalandığı gün gelip benden özür diledi.

Şimdi o bir cehennem azabı içinde, canıyla boğuşuyor. Bir insanın en fazla etkilendiği ve mahcup olduğu an, en zordayken düşman zannettiklerinin yardımına gelmesidir.

Orhan Hoca, çok kabiliyetli birisidir; ama bu yeteneği yanlış yerlerde kullandı. Eğer iman ve Kur'an'ı tanısaydı, bu hakikatlerin bayraktarlığını yapsaydı yüzlerce gence Kur'an ruhu aşılardı.

– Bunun için, bize yaptıklarını unutarak Orhan Bey'i ziyarete gittim.

Her tarafı sargılar içinde ve bir sürü hortumlar arasında, delik deşik vücuduyla kendinden geçmiş bir halde yatıyordu. Sanki bu bir kaza değildi, yüzlerce amansız canavarın saldırısına uğramıştı.

İnsanın kanını donduran bu manzara karşısında tam bir şok yaşadım. Bir insan bu kadar mı ibretlik olur, bu kadar mı parçalanırdı?

Gözlerini hafifçe açtı, beni fark etti. Saniyeler içinde iki gözünden de yaşlar akmaya başladı. Daha fazla dayanamayıp gözlerini kapadı.

Bu, ruhunda yükselen alevlerin, beyninde şaha kalkan pişmanlığın küçük bir yansımasıydı.

İliklerime kadar titreyerek izlemiştim bu ibretli tabloyu. Fazla duramadan yanından çıktım.

Eşinin Yalvarışları

Odadan çıkınca Orhan Bey'in eşi yanımıza geldi.

"Kulunuz, köleniz olayım" dedi. "Şu anda dayanılmaz bir acı içinde. Yaptığı hataları anladı; ama çok geç... Doktorlar ümidi kestiler. O gidici artık; onu ancak bir mucize kurtarabilir. O giderse ben iki çocukla, yaşlı bir anneyle tek başıma ne yaparım?

Buraya gelmeniz onu yeteri kadar kahretti, hatta yerin dibine soktu. Ne olur halimize acıyın, bize dua edin. Siz iyi insanlarsanız, belki Allah duanızı kabul eder. Tek umudumuz sizsiniz, artık. Ne olur bize yardım edin de Orhan kurtulsun, ne olur!"

İki büklüm, acılar içinde bize yalvaran hanımın içine düştüğü çaresizlik, içimi parçalamıştı sanki. En büyük düşmanları gibi gördüğü bize, kurtarıcı bir el gibi sarılması, Rabb'imin unutulmayacak ibretli bir imtihanıydı.

"Orhan Bey'in kurtulmasını sizden daha fazla istiyorum" dedi Süleyman Ağabey. "Onun hidayeti için Rabb'imize çok yalvardım. Onun hatasını anlayıp dönüş yapması yalnız kendisini değil, dinden ve Kur'an'dan uzaklaştırdığı yüzlerce genci de kurtaracak.

Yaşlı anneniz ve masum çocuklarınız için Orhan Bey'e dua edeceğim. Rabb'im kabul eder, inşallah."

Ne dikkate değer bir durumdu ki Orhan Bey'in iyileşmesi, inanmadığı mucizelere kalmıştı.

Dikkatli bir şekilde, Süleyman Ağabey'i dinliyordum. Kendini öldürmeye geleni affetmek, çıkıp en dar gününde ziyaretine gitmek, hidayeti için son şansını kullanmak... Herhâlde dava adamı olmak böyle bir şeydi.

Beni çok etkileyen Orhan Bey'in durumunu bir saniye bile zihnimden atamamıştım. Allah'ın bu ince hikmetini, kullarına sunduğu akılları durduran bu sahneyi düşündüm, durdum.

Beklediğim Haber Gelmişti

Annemin verdiği haber ise başka bir fırtına estirmişti beynimde. Bu seferki bir mutluluk fırtınasıydı. Yıllardır hayaliyle yatıp kalktığım, bir kara sevda haline gelen özlemim gerçekleşmiş, Siyasal Bilimler Fakültesi'ni kazanmıştım.

"Ben de bir kaymakam olacağım, öksüz, yetim ve kimsesizlerin elinden tutup onlara umut dağıtacağım. Bundan daha büyük bir mutluluk olur mu?" diyerek Allah'ıma binlerce kez şükrediyordum.

Kaydımı yaptırdığım günü asla unutamam. Çok büyük bir sevinçle gittiğim okuldan, müthiş bir hayal kırıklığı ile ayrıldım. Umutlarım bir saman alevi gibi yanıp gitmişti.

Kayıt olduktan sonra yetkililere gidip bir öğrencinin, bir aylık harcamalarının tahminen ne kadar olduğunu öğrenmiştim. Verdikleri bilgi dudak uçuklatan cinstendi. Benim gibi ayakkabı boyacılığı yapan bir insanın karşılaması mümkün değildi söyledikleri miktarı. O yıllarda öğrenciye gerek Devlet gerekse sivil toplum kuruluşlarından ciddi bir destek de yoktu. İşin bu tarafının böyle aşılmaz olduğunu hiç hesaplayamamıştım.

Son çare olarak fakülte yönetimine gidip durumumu anlattım. Aldığım cevap beni çok üzmüştü:

"Yapacağımız bir şey yok..."

Kurtuluşu imkânsız bir kuyuya düşer gibi, okulun ana girişindeki direğin dibine yığıldım. Önümde, okuma hayalimin bir buz gibi eridiğini görüyordum. Dışarı çıkınca fakülteye son kez hazinle baktım. Fakat okulun bahçesinden ayrılamıyordum. Bir elin omuzlarımdan tutup "Gel çocuğum, seni ben okutacağım!" demesini bekledim ama bir mucize olmadı. Hayaliyle yıllardır avunduğum fakülteyi ağlayarak terk ettim.

Ne acıydı ki Türkiye'de derece yapacak kadar aldığım puan, okumam için yeterli olmamıştı; ama bu durum, içimde kanayan bir yara olarak kaldı. Artık ilkokul öğretmenliğine başlayıp kısa yoldan hayata atılmaktan başka çarem yoktu.

Beni, hasta annemle birlikte, Anadolu'nun tozlu yolları, sevecen ve gariban insanları bekliyordu. Zor şartlar içinde okumanın bedelini, zor şartlardaki öğrencilere yardım ederek ödeyecektim. Davut Hoca'nın görevini omuzlarımda hissetmeye başlamıştım.

Anadolu'nun uzak bir ilinin sarp ve yalçın dağlarla çevrili küçük bir ilçesine bağlı, bir avuç insandan oluşan, mütevazı bir köyüne öğretmen olmuştum.

Haritada bile insanın gözünü korkutan o çetin beldelere doğru, valizimi alarak yola koyulmuştum.

Köyü, köylüyü ve görev yapacağım yerleri tanıdıktan sonra bir parça eşyayla birlikte annemi de getirecektim. Bunun için de annem beni okulda, on-on beş gün kadar bekleyecekti.

"Bu son hasretlik olur, inşallah" diyerek uğurlamıştı annem beni.

Çetin Yolculuk

Yine ana-oğul, sımsıcak duygularla kucaklaşıp ayrılmıştık. İlk kez kimseye muhtaç olmadan paramız olacak, eğilip bükülmeden harcama yapacaktık.

Yola çıktıktan iki gün sonra nihayet ilçeye kavuşmuştum. Sanki bu yolculuk değil de bir savaştı. Ben acele ettikçe yollar uzuyor, hırs gösterdikçe de engeller çoğalıyordu. İlçeye gelince her şeyin bittiğini sanmamın ne kadar aldatıcı olduğunu anladım. Meğer beni hayatın en çetin yol macerası bekliyormuş da haberim yokmuş; hem de ne macera...

İlçeden ayrılan hurda ve çarkıt otobüsümüz; haşmetli başını, göklerle yarıştırmak ister gibi alabildiğine yükselten sarp ve yalçın dağların arkasında yırtınarak ve inleyerek yola koyulmuştu. Dar yokuş ve dönemeçli toprak yolu, ardına toz duman katarak kucaklamaya çalışıyordu.

İnsanın canını ağzına getiren zikzaklarla, bir virajdan öbürüne, bir uçurumdan diğerine yalpalanarak garip ve korku dolu bir yolculuk yapıyorduk. Direksiyon boşluğunun hâkimiyetsizliği ile şoför, sabah jimnastiğine çıkmış gibi her tarafından gıcırtılı sesler çıkaran aracını kontrol etmek için terler döküyordu.

Bir yolculuk sırasında, ilk kez, kalbim bu kadar korku ve tedirginlikle, boğulasıya çarpıyordu. Sanki otobüs içindeki kurbanlar biz değildik de tel üzerinde yürüyen bir cambazın nefes kesen macerasını izliyorduk.

Buna rağmen cazırtıdan sesi zor anlaşılan eski bir radyoyu uzunca bir uğraşıdan sonra ayarlamayı başaran şoförün keyfi yerinde gözüküyordu. Âdeta otobanda son model bir otobüs kullanan bir kaptan edasıyla zaman zaman sesi büsbütün kaybolan radyonun müziğine tempo tutuyordu. İçindeki yolcular ise yıllarca birbirinin hasretiyle beklemiş iki dostun, koyu ve lezzetli sohbeti içinde, kendilerinden geçmişlerdi. Bu hali görünce "Ne de vurdumduymaz ve işi oluruna bırakan insanlar" diye düşünmekten kendimi alamıyordum; zaten radyonun sinir törpüleyen sesi de beni iyice germişti. Acı bir gurbet türküsü çalıyordu.

İçime o kadar dokundu ki kıpır kıpır ayaklanan yüreğimden bir his yükseldi, gelip boğazıma kitlendi. Bir öksürükle savuşturayım, dedim, olmadı. Sarsılmamak için kendimi sıktım. "Çocuk değilsin" dedim. "Sık dişini. Bu kadarı da fazla artık!" İçimden kopan fırtınayı, kasırgaya dönüşmeden önlemeye çalıştım.

Tam şoförün arkasında, etrafımı seyre koyuldum. Kesik, parçalanmış film kareleri gibi, yarım yamalak geçen ıssız, azametli ve derin uçurumları, yüksek çıplak dağları, tek tük ağaçların bekçilik ettiği engebeli bozkırları hafızamda yan yana dizip nasıl bir beldede bulunduğumu çıkarmaya çalıştım; lakin olmadı, bir türlü başaramadım.

Öğretmenlik Hayali

Şuurum yeniden aktı ve dalıp gittim kendi iç dünyama. Öğretmen, öğrenci ve okul... Beynimde durmadan bu üç kelime dolaşıyordu. İşte, bu beni hayata bağlayan bir iksir ve ilaçtı. Kalbimin en derin noktalarına nakşolmuş bir yaşam tarzı, bir hayat stili...

Yıllardır okul sıralarının zorluklarını, bugüne kavuşmanın tesellisiyle yenmiştim. Öğretmen olmak en büyük hayalimdi benim. Ülkeler fetheden "muzaffer" bir komutan gibi hissediyordum kendimi. Vakur ve tatlı bir ürperti sarmıştı beni; benliğimi dalga dalga saran bir sevda, bir hevesti öğretmenlik...

Bu düşüncelere öyle dalmıştım ki şoförün sesiyle kendime geldim:

"Öğretmen Bey, Öğretmen Bey!.."

İlçedeki kalkışından tam dört saat sonra başı karlı yüksek bir dağı selamlayan, ıssız ve ürpertili bir derenin kenarında durduk.

Şoför, eliyle dağa doğru bükülerek çıkan patika bir yolu işaret etti.

"Öğretmen Bey, gideceğin Yamaç Başı Köyü'nün yolu, şurasıdır. Yaklaşık üç saat sonra bu dağı aşarsın. Fazla değil, iki saatlik bir yolun kalır. Haydi, uğurlar ola..."

İçime çöken korku ve endişeyle bir anda baş başa kaldım. Bana yol gösterecek bir Allah'ın kulu yoktu. Tanımadığım bir beldede, ıssız bir yerde yapayalnızdım. Bu yalnızlık insanı ürpertiyor, telaşlandırıyordu.

Ardından bir toz bulutu bırakarak binbir çeşit homurtular çıkaran hurda otobüsü, son kez; ama hazince seyrettim. Tenha derenin kenarında, korku dalgalarına hedef olup bezginliğe düşmektense beğenmediğim çarkıt otobüsün içinde olmayı ne kadar da isterdim.

Önümde, mağrurca dimdik başlı, karlı dağa doğru, incecik yılan gibi kıvrılarak inadına zor ve çetin bir yokuşa dikilen patika yolu görünce daha işe başlamadan tükendiğimi hissettim. Kollarımın feri bitti, sıcak bir su bacaklarımın damarlarına girerek uyuşturdu, kaskatı etti.

Başı, göğe uzanan korkulu dağdan merhamet dilercesine kollarımı açtım, tam bir cesaretsizlik içinde, "Ben bir yetim çocuğum..." dedim. "Bana kıyma, beni yorma ne olur. Köyüme, okuluma ve öğrencilerime gidiyorum. İndir başını, yol ver. Çok uzaklardan geldim, yorgunum. Buralar senin ocağın, bahtına düştüm, yardım et, e mi?"

"Ya kısmet!" diye valizime uzandım. "Bu topraklar da bizim" diyebildim o ağır yükle.

Yol uzadıkça uzuyor, büküldükçe bükülüyordu. Geçilmez çalıların ve aşılmaz kayaların arasında, ayakta kalabilmek ve altımda bir aslan gibi ağzını açmış, avını bekleyen korkunç dereye yuvarlanmamak için nasıl da mücadele verdiğimi hatırladıkça hâlâ dehşete düşerim.

Elime aldığım bir sopaya, dayana dayana ilerliyordum. Terden sırılsıklam olan vücudum, sanki bilmediğim bir kuvvet peşine takılmış sürükleniyordu. Güneşin inadına yakıp avuçladığı beynim zonkluyordu artık. Bakışlarımın önünde göz karartıları tek tük oynaşmaya başlıyordu. Hele bir anda önümde, hışırtılar çıkararak kaçan sürüngenlerin ürpertisi, kalbimi yerinden oynatacakmış gibi oluyordu, içten içe acıtıyordu. Kuruyan dudaklarımı her açıp kapatışta, suyun ne ölçülmez bir nimet olduğunu ilk defa anlıyordum.

Artık bütün bütün takatsiz düştüğümü anlayınca bir çalının dibine oturdum.

"Oh!.. Şu soluk... Nefes alıp verdikçe rahatlamanın insana bir can kattığını bilmezmişim."

Anne Hasreti

Çalının dibine uzandım...

Göz kapaklarım kapanır kapanmaz, karanlık dehlizler aydınlandı, ümit ışığı lambasını yaktı. Koridorlar beni aldı, götürdü.

"Beş-on gün bile olsa hasretine nasıl dayanacağım oğlum," diyen anamın hüzünle kıvrılmış nur gibi yüzü canlandı gözümün önünde.

"Artık katlanmaya takatim kalmadı. Bir dakika, bir yıl oluyor, benim için..." deyişinin elemi boğazıma kitlendi.

"Az kaldı anneciğim" diyordum kendi kendime. "Seni kurtarmaya az kaldı. Artık seni sultanlar gibi yaşatacağım. Biraz sabır, Meleğim."

Dökülmekte olan vücudumu zor toparladım kalkarken. Elimdeki sopaya dayana dayana tekrar kucaklamaya başladım, doruklara doğru tırmanan yolu. Önümde saatler sürecek olan çetin bir yokuş beni bekliyordu.

Ne kadar ilerlediğimin farkında değildim. Belki bir saat, belki de bir buçuk... Önümde bir hayalet gibi duran yüksekçe tepeyi aşınca hafif bir düzlük karşıladı beni. Uzakta bir eşek anırması duyuldu. Bu ses sanki gezegenler arasına sıkışmış bir insana dünyaya dönerek nerede ve nasıl olduğunu hatırlatan bir sinyal gibiydi.

Gözlerim sevinçle parladı. Yorgun vücuduma, taze bir kuvvet geldi, her tarafıma yayıldı. Buralarda bir insan olmalıydı. Etrafı dikkatlice taradım. İşte bir koyun sürüsü; çobanı da orada... İhtiyarca; ama güçlü, kuvvetli birine benziyordu.

Amansız Saldırı

Yüzyıllar öncesinde kaybettiğim bir dosta koşar gibi, çobana doğru yöneldim. Dudaklarıma oturan tatlı bir tebessüm henüz silinmemişti ki sürüden ayrılarak süratle bana doğru koşan iki kurt köpeği gözüme ilişti. Hedeflerini kestirmeye çalıştım. Evet, bendim!.. Bana doğru geliyorlardı.

Bir anda düşünme noktalarım buz kesti, dondum kaldım. Tam bir şok içindeydim. Kendimi nasıl saklayacaktım? Hedefini bulmuş canavarlarla aramdaki mesafe kısaldı, bitmek üzereydi ki "bir sopam olsaydı" demeye kalmadan, müthiş bir homurtuyla üzerime çılgınca atıldıklarını hissettim. Görüntüler bulanıklaştı, gözlerimin önündeki boşluk derinleşti, genişledi. Bir ışık, bir ses aradım. Beynim dayanılmaz bir uğultuyla kaynadı ve kendimi dipsiz bir kuyuya düşer gibi buldum. Film kareleri inceldi ve koptu. Sonrasını hatırlamıyorum.

Kendime geldiğimde dayanılmaz bir acı içindeydi her yanım. Yüzlerce kasap, keskin bıçaklarıyla her biri bir tarafımdan tutmuş etimi kemiğimden ayırmak için vücudumu lime lime doğruyorlardı sanki. Müthiş bir acı hissediyordum. Kolum, bacaklarım, sırtım, yüzüm... Diş geçmedik bir yerim kalmamıştı. Önümde biriken kan yığınında anamın nur yüzü belirdi birden. Bana metanet vermek için gülümsüyor, yüzünün aydınlığı, zehir gibi yanan içimi ısıtıyor, serinletiyordu.

Başucumda mahcup ve üzgün bir şekilde dikilen ihtiyar çobanın sesiyle irkildim:

– Ayıldın mı gardaş? Şükür Allah'a kurtuldun. Hayvan işte... Hayatı dağlarda geçer. İnsan görmez ki dostluğu bilsin. Ne olur kusura kalma e mi?

– Yaram çok mu?

– Fazla değil; ama...

Susuyordu.

– Yanımda ot var. Çok iyi gelir. Şimdi ezer, yaralarını bir güzel sararım.

Çaresizlik, acı ve gurbet... Bu üçlünün dayanılmaz mengenesi arasında bir yol arıyordum. Ne yazık ki her yol, sarp, yalçın ve amansız dağlara çıkıyordu.

Çoban beni köye taşıdığı zaman, akşamın karanlığı çökmüştü; ama nasıl götürüldüğümü bilmiyordum. Son hatırladığım, dar dehlizlerden geçip iki katlı toprak bir evin önüne geldiğimizdi. Gözümü açtığımda sabah olmuştu.

Düzenlenen bu kanlı törenle, Yamaç Başı Köyü'ne gelen ilk öğretmen bendim herhâlde.

Bana, daha göreve başlamadan bir ömürlük tecrübe yaşatan bu ilk öğretmenlik hatırası, bütün direncimi ve hevesimi yerle bir etmişti.

Dönüş

Annemi getirmek için köyden ayrılıp başı dumanlı dağlardan geçerken benim başımdaki dumanın bütün duygularımı kör ettiğini hissediyordum. Bu amansız yerde, hasta annemle ne yapacaktım? Bugüne kadar yaşadığım ümitsizliğin en vahimi başıma çullanmış, bütün çıkış kapılarını kapamıştı.

Kafamda binlerce yorum, binlerce çare arayışının tozu, dumanı arasında ilçeye geldim. Derhâl PTT şubesine giderek benden haber bekleyen annemi aradım. Her şeyin yolunda olduğunu anlatırken anneme doğru söyleyememenin ezikliğini duyuyordum.

Çaresizliğin yeniden beni yuttuğu o anda, Süleyman Ağabey'in bir sözü geldi aklıma:

"Sen elinden geleni yaptıktan sonra Allah'a havale et. O'na inan, O'na güven... Kâinatın ipleri O'nun elindedir. O, en ümitsiz anı, ümide; en çaresiz anı çareye çevirendir."

Derin bir soluk çekerek "Ya Rabb'i Sen'den başka çarem olmadı, şimdi yine çarem Sen'sin..." diyerek rahatladım.

Otobüse bindiğimde uzun bir yol beni bekliyordu...

Bir asır gibi uzayan hasretin dayanılmazlığıyla, kollarını sonuna kadar açıp "Gözümün nuru on altı gün geçmek bilmedi" diyerek başımı kucağına basan annemin mis gibi kokusunu ciğerlerime çekince bütün dertlerim bitmişti.

Onun gözünde hâlâ bir bebektim ben... Hele başımı dizine koyarak yüzümü sıvazlaması, kaşlarımı düzeltmesi, alnıma tatlı bir öpücük kondurması yok mu? Allah'ım acaba bundan daha mutlu bir an var mıydı?

– Süleyman Ağabey seni bekliyor oğlum, dedi annem bir anda ciddileşerek.

Şefkat deryaları gibi çağlayan bakışlarına, diktim gözlerimi merakla.

Orhan Bey hastanede biraz kendine gelmiş, çok acele Süleyman Ağabey'i ve seni istemiş.

– Neden?

– Belki de helalleşmek için...

Ben bugün, yarın hazırlık işlerine bakayım. Sen de Süleyman Ağabey'inin yanına git. Muhtemelen Ankara'ya gidersiniz herhâlde.

Canlı Cenaze

Süleyman Ağabey'le, Orhan Hoca'nın yattığı odaya girince saçlarımdan ayak tırnaklarıma kadar uzanan müthiş bir titremeyle, karşı konulmaz bir heyecana kapılmıştım. Sanki karşımda yatan Orhan Hoca değil de bütün din ve Allah düşmanlarına ibret olsun diye düzenlenmiş, etkili ve dayanılmaz bir törendi.

Bu tabloya, bu ibret sahnesine dayanmak çok zordu.

Yırtılan yüzler, kapanan burun, dağılmış kaşlar, birkaç yerden patlamış olan kafatası, kırılan kollar, bacaklar ve kaburgalar...

Öldürmeyen Rabb'im, öldürmüyor işte. Belki de arkadan gelenlere çarpıcı bir örnek olsun diye...

Doktor:

– Beyin bulanıklığı geçti, artık kendinde, demişti. Bu haliyle atlatmış görünüyor. Omurilik zedelendiği için bundan sonra tekerlekli sandalyeye mahkûm olacak; ama bunu şimdilik bilmiyor.

Çok içli, çok duygulu bir insan... Bir türlü gözyaşı dinmiyor. Kafasına taktığı bir şey olmalı. Yoksa bir insan kendini bu kadar heder etmez.

Evet, kafasına taktığı bir şey vardı; hem de çok önemli bir şey.

Doktor bizi Orhan Bey'le baş başa bırakınca âdeta dehşetinden kanımız donmuştu. Ne diyeceğimizi şaşırmıştık.

O kükreyen adam, inanan öğrencilerin korkulu rüyası, ömrünü Allah ve Peygamber düşmanlığına adamış kişi, yatakta erimiş, bir aydan beri umutsuzlukla baş başaydı.

Süleyman Ağabey yanına gitti, ellerinden tuttu, üzerine doğru eğildi.

Canına kastettiği, ortadan kaldırmak istediği adamla göz göze gelen Orhan Hoca'nın sarılı dudakları titremeye, yırtılmış yüzü hüzünle kıvrılmaya, çökmüş gözlerinden yaşlar boşalmaya başlamıştı.

Süleyman Ağabey'in ellerine kapanmak ister gibi bir hamle yaptı; ama başaramadı. İçine düştüğü yürek yakan halini arz eder gibi yaşlı gözlerini Süleyman Ağabey'e dikti.

Bu öyle bir bakıştı ki sanki bütün pişmanlıklar, bütün özürler, bütün yalvarışlar bir araya toplanarak gözlerine yerleşmişti, o da direm direm yaş olarak çenesine doğru sızıyordu.

Yürekler Yakan Yalvarış

Dudaklarını oynatışından, dilinden bölük pörçük dökülen kelimelerden içindeki yangının, beynindeki keşmekeşin ne kadar dayanılmaz olduğu anlaşılıyordu.

– Hata ettim, diyordu. Çok hata ettim.

Ruhunda yükselen duygular o kadar güçlü ve o kadar dayanılmazdı ki bir türlü esas konuya gelemiyordu.

– Ne olacak benim halim? Hem kendimi hem de öğrencilerimi ateşe attım. Benim halim ne olacak Süleyman Ağabey?

Bu yakıcı manzara karşısında tesir altında kalmamak mümkün değildi.

"Benim halim ne olacak?" derken âdeta göğüs kafesini parçalıyor, ağzından ateşler savruluyordu.

Odada gözyaşlarına boğulan yalnızca Orhan Bey değildi. Bu dayanılmaz sahnenin karşısında biz de kendimizi tutamıyorduk.

Eşi, hemşire hanım, Süleyman Ağabey, ben ve doktor bu tarihî ve tarifsiz tablo karşısında iliklerimize kadar buz kesmiştik.

Ömrünü, din ve Allah düşmanlığına adamış bu adam, Allah'tan af dilemek için bütün hücreleriyle ayaktaydı.

– Hocalarımız bize yanlış bir yol gösterdiler. Hem kendilerini mahvettiler hem de bizi. Biz de bu yanlışlığı öğrencilere bulaştırdık. Benim ahım kendi hayatıma değil, o masum yavruların hali ne olacak?

Süleyman Ağabey üzerine eğildi, o kendine has etkileyici ve tatlı üslubuyla hocayı teselliye başladı.

– Orhan Bey, dedi. Sen büyük bir yanlıştan döndün. Seni tebrik ediyorum. Bu, herkese nasip olmaz. Belki bu, kabul olmuş bir iyiliğin belki anne-babanın dualarının hürmetine belki de başka bir hikmet için…

Rabb'imin, kendine yönelen kullarına kucak açmaya taahhüdü vardır. Kulunun ne kadar günahı olursa olsun, Allah'ın af ve merhametinin yanında ne hükmü var? Bundan sonra sana bir görev düşecek.

– Nedir, diye atıldı çökmüş gözleri bir anda parlayarak…

– Önce bir kul olarak eksikliklerini tamamlamalısın, sonra da senin yanlışına kurban giden öğrencilerine tek tek ulaşıp hatanı telafi etmelisin. Bizler de sana dua edeceğiz ve her an yanında olacağız.

En büyük düşmanı olarak gördüğü Süleyman Ağabey'den böylesine bir yakınlık ve vefa beklemiyordu. Bu iyilik karşısında ellerine sarılmak istedi, ama kalkamadı.

– Hakkını helal et, diye yalvarıyordu.

Süleyman Ağabey de:

– Bizler helal ettik, inşallah Yüce Allah'a iyi bir kul olarak kalan ömrünüzü geçirirsiniz.

Duyduklarımıza İnanamamıştık

Eşi sürekli gözlerini ve ağzını siliyordu. Hemşire hanım ise sağdan soldan girip çıkan bir sürü hortumu kontrol ediyordu.

Bir ara eşi odaya girdi.

– Süleyman Ağabey, dedi. Beyim kendine geldiğinde beni çağırdı, büyük bir telaş ve heyecanla abdest almak istediğini söyledi. Ne yazık ki ne ben ne de beyim abdest almayı bilmiyorduk. Sağ olsun hemşire hanım yardımcı oldu.

"Bu halinle abdest alamazsın teyemmüm et" dedi ve şu taşı getirdi.

Ne acı ki namazın kılınışını da bilmiyorduk. Allah razı olsun, bize namaz konusunda da yardımcı oldu. Eşim ve ben iki günden beri eksik noksanımızla namazlarımızı da kılıyoruz.

Bir de kitap getirdi, her gün bir "deva" oluyor. Sanki kitap değil de bir ilaç mübarek.

Ey büyük Allah'ım! "Bu kitapları niçin okuyorsunuz?" diye eve baskın yapan Orhan Bey, şimdi bu kitaplarda şifa arıyordu.

Hastalar Risalesi'ndeki harika tespitler Orhan Bey'in ruhuna işlemiş olmalı ki Süleyman Ağabey'in elini tutarak:

– Oku, oku, vur şu akılsız başıma, vur da ne hallere düştüğünü anlasın, diye feryat ediyordu.

İbretli Bir Sahne

Düştüğü, acizlik ve çaresizlikle âdeta bütün dünyaya mesajlar veren Orhan Bey'le vedalaşma zamanı geldiğinde, yine yürekleri yakan sahneler yaşanıyordu.

Bir türlü Süleyman Ağabey'i bırakmak istemiyor, çocuklar gibi yalvarıyor, idamlık mahkûmlar gibi gözyaşları sellere dönüşüyordu.

– Geçmiş olsun hocam, diyerek eline eğildiğimde sanki kolunu zorla kaldırarak başımı kucağına bastı.

– Evladım utanıyorum, ne diyeceğimi bilemiyorum, dedi. Şu anda nasıl ezilip kahrolduğumu, nasıl eriyip küçüldüğümü anlatamam.

Senin bende çok hakkın var. Sana çok zulmettim, acı çektirdim. Eğer şu anda ödeşmek için canım yeterse onu da veririm. Ne olur hakkını helal et.

– Helal olsun hocam, dedim. Helal olsun. Seni bu duygularla gördüm ya, binlerce kez helal olsun.

Bir türlü kopamadı benden... Bir türlü içinin feveranını söndüremedi. Bir türlü pişmanlığını içinden atamadı.

Kapıdan dışarı çıkarken hâlâ darmadağın cümlelerle haykırıyordu:

– Ne olur beni herkese anlatın. Allah'a isyan etmiş bir kulun pişmanlığını söyleyin. Belki bazı bilmezlerin gözünü açmaya vesile olur. Ne olur beni unutmayın...

Bir saat içinde, bir asırlık tecrübeyi yaşamışçasına bütün direncim pes etmişti. Süleyman Ağabey kolumdan tutup:

– Haydi, gidelim, dediğinde ayakta zor duruyordum.

Allah'tan kaçarak kurtulacağını sanan bir kulun, O'na tekrar kavuşmak için canını bile vermeye hazır olduğunu görmek, aklıma, mantığıma unutulmaz dersler vermişti.

Hastaneden ayrıldığımda kafamın içindeki yankılar bitmek bilmiyordu. Mevla'm bize sürekli olarak Kendisini hatırlayan, O'na layık bir hayat sürmeye çalışan bir kul olmayı nasip ettiği için şükrediyordum.

Okula geldiğimde:

– Oğlum, hayrola, canlı cenazeye dönmüşsün, diyen annemin şaşkınlığıyla karşılaşmıştım.

Doğru söylüyordu. Görenlerin kanını donduran Orhan Bey'in acıklı haline bakıp da hayretler içine düşmemek ne mümkündü?

O gece sabaha kadar Rabb'imin huzurundan kendimi alamamıştım. "Ben de o dehşete düşerim" korkusuyla seccadeden kalkamıyordum.

Dört yıldan beri evimiz gibi yaşadığım okuldan ayrılma vakti gelip çatmıştı. Sabah ayrılacaktık.

Beşinci Bölüm

Sürpriz Bir Ziyaretçi

Çevremdeki tanıdık, öğretmen ve öğrencilerle tek tek vedalaşmıştım. O gece annemle baş başa bir gece geçirmeye niyet etmiştik. Annemin hem kısmen düzelen sağlığı hem de öğretmen olmam nedeniyle, o geceyi kendimize ayırıp ana-oğul manevî bir kutlama yapacaktık; ama olmadı.

Tatlı bir sürprizin getirdiği dramatik bir haber, küçük odamızda soğuk rüzgârlar estirmişti. Bir taraftan seviniyorduk bir taraftan da kalbimiz hüzünle çarpıyordu. O gece de benim için unutulmaz olmuştu.

Zor günlerimizde en büyük dert ortağımız olan ve her fırsatta yardım elini uzatan Davut Hoca ve eşi tedavi için gittikleri Ankara'dan dönerken bize de uğramışlardı. Bu iki değerli insanı hiç beklemediğimiz bir anda karşımızda görünce sevincimizden ne yapacağımızı şaşırmıştık. İlerleyen yaşlarına rağmen bizi unutmamışlardı. Bunun için annemle birlikte, bol bol bayram harçlığı toplayan çocuklar gibi, mutluluktan dört köşeydik; ama getirdikleri haberler, bütün neşemizi kaçırmış, hüzün dolu ibretlik bir hadise daha yaşatmıştı.

– Haberler iyi değil evladım, demişti Davut Hoca.

Kayınpederin Ahmet Ağa ile kayınvaliden Ayşe Hatun zor günler geçiriyorlar. Size yapılan haksızlık ve zulüm fazlasıyla çıkmaya başladı. Yüce Mevla, çektiğiniz acının aynısını onlara tattırıyor.

Söz babamdan açılınca annemin biraz önce güller gibi açılan ve ışıl ışıl yanan gözlerine kara bulutlar çökmüştü. Yaşanan onca olay ve aradan geçen yıllar hâlâ annemin ruhundaki sevgiyi silip süpürememişti. Evlendiğini ve bir kızı olduğunu bildiği halde bu sevda bitmemişti. Doğrusu her geçen gün benim de kalbimde büyüyen bir baba merakı ve özlemi vardı. Onu tanımak, evlerine gitmek, oradaki kardeşimi görmek için can atıyordum; ancak annem üzülür, diye asla bu konuyu açıp konuşamıyordum.

Ana-oğul, Davut Hoca'nın kendine has etkili üslubuyla anlattığı hazin olaya kilitlenmiştik.

– Seni sokağa atıp perişan eden kayınbaban ve kayınvaliden aynı akıbete uğradılar.

Cemal'in eşi Sultan Hanım, kocasının baskılarıyla şimdiye kadar bakmış onlara; ama sonunda olan olmuş işte... Yüce Mevla'm adil, kaderî hükmünü verdi, onları da aynı vahamete uğratıp aynı acıyı yaşattı.

Cemal'in evde olmadığı bir gün, Sultan Hanım, iki yaşlıyı kapı önüne koymuş. İki gün yalvarmalarına rağmen onları eve almamış. Aç ve susuz sokak ortasında kalmışlar. Onlar da çaresiz memleketlerine geri dönmüşler.

Durumları ise hiç iyi değil. Koca evde, iki yaşlı insan zaten hasta oldukları için ayakta duracak halleri bile yok. İkisi de bakıma muhtaç, yatağa mahkûm çocuklar gibi acı içinde kıvranıyorlar. Öyle perişan, öyle acınacak halleri var ki sormayın. Komşular eve kokudan giremez oldu. Cemal ise haliniz nedir, diye sormuyor. Ölümü ekmek-peynir gibi arıyorlar; ama ellerine geçmiyor.

İçimize ok gibi saplanan bu haberi duyunca bir an gözlerim anneme kaydı. Bu hayat filmini daha önce iliklerine kadar yaşamış olan vefakâr annem, intikam duyguları yerine merhamet hisleriyle dinliyordu olayı. Gözlerinden yaşlar süzülmeye başlamıştı. Yaşadığı akıl almaz işkenceleri unutmuş, onların çaresizliğine üzülmüştü.

Davut Hoca çektikleri çileyi anlattıkça odadaki hava geriliyor, kalbimiz sıkışıyor, "Eden, bulur!" kuralı bütün ibretiyle gözümüzün önüne seriliyordu.

Yürekleri yakan bu dram dolu hikâyenin sonunda, pırıl pırıl kalbiyle, sanki bir emir bekler gibi annem araya girmişti.

– Peki, hocam ne yapmak lazım?

Davut Hoca, kalbî ferasetiyle annemin bir işaret beklediğini anlayarak bir müddet düşündü.

– Bir şey yapmalı mutlaka, dedi. Gün intikam günü değil, mağdur ve mazluma el uzatıp Yüce Allah'ın ihsanına nail olma günüdür.

Davut Hoca'nın daha açık konuşması için gözlerimi, bakışlarına kilitledim.

– Biz ne yapabiliriz hocam, dedim.

– Bu zor günlerde hepimize görev düşer, evladım. Bir insanın hatalı, yanlış ve günahkâr olması, zor duruma düştüğünde terk edilmesini gerektirmez.

Peygamberimiz hadislerinde bu durumu şöyle açıklar:

"Sakın ana-babaya asi olmayın; çünkü bin yıllık bir mesafede hissedilen Cennetin kokusunu, ana-babaya asi olan ve akrabalarla ilişkiyi kesen kimse alamayacaktır."

"Kim valideynini (ana-babasını) razı ederse şüphesiz Allah'ı razı etmiştir kim de onları öfkelendirirse şüphesiz Allah'ı öfkelendirmiştir."

Bunun gibi daha birçok ayet ve hadis, anne-babaya karşı sorumluluklarımızın önemini ortaya koyar.

İnsan duygularıyla hareket ederse "Bana kötülük edenlere oh olsun!" diyebilir. Bu nefsin bir intikamıdır; ama aklıyla hareket ederse bir müddet düşünüp ahiret saadeti için onlara zor günlerinde sahip çıkar.

Siz ana-oğul olarak yardım etmeseniz de kimse sizi ayıplamaz. Sizin durumunuz farklı; lakin gönül ister ki son günlerini yaşayan o insanların sevabını siz alıp Yüce Mevla'yı hoşnut edesiniz.

Annem başını yere eğdi, derin bir soluk çekerek içinin isyanını bastırmaya çalışıyordu. Çünkü aynı duyguları ben de yaşıyordum.

Dillere destan olan sefaletimizi, çektiklerimizi ve gördüğümüz haksızlığı unutup onların yardımına koşmak…

İçinde yükselen isyana bakılırsa bu kolay değildi. Aklım Davut Hoca'nın sözlerine "Evet, doğru!" diyordu; ama içimi tutuşturan hislerim şaha kalkmış, isyan ediyordu.

Annemin Göz Yaşartan Kararı

Bir ara annemle göz göze geldik. Ruhen ve bedenen kendisini zor taşıyan annem belli ki yine kendisine yakışanı yapacaktı.

– Bilmem ki Hocam, dedi. Onlara yardım etsek acaba başka bir mana çıkaran olur mu?

İnce ruhlu annem, kendisinin değil de başkalarının ne diyeceğini düşünüyordu.

– El, tebrik etmekten, maşallah, demekten başka ne diyebilir kızım, dedi Davut Hoca.

Zengin insan değiller ki mallarına konasın. Bir ekmek bulamayacak kadar malı mülkü tüketmiş insanlar. Fırtınada göçmüş eski bir ev, bahçelerinde üç tane kavak… Bunlar için o fedakârlık yapılmaz elbet.

– Ne dersin oğlum, dedi bana bakarak.

– Anne, içimden gelmiyor; ama galiba doğrusu Davut Hoca'nın anlattıkları... Bize düşen, son anlarda yanlarında olmamız. Ne de olsa, üzerimizde ana-baba hakları duruyor.

– Oğlum, o zaman acele edelim.

Benim sağlığım çok iyi değil, ama çok şükür kendimi taşıyorum. Sen okuluna git görevine başla. Ben de misafirlerimizle birlikte kasabaya döneyim. Görelim Mevla'm ne eyler?

Gönlü deryalar kadar geniş, kalbinde kin ve düşmanlık kırıntısı taşımayan, yüreği merhamet ve vicdan dolu annemi, artık durdurmak mümkün değildi.

Gencecik yaşında dünyayı kendisine zindan edenlere hizmet etmeye, onlara can yoldaşı olmaya gidiyordu.

İlk aldığım maaşı annemin cebine koydum, onları sabahleyin memlekete uğurladım.

– Yolun açık olsun annem, dedim. Eğer Rabb'im bizi ayaklar altında ezmediyse bu senin reddolunmaz dualarının hürmetinedir.

Onu son kez kucaklarken gözlerime dolup gelen yaşları zor tuttum. Okula geldim, valizimi toplarken postacı gözüktü, bir mektup tutuşturdu elime.

Yüzünü bile görmediğim kardeşim Sevgi'den...

Beni çok merak ettiğini yazıyor ve ısrarla evlerine davet ediyordu. Bu içimde bir türlü çıkmayan baba hasretini yeniden alevlendirmişti.

Göreve gitmeden önce askerlik tecilini de yapmak amacıyla, İzmir'e gitmeye karar verdim. Çünkü benim nüfusum İzmir'e kayıtlıydı. Babam fabrikada çalışırken çocuk parası almak için nüfus kaydımı da götürmüştü. Bu şekilde babama uğramak için bir kılıf bulmuş oldum; ama işin özü içimde sönmeyen baba özlemiydi.

Baba Evi

Annem, kovulduğu eve tekrar, kurtarıcı bir melek gibi dönerken ben de yirmi yıldan beri rüyalarıma giren ve hayallerimi süsleyen baba evini bulmuştum.

Küçüklüğümden beri, "Bir gün görüşür müyüm?" hayaliyle yanıp tutuştuğum adamın kapısının önüne gelmiştim.

Ne kadar acımasız, vurdumduymaz da olsa, üstelik bizi terk etmiş ve bir daha arayıp sormamış da olsa o benim babamdı. Hem de yıllardır herkesin babasına imrenen bir yetim çocuğun babasıydı.

Zilin üzerinde, babamın ismini görünce dayanılmaz bir titreme sardı vücudumu. Müthiş bir heyecan kasırgasının ortasında alabora oluyordum. Yılların hasreti, zehirli bir ilaç gibi bütün damarlarımı kaskatı etmişti.

Bu isim benim için yakıcı bir kor, kalbimi söken bir aşk, aklımdan bir saniye bile çıkmayan erişilmez bir hedefti. Zihnimden binlerce düşünce geçiyordu:

"Ah, babam! Niçin sana kızamıyorum? Neden isyanlarımı sıralayamıyorum? Çektiklerimi hemencecik nasıl unutabiliyorum?"

Kapı önünde, göğüs kafesimi parçalarcasına vuran kalbimi susturmak için elimle bastırmaya çalıştım.

"Bu da fazla artık," dedim kendime cesaret vermek için. "Sen koca adam oldun, çocuk değilsin. Haydi, topla cesaretini bas şu zile!"

Ama tesellim kâr etmiyordu. Boğazıma kilitlenen bir çekimlik nefes, bir türlü çıkmıyordu. Allah'ım! Bu telaş, bu panik, bu heyecan, öleceğimi sandım.

Pazar günü sabah saat on sularıydı. Zile basıp basmamak arasında, kendi içimde müthiş bir mücadele yaşarken birden kapı açıldı.

Uzun boylu, buğday benizli, sempatik duruşlu, yakışıklı bir adam aniden karşıma dikilince o anda kafamda sıraya dizdiğim her şeyi unutmuştum. Ben kendimi toparlamaya çalışırken o da beni tepeden tırnağa süzmeye başlamıştı.

O günlerin siyasî ortamı, sağ-sol çatışmaları herkesi şüphe ve endişeye sürüklüyordu.

Gözlerini bana dikerek:

– Kime bakmıştın, diye sordu, biraz da endişe dolu, sert bir ses tonuyla.

Bu davranışı, içimdeki bütün ilgi ve isteği anında bitirmişti. Bu soru, "Ne işin var burada? Ben sizi yıllar önce terk ettim. Beni neden rahatsız ediyorsun?" der gibi gelmişti bana. Belki de içimde esen tedirginlik fırtınası, beni böyle bir yoruma zorlamıştı.

Karşımda benden cevap bekleyen adamın önünde, bütün konuşma ve görme yeteneklerini kaybetmiş, cansız bir taş gibi öylece kala kalmıştım.

Kalbimi yerinden söken bir heyecanın dayanılmaz atmosferi içinde, ağzımdan çıkan anlamsız ve bölük pörçük kelimeler, kendisini daha da meraklandırmış olmalı ki:

– Anlamadım, ne dediniz, diye eğilmişti.

O anın panik ve şaşkınlığı içinde kendimi toparlayıp da "Ben sizin oğlunuzum" diyemedim.

"Oğlumsan oğlumsun. Seni isteseydim yıllar önce sahiplenirdim. Demek ki seni istemiyorum. Neden hâlâ beni rahatsız ediyorsun?" demesinden korkmuştum.

O anda aklıma gelen cümleleri, farkında olmadan sıralamaya başladım.

– Ben sizin memleketinizden geliyorum. Babanızdan ve annenizden selamlar getirdim.

Her biri, birer alev gibi boğazımı yakıp nefesimi kesen kelimeler, gırtlağıma kuvvetli bir el gibi oturunca beni soluksuz bırakmıştı. Ne kadar öksürdüysem de açamadım. Daha meramımı anlatmadan mahcubiyetten başımı yere eğdim.

Parlak, çekici ve yakışıklı yüzü bir anda dürüldü, dudakları endişe ve telaşla kıvrıldı, ışıldayan gözlerine bulutlar yığılıverdi.

Herkesi bildiğimi sanarak:

– Nasıl iyiler mi, diye sordu üzgün bir eda içinde.

Bakışları bir anda, karşısında baba sevdasıyla yanan yüreğime yeniden ateş düşürmüştü. Öyle ki hemencecik kendimi kucağına atıp doyasıya sarılmak istemiştim.

Dişlerimi kırarcasına sıkıp içimden yükselen fırtınayı savuşturmaya çalıştım.

– Evet, dedim, sessizce.

– Durmadılar, diye devam etti. Çok ısrar ettik; ama bilirsin köyde yetişenler, şehirde rahat edemiyorlar. Bizi dinlemeyip gittiler.

Kalbim Nasıl Dayansın?

Bir an içim "cız" etti. Ne kadar da pişkin bir şekilde anlatıyordu, bildiğim kovma olayını. Tabii, onları kapı önüne koydum, diyemezdi.

– İçeriye buyurun, dedi. Kapı önünde kaldınız. Ben sigara için dışarı çıkıyordum.

Ürkek ve tedirgin davranışlarla eve geçtim. Kafamda tam bir savaş yaşanıyordu. "Allah'ım şimdi ne yapacaktım? Ben senin oğlunum, bunun için geldim" demek için nasıl bir vesile bulacaktım. Tam bir keşmekeş içindeydim. Her şey birbirine girmişti. Nereden başlayacağımı, ne diyeceğimi bilemiyordum.

Beni misafir odasına aldı.

– Sen otur da ben üzerimi giyip geleyim, dedi.

O gelene kadar zihnimi viraneye çeviren bu dağınıklığı düzeltip bir çıkış yolu bulmaya çalışıyordum.

– Siz nerelisiniz, diyerek biraz daha sıcak bir edayla yanıma oturdu.

Üzerime yığılan tonlarca baskı altında başımı eğdim.

– Ben de sizin kasabanızdanım, diyebildim terler içinde kalarak.

– Öyle mi, diye eğildi gözlerini gözlerime dikerek.

– Peki, kimlerdensiniz?

İşte o an ipler koptu. Yıllardır hayalini kurduğum bu anın dayanılmaz baskısı, beni saniyeler içinde ter gölüne çevirdi. Kalbim, kesilmek üzere yatırılan bir tavuğun çırpınışları gibi kendini yırtıyor, içimde binlerce kaynayan kazanın ateşini hissediyordum.

Gece gündüz hayalimle peşinde koştuğum, rüyalarını gördüğüm, nefesine, kokusuna hasret kaldığım, bir anlık kucağı için dilekler adadığım babamın yanında, "ben senin oğlunum" diyebilmek için ecel terleri döküyordum.

Bu âna can mı dayanırdı?

Aceleyle mendilimi çıkarıp yağmur altında kalmış gibi sırılsıklam olan yüzümü sildim, saçlarımı kuruladım.

– Çok mu sıcak, dedi babam halimi görünce.

– Biraz hızlı yürümüş olmalıyım, diye kılıf bulmaya çalıştım, içimdeki keşmekeşi belli etmemek için.

Benden cevap gecikince araya girdi hemen.

– Ben memleketten çıkalı, yirmi yılı geçti, dedi. Gençleri pek tanımıyorum. Sizi de çıkaramadım bu yüzden.

Tam o anda eşi olduğunu tahmin ettiğim Sultan Hanım girdi içeriye. Bizim kültür ve geleneklerimize göre oldukça kısa ve açık giyinmiş, rahat davranışları dikkat çekiyordu.

Sultan Hanım'ın bu görüntüsü, evde yaşanan hayat biçimiyle ilgili ipuçları veriyordu. Demek ki annemin hayalinden bir saniye bile çıkmayan Havalı, başladığı bu yeni hayat yolculuğunda, gelenek ve göreneklere ters düşen bir aile biçimi seçmişti.

Dayanılmaz Bir Sahne

Zihnim tam bir mengene içinde çıkış yolu için çırpınırken evin kapısı açıldı ve içeriye on sekiz-on dokuz yaşlarında gösteren bir kız girdi. İki ekmeği koltuğuna sıkıştırmış, elinde de süt ve gazete vardı. Bir anda göz göze gelince önce beni baştan aşağıya süzdü. Bu kardeşim Sevgi olmalıydı.

Babama çok benziyordu. Merakla ben de kendisine dönünce tekrar bakışlarımız karşılaştı. Sanki o an içimden kopan bir hasret mesajı, bir anda kardeşime ulaşmış olacak ki elindeki ekmeği çarçabuk masaya bırakarak sanki asırlık bir sevdanın dayanılmaz çığlığıyla:

– Ağabeyciğim, diyerek kollarını açtı, bir hamlede beni sarmalayıp o sensin, diye öpmeye, koklamaya başladı.

İşte bu beni bitirdi. Bitmek de ne kelime, annesine hasret giden bir çocuğun içler parçalayan elemi gibi bıraktım kendimi.

Gözyaşları birbirine karışan bu iki kardeşin, dinmeyen yürek yangınıyla sarmaş, dolaş oluşuna ilk anda Sultan Hanım ve babam bir mana veremediler; hatta bu manzara karşısında âdeta küçük dillerini yutmuşlardı. Babam:

– Kızım, ne ağabeyi, diye atıldı kardeşimin kolundan çekerek.

– Baba tanımadın mı? Bu benim ağabeyim. Görmüyor musun, sana ne kadar benziyor? Tıpkı senin kopyan gibi...

Babam gözlerinde çakan ani şimşeklerle üzerime eğildi. İçinden gelen karşı konulmaz bir feryatla:

– Sen Arif misin, diye sordu; üç aylıkken terk ettiği yavrusunu bağrına basmak için.

İşte o an her şey durdu. Zaman, hayat ve akıl...

Senelerce bir baba kucağına ne kadar hasret kalmıştım? "Gel oğlum" diyerek elimden tutmasını beklemiştim yıllarca. Bir ekmek, bir hap için şiddetli soğuklarda canımın çekildiğini hissettiğimde, "Ah, benim babam da yanımda olsaydı!" diye az mı dua etmiştim?

Şimdi babamla yan yana oturuyorum, diye sevinmeli miydim yoksa bunca yılın özlemi ve elemiyle üzülmeli miydim? Tam bir bilinmezler yumağının içinde, varlığımı kaybetmiş bir ceset gibiydim.

O an bütün düşüncelerim buz tutmuştu, âdeta bütün duygularım alev alev yanıyordu.

Babam ise yüreğindeki acıyı iki cümleyle özetlemeye çalışıyordu:

– Utanıyorum oğlum, utanıyorum. Yaptıklarım affedilir gibi değil...

Şimdi karşımda bir çocuk gibi ağlayarak kahrolan bu adamı görünce hayatımın yakıcı ve ezici sahneleri film kareleri gibi gözümün önünden geçmeye başlamıştı. Neler yaşamıştık annemle? Ama bildiğim tek şey, alışkın olmadığım baba kollarının ruhumda bir türlü kabuk bağlayamamış olan yaraya, ilaç gibi geldiğiydi.

"Ah, annem ah! Senin de bu sahnede yer almanı ne kadar isterdim. Babamın yalvarışlarını duymanı çok arzu ederdim. Melek annem! Bu duyguyu senin yerine yaşadığım için beni affet."

O gün nasıl geçti, anlamamıştım. Bazen bulutların üstünde mutluluk kanatları çırpıyorduk, bazen de acı dolu hayat karşısında gözyaşı döküyorduk.

Sevgi dolu, hasret dolu, şefkat dolu bir kardeşim vardı artık: Sevgi...

Bizim hayat öykümüzü iyi bilen ve bunun için babama kızıp bizi haklı bulan bir Sevgi yumağı.

Sultan Hanım, bütün bu olanlara mesafeli duruyordu. Ona göre hayattaki her şey normaldi. Fazla kafa yormaya gerek yoktu. Gününü gün edip iyi bir hayat sürmek için her şey yapılmalıydı.

Yanımdan bir saniye bile ayrılmayan Sevgi'ye babam merakla sordu:

– Ağabeyini nasıl tanıdın kızım?

O sevecen ve pırıl pırıl yüreğiyle bana sarılıp kokladıktan sonra:

– İçime doğdu, dedi. Sanki biri haykırdı yüreğime, "O senin ağabeyin" diye; hem baksana ağabeyim tıpkı sen...

Babamın Dünyası Çok Farklıydı

Babamı; yani annemin Havalısını tanıdım. Babam hayatını anlattıkça, onun kişiliğini çözüyordum. Bu ayrılık hadisesindeki ince hikmetleri daha iyi anlamıştım.

Babam karakter olarak elde avuçta durmayan, kulluk görevleriyle ilgili herhangi bir sorumluluk taşımayan, son derece girişken ve sosyal bir insandı. Bu yüzden küçük dünyalara sığmayıp büyük şehirlerin fantezi ve renkli hayatlarını tercih etmişti. Daha da ileri giderek sağ-sol çatışmasının toplumu birbirine kattığı o günlerde, aşırı sol içinde aktif rol alarak büsbütün kültür ve geleneklerine ters düşmüştü. Bu yüzden gerek aile gerekse şahsî hayatında, dinî değerlerinden iz bırakmamıştı.

Annemin kişilik yapısı ise onun tam tersiydi. Allah'a olan imanı o kadar güçlüydü ki bir vakit namazı kılmadığında oturur, ağlardı. Bütün hayat programı kulluk görevleri üzerine kuruluydu. Özellikle edep, hayâ ve kadınlık onuru gibi hususlara çok önem verirdi; bir erkekle yan yana gelmekten bile korkardı. Ama önüne geçemediği en büyük sevdası ise Havalısına olan aşkıydı.

Farklı dünyaları temsil eden bu iki insanın ayrılışlarının gizli hikmetlerini yeni yeni anlıyordum. Belki de Rabb'im, pırıl pırıl olan annemi, babamın yanlış ve çarpık dünyasında boğmamak için onu gencecik yaşta babamdan ayırarak safiyetine ve dürüstlüğüne bir leke sürdürmemişti.

Eğer biz de babamla birlikte İzmir'e gelip manevî değerlerin kaybolduğu o çevrede yaşasaydık belki de hem annem hem de ben, Rabb'imizden uzaklaşmış olurduk.

Yüce Allah, çektiğimiz onca çileye rağmen bizi kendinden ayırmamıştı. Bu, annemin ruhunda asla sönmeyen iman ve Kur'an hasretinin ödülüydü.

Namaz vakti geldiğinde evde namaz kılacak bir seccade bulamamıştık. Yani yirmi yıl sonra kucaklaştığım babamla hayat yolunda ayrı düşmüştük.

Hayatımda ilk kez bu denli lüks bir evde misafir ediliyordum. Benim yaşadığım hayatla asla kıyaslanamayacak bir zenginlikti bu.

Böyle koltuklara oturmak, böyle halılara basmak, böyle masalarda, böyle tabak ve kaşıklarla yemekler yemek... Ne mümkündü?

Bu dünyanın ihtişamını görünce annemi hatırladım ve içim "cız" etti. Zavallı annem, ömründe ne böyle bir hayat gördü ne de bu tarz bir lüks içinde yaşayabildi. O, kuru yerlerde, eski kilimlerin üstünde, rutubetli odalarda ve hastalık saçan soğuk mekânlarda ömür çürütmüştü; ancak ruhu pak, kalbi tertemiz kaldı.

Babam, etrafımda büyük bir mahcubiyet içinde dönüyor, kardeşim, beni rahat ettirmek için pervane oluyordu.

Kız kardeşimle çok çabuk kaynaşmıştık. Bana ve görüşlerime o kadar yakın ve o kadar ilgi duyuyordu ki bunu gören babam işi espriye boğmuştu:

– Oğlum, geleli bir gün olmadan kardeşini yanına çektin bile... Vallahi tebrik ederim. Bu gidişle evin içini boşaltırsın herhâlde?

Zoraki gülüştük.

Yıllar sonra bir Pazar günü, ruhuma çöreklenen baba özlemi bitmişti; fakat ben o eve ait olmadığımı anlamıştım.

Babamın dünyası çok farklıydı. Ortak bir noktada buluşmamız zor gözüküyordu. Kardeşim ise bana daha yakındı, belki de o engin sevgi ve şefkati yüzünden fikir ve görüşlerime hak veriyordu.

Vedalaşıp ayrıldığımda, kardeşim gözyaşları içinde bana sarılmıştı; ama Sultan Hanım bu vedadan memnun olmuş gibiydi. Babamın da gözleri dolmuştu:

– Güle güle yavrum, derken hüzün bir anda boğazına kilitlenmişti. Beni hem sevindirdin hem de utandırdın. Senin gibi bir evladım olduğu için hep gurur duyacağım.

Son cümleyi tamamlayıp yeniden boynuma sarıldı. Sözlerinde derin bir hasretin tarifsiz pişmanlığı vardı. Daha da önemlisi; çekingen ve utangaç bakışlarında, "biz hata ettik, ama sen doğruyu bulmuşsun" gibi bir mana okunuyordu.

Yüreğimde yeniden alevlenen duygu ateşini, içime gömmeye çalıştım; ama başaramadım. Yanaklarıma doğru sızan yaşları sile sile ayrıldım evden.

Serseme dönmüş bu kafamla nereye, nasıl gideceğimi de unutmuştum. İçimin acısı ise beni yakmaya devam ediyordu.

Son kez ardıma döndüğümde kardeşim kendini yırtarcasına bana el sallıyordu. Artık yüreğime bir minik güvercin yuva yapmıştı.

Beni Çok Sarsmıştı

Yine dünyamı deprem yerine çevirecek olan sürpriz olaylar, pusuya yatmış, beni bekliyordu; hem de askerlik tecilini yapıp dönmek için otogara geldiğimde.

Elinde valiz, küçük kızıyla karşıma çıkan Hasret'in annesi, İzmir hatıralarını bir anda toz duman etmişti.

Kızı için beni aşağılayıp hakaretler yağdırdığı o günden beri Nuran Hanım, gecelerimin korkulu rüyasıydı. Kızını benim gibi bir yetime yakıştırmadığı anlaşılabilirdi, lakin pis bir yaratık gibi beni hakir görmesi asla. Bunun için içimdeki yara bütün tazeliğiyle duruyordu.

Israrla kaçmak istediysem de o benden daha atik davranıp önümü kesti.

– Arif, dedi üzgün ve özür saçan ses tonuyla. Arif, seninle mutlaka konuşmalıyım.

Başka çarem yoktu, başımı önüme eğip yanına dikildim. Nezaketim gereği içimde dalgalanan nefret dolu duygularıma, gem vurmaya çalışıyordum.

– Evladım, dedi.

Ama arkasını getiremeyip sustu. Öyle duygu yüklü bir hal içindeydi ki dokunsan ağlayacaktı.

– Seni çok yanlış tanıdık, diye devam etti. O zor hayat şartlarından kurtulmak için Hasret'e tutunmaya çalıştığını sandık. Hasret her şeyi anlattı bize. Meğer sana çok haksızlık etmişiz. Senden bütün ailem adına özür dilerim çocuğum. Bilmem ki bizi affedecek misin?

Doğrusu bunları duymayı düşünmüyordum. Yine içime ateş düşürecek sözcükleri, ardından sıralayacağını sanıyordum; hatta bunun için ben de birkaç cümle hazırlamıştım. Fakat elim ayağım düştü, olduğum yere çakılı kaldım.

Pişman bakışlarla beni süzen Nuran Hanım'ın yüzüne bakamadan:

– Siz haklıydınız, dedim yine de teselli olması için. Benim gibi hayatı, hayat içinde yitirmiş bir garibin, ne haddi var ki sizler gibi el üstündeki insanların yanına sokulsun.

Bana o gün, o dersi verdiğiniz iyi oldu. Belki de Hasret'in bana olan yakınlığından cesaret alıp çocuksu bir hayale kapılabilirdim. Hiç değilse o davranışınızla bu duygumu kökten koparıp attınız.

– Ben ne yapmışım, diye hıçkırmaya başladı. Seni deliler gibi seven evladımın ümidini yok etmişim.

Hâlbuki o seni asla unutmadı. Senin adın anıldığında hâlâ gözleri parlar, yüreği çarpar. Sana olumsuz bir kelime bile söyletmez evimizde.

Gönderdiği mektupları almamışsın, telefonlarına da çıkmamışsın. Bunlara çok üzüldü.

– Kendimi kandırmak istemedim, dedim. Dünyalarımız çok farklı. O daha iyi insanlara layık. Benim gibi sıradan kişiler onun dünyasına yakışmaz. Ben çoktan unuttum, o da silsin atsın bu çocuksu duyguları.

– Hasret bunları duyarsa kahrolur. Evlat, hiç ümit yok mu?

Kendimi son kez toparlayarak Nuran Hanım'ı başımdan defetmeye çalıştım.

– Nasıl ümit olsun, dedim. O paşa kızı, ben de bir boyacı... O doktor olacak, ben ise ilkokul öğretmeni... Onun el üstünde alkışlanan bir çevresi var. Benim ise hasta bir annem...

Şimdi siz söyleyin ümit bunun neresinde?

– Evladım, bunların ne önemi var? Her şeyin ilacı sevgi değil mi?

– Siz değil miydiniz? Sevgi ve aşk karın doyurmuyor, diyen.

– O hataydı; hem de çok büyük bir hata.

Nuran Hanım, bir anne şefkatiyle elini omzuma koydu.

– Evladım, dedi. Ben bu karşılaşmayı Hasret'e söylemeyeceğim. Sen de ne olur bunu kesip atma. Bir kere daha düşün.

Biz anne-baban olarak sana kucak açmaya hazırız. Hasret ise gittikçe artan bir hasret içinde. Senin bütün şartlarını kabulüz. Yeter ki Hasret'in dünyasını yıkma. Kızımın gözlerimin önünde erimesine artık gönlüm razı olmuyor. Kader, bizi madem karşılaştırdı, bu bir başlangıç olsun.

Artık dayanacak gücüm kalmamıştı.

– Otobüs saatim geldi, deyip oradan uzaklaşmanın yolunu aradım.

Köşeyi döner dönmez de kendimi kanepenin üstüne attım, yeniden kanamaya başlayan eski yaralarla boğuşmaya başladım. Eski defterler kapanmışken yeni bir sayfa açıp yeni hülyalara kapılmak istemiyordum. Haddimi bilmeliydim, bir yetim, bir boyacı olduğumu unutmamalıydım.

Yol Arkadaşım

Otobüse binip görev yaptığım yere hareket etmeden önce, annemin durumuyla ilgili bilgi almak için Davut Hoca'nın evini aradım.

– Evladım, önce memlekete uğra sonra görev yapacağın yere git, dedi.

Çok korkmuştum.

– Annemin sağlığı mı bozuldu yoksa, diye atıldım.

– Annen iyi evladım, dedi. Annen iyi; fakat deden ve babaannenin durumu ağırlaşıyor. Belki son anlarında yanlarında bulunmak istersin.

Bunu bir emir kabul ederek hiç itiraz etmedim. Davut Hoca bir şey söylüyorsa onda bir hikmet aramak lazımdı.

– Başüstüne hocam, dedim. Geliyorum inşallah.

Görev yaptığım köyün bağlı olduğu ilçe Millî Eğitim Müdürlüğü'ne mazeret telgrafı çekip memlekete hareket ettim.

Kendisine dünyayı dar eden insanların başında, tam bir vefa örneği sergileyen anneme kavuşacaktım. Ondan ayrılmanın acısı başka elemlere benzemiyordu. Çünkü o benim yalnızca annem değil, her şeyimdi. Her an içimde atan bir kalbim, başımdaki aklım ve damarlarımda dolaşan direncimdi. Onun duaları beni buralara kadar getirmişti.

Otobüse binerken "Anne, sana geliyorum" diye fısıldadım içimden. "Hiçbir dost senin kadar içimi ısıtmıyor, acılara karşı dayanma gücü vermiyor. Sen benim hayatımın paha biçilmez zenginliğisin. Şunu çok iyi anladım ki sensiz zenginlik, ruhları ve gönülleri çoraklaştıran manevî bir kıtlık olur."

Koltuğa oturduğumda gözlerime dolup gelen yaşları, yandaki uzun boylu beye göstermek istemedim; ama fark etmiş olacak ki:

– Ayrılık herhâlde zor oldu kardeş, diye sordu şen, tatlı ve içten dolu bir ses tonuyla.

– Evet, dedim kendimi toplayarak. Hem ayrılık zor oldu hem de kavuşma güç olacağa benziyor.

İnsanı bir anda etkisine alan bakışlarını bana çevirip ılık ses tonuyla teselli eder gibi konuşmaya başladı.

– Üzülme, dedi. İnsan ayrılıklarla olgunlaşır, kavuşmalarla tazelenir. Eğer dünyada ayrılık, acı ve elem olmasaydı insanın sabır, hoşgörü ve başarı duyguları gelişmezdi.

Henüz otuz-otuz beş yaşlarında gösteren beyaz tenli ve dost canlısı adam sanki bir yüzyıl yaşamış gibi konuşuyordu. Derhâl ilgimi çekmişti. Boş bir insan olmadığı da belliydi.

Olgun ve beyefendi duruşu, içten ve samimi yaklaşımı, bir anda bende etkisini gösterdi, ona karşı içten bir saygı duydum. Tertibi, düzeni ve nezaketiyle derhâl dikkatleri üzerinde toplayan bu beyefendiyle tanışayım derken o benden önce davranarak:

– Adım Mehmet Said, dedi. Özel bir okulda öğretmenlik yapıyorum.

Ben de kendimi tanıtarak memnuniyetimi ifade ettim.

Öğretmen olduğumu da söyleyince:

– Maşallah kardeşim, dedi. Sen de Peygamber mesleğini seçmişsin. Rabb'im sana inşallah Cennetlik talebeler nasip eder.

Bütün hücrelerimden kopup gelen "âmin" sesi, büyülü bir atmosfer gibi her tarafımı titretmişti.

– Hocam bu ne güzel bir dua, dedim.

Sevecen yüzü daha da nuranîleşti, dudakları tebessümle gerildi, gözlerinde olgunluk ve dürüstlük bulutları oynamıştı.

– Bu dua, üstadın duasıdır, kardeşim, dedi.

– Yani?

– Bediüzzaman Said Nursî'nin.

Üstad Hazretleri memleketini ve vatanını seven, dini, imanı bütün olan öğretmenlerin hep özlemini çekmişti. Öğretmen olan talebelerine çok özel bir ilgi göstermiş, çocukların da öğretmen olmalarını hep teşvik etmişti. Çünkü o biliyordu ki memleket huzuru, kardeşliğin tesisi millî ve manevî değerleri güçlü öğretmenlerin gayretiyle olacaktı.

Toplumu, moral değerlerinden uzaklaştırıp birbirine düşürenler de öğretmenler; millî ve dinî ruhu oluşturup yekvücut haline getirenler de...

Bunun için çok çalışmak gerekir.

– Siz neden özel okuldasınız, diye sordum merak ederek.

– Bunun öyküsü biraz derindir, dedi gözlerini çok uzaktaki bir hedefe çevirerek.

Yola yeni çıkan otobüsün içinde, yanımda bulduğum candan bir dostu bütün dikkatimle dinliyordum.

– Lisede okurken Komünizmin sevdasına kapılarak sağ-sol çatışmasında ön safta yerimizi almıştık. Her gün onlarca kör kurşuna hedef olan gençlerin kanlarına boyanıyorduk. Bu memleketin evlatları, iki ezeli düşman gibi birbirlerini kırıyorlardı. Bu vahşet artık içimi burkmaya başlamıştı.

Bu işin içinden nasıl kurtulacağımın yollarını arıyordum. Bu nedenle de "Komünizm, Materyalizm ve Ateizm"le mücadele ettiklerini söyleyen bazı gurupları ve cemaatleri tanıma imkânım oldu. Hepsi de kendi çaplarında güzel hizmetler sunuyorlardı.

Bazıları tasavvuf ve tarikat yoluyla toplumu ve gençleri İslam'a davet ediyor bazıları bu uğurda bilimsel ve kültürel çalışmalar yapıyorlar bazıları da Kur'an uğruna cihad ediyorlardı. Bunların hepsi de çok güzeldi; ancak benim aradığım farklı bir şeydi.

Ben, toplumu birbirine düşüren ideolojilerden kurtaracak, İslam'ı çağın gereklerine göre akıl, mantık ve bilim ölçüleriyle anlatabilecek; toplumu birlik ve beraberlik içinde tutabilmek için İslam'ın ruhunu buluşma noktası olarak sunabilecek; geniş yelpazeli ve kucaklayıcı bir yol, bir hareket düşlüyordum.

Bir gün, vefat eden ve beni canı gibi seven rahmetli dedemi gördüm rüyamda.

"Ben Urfa'dayım buraya gel. Sana aradığını göstereceğim!" dedi.

İlk bakışta saçma gibi duran bu olay beni çok etkilemişti. Sahip olduğum Komünist ve Ateist ideoloji gereği böyle şeylere inanmazdım; ama dedemi çok sevdiğim için hiç düşünmeden Urfa'ya gittim. Fakat orada ne yapacağımı bilmiyordum. Kime, ne soracaktım? Hayatta olmayan dedemle nasıl bağ kuracaktım?

Tam bir şaşkınlık içinde, adresini kaybetmiş bir çocuk gibi Urfa terminalinde sağa sola bakınırken ezan sesi duydum. Müezzinin büyülü sesi, içime öyle işledi ki sanki o seste dedemin esrarlı davetini alıyordum. Âdeta "Ben buradayım, gel!" diye haykırıyordu.

Yaklaşık on yıldan beri dine, Allah'a sırt dönmüş, Komünizm hayranı bir genç olarak cami ve cemaat yüzü görmediğim gibi oralara da düşman olarak yaşıyordum; ama ezanın sihirli eli sanki elimden tutup beni zorla camiye çekti.

Utancımdan en arka sıraya oturdum. İçimde fırtınalar estiren bir heyecanla ne kıldığımı ve ne yaptığımı bilmiyordum. Yatıp kalkıyordum işte. Zaten uzun saçlarım ve garip bıyık tarzım, etrafımdaki insanların derhâl dikkatini çekmişti.

Namaz sonunda genç bir ağabey yaklaştı yanıma. Öyle farklı ve etkileyici bir yanı vardı ki yüzünde göz alıcı bir pırıltı, gözlerinde de insanı derhâl etki altına alan bir ışıltı görülüyordu.

Elini uzattı.

– Hoş geldin kardeş, dedi.

O kadar yakın ve içten davranıyordu ki sanki beni çok iyi tanıyormuş da yolumu bekliyormuş gibi bir hali vardı.

Elimden tuttu:

– Gidelim, dedi.

Ben de hiç itiraz etmeden arkasına düştüm. Kafamda binlerce bilinmeyen soru cirit atıyordu. Böyle gizemli olayların peşinde kendimi tanımaz haldeydim.

Beni, birkaç katlı güzel bir apartmanın önüne götürdü.

– İşte burası, der gibi bir işarette bulundu.

O ısrarla açıklama yapmıyor, ben de soru sormaya korkuyordum. İkinci kata çıktığımızda ortalama iki yüz kişilik kalabalık genç, salonu doldurmuş, kırk-elli yaşlarında gösteren iri yapılı, parlak bir beyin sohbetini dinliyordu. Biz de kapı önüne çökmüştük.

Gönül Sohbeti

Yol arkadaşımı şaşkınlıkla dinliyordum. Anlattıkları inanılır gibi değildi.

– Üzerimdeki şaşkınlığı atarak konuşmalara kulak verince kafamda âdeta atom bombaları patlamaya başladı. Sohbet tam da benim istediğim konular üzerine akıp gidiyordu.

“Kardeş kavgası nasıl sona erer?”, “Toplum nasıl huzur bulur?”, “Millî ve manevî duygular nasıl artar?”, “Birlik ve beraberlik nasıl oluşur?", "Buluşma noktaları neresidir?" tarzındaki birçok enfes husus üzerinde fikir beyan ediliyordu.

Günlerdir susuz kalmış bir insanın su içmesi gibi, sohbetin bir harfini bile kaçırmadan nefes nefese yudumluyordum.

Önünde kırmızı bir kitap; önce okuyor, sonra da okuduğunu açıklıyordu.

Bir saat içinde, yıllardır beynimi harabeye çeviren çıkmazlar, problemler ve çaresizlikler bir bir çözülmeye başlamıştı.

Risale-i Nur ve Said Nursî... Bu iki kavram, kafamda yeni ufuklar açmıştı.

Said Nursî, ömrünü iman ve Kur'an davasına adamış, problemlerin eğitimle çözüleceğine inanan hakikî bir Cumhuriyet âşığı. *Risale-i Nur* ise Kur'an'ı çağımızın anlayışına sunan, kafa ve kalplerdeki manevî yaraları tedavi eden bir Kur'an tefsiri.

İşte beni Komünizmden, Ateistlikten kurtaran; memleket, vatan, Allah ve Kur'an âşığı yapan yol...

Soluksuz dinlediğim bu enfes hayat öyküsünü, ön koltukta oturan iyi giyimli bir vatandaşın müdahalesi bölmüştü.

– Beyefendi sizi dinliyordum, dedi. Madem bütün grupları ve cemaatleri araştırmışsınız. Neden Said Nursî ve *Risale-i Nur*'da karar kıldınız öyleyse? Elimizde Kur'an-ı Kerim var. Bu bize yetmiyor mu ki başka kitap arıyorsunuz?

Yol arkadaşım, biraz sertçe gelen bu ani itiraza oldukça yumuşak bir üslupla cevap vermişti.

– Kur'an herkese yeter. O, kıyamete kadar her insanın el kitabı, kurtarıcısı ve şifa kaynağıdır. Ancak her insan Kur'an hazinesindeki hakikatleri bulup çıkaracak ve bunu zamanın ihtiyaçlarına göre sunacak kadar ehil değildir. Bunun için de birçok insan, gerek yetersiz ilmi gerekse yanlış bakışı yüzünden Kur'an'ı eksik yorumlayarak hem topluma hem de Kur'an'a zarar veriyor. Ya canlı bomba olup Kur'an adına en ağır katliamlar yapıyor ya da toplumdan kaçıp münzevi bir hayat yaşıyor.

Risale-i Nur kitapları Kur'an'ı bu zamana göre en akılcı ve en uygun şekilde yorumladığı için onu okuyanlar, kucaklayıcı bir kişiliğe ve hoşgörülü bir anlayışa sahip oluyorlar. Ne candan eden doktor ne de imandan eden imam yanlışına düşmüyorlar.

Risale-i Nur'u okumak, hâşâ, Kur'an'ı terk etmek değil, terk edilmiş Kur'an'ı kalbe, akla ve dile tesbih yapmaktır. Çünkü *Risale-i Nur* baştan sona kadar ayetlerin tefsiri ve hadislerin yorumudur.

Düşünün ki eczanede satılan ilaçların kaynağı, dünya eczanesindeki bitkiler, hayvanlar, canlı ve cansız unsurlardır.

Şimdi biz eczaneye değil de "ilaçların asılları dağlardaki otlar" diyerek hastalığımıza karşı ot yiyerek şifa arasak ne kadar isabetli bir karar vermiş oluruz? Her insan bitkilerden, otlardan, ilaç yapacak kadar bilgili olmadığı için, ilaç yapma konusunda uzman olan bir insana ihtiyaç duyacaktır.

İşte *Risale-i Nur* da Kur'an eczanesinden alınmış manevî şifa sunan ilaçlardır. Biz Said Nursî'yi ve *Risale-i Nur*'u Kur'an ve İslam için okuyoruz.

Diğer cemaatler ve gruplar da çok güzel ve çok değerli çalışmalar yapıyorlar. Onların da yanında binlerce, yüz binlerce insan istifade ediyor. Ben onlara da hayranım ve hepsini tebrik ediyorum.

Kim vatan ve millet için, iman ve Kur'an için çırpınıyorsa onların elleri ve ayakları öpülür.

Risale-i Nur okumak onlara düşmanlık değil, tam tersine onların hizmetini daha iyi anlayıp dostluk köprüsü kurmaktır.

Ben, karakter yapıma Nur hizmetini daha yakın buldum. Başka birinin mizacı, başka cemaate yatkınsa o da oraya gidip istifadeye çalışmalıdır. Biz böyle insanları bırak engellemek, gitmesi için teşvik ederiz. Çünkü en tehlikeli ve korumasız insan, kendine sığınacak manevî bir liman bulamayandır.

Merakım Hat Safhadaydı

Ben öykünün yarım kalmış kısmını merak ederek araya girdim:

– Sonra ne oldu, dedim devamını isteyerek.

Kaldığı yerden devam etti.

– O seyahat benim bütün duygularımı değiştirmişti. Yıllardır aradığımı, Urfa'nın manevî ikliminde bulmuştum.

O gece rüyama dedem tekrar girdi. Beni küçüklüğümdeki gibi kucağına basıp bıyıklarımı yüzüne sürterek koklamaya başladı.

– Şimdi sana Said ismini niçin verdiğimi anladın mı, dedi.

– Evet, dedeciğim, dedim. Hem de çok iyi anladım.

Ama anlayamadığım bir husus var. Neden beni başka yere değil de buraya davet ettin?

– Evladım, dedi.

Gözlerine baktığımda yaşlar boşalıyordu, konuşmasına devam etti:

– Urfa'da vefat ettiği için, Her Cuma akşamı burada yapılan sohbetlere de manen katılır. Onun için bu sohbetlere ben de geliyorum. Seni buraya çağırdım ki hem seni göreyim hem de Üstadımın içinde bulunduğu, bu feyizli sohbetten sen de istifade edesin. Rabb'ime şükür, onu da Yüce Allah nasip etti.

– Peki, dede, dedim. Ben bundan sonra ne yapacağım? Nasıl bir yol izleyeyim? Kimin sohbetine katılayım?

Dedem, hayatıma kural olacak son nasihatini verdi.

– Evladım, dedi. *Risale-i Nur*'u bulan imanını ve Kur'an'ı bulmuş demektir. Vakit kaybetmeden Kur'an'ı öğrenip kendine virt yapmalısın. Namazlarını ise hiç aksatmayıp tesbihatla kılmalısın. Ondan sonra korkma, Rabb'im seni kendi yolundan ayırmaz.

Bulunduğun yerlerde Üstadın talebelerinden kim varsa onlardan istifade et. Hizmet eden ağabeyler arasında ayrım olmaz. Onların her biri Kur'an'ın işaret taşları gibidir.

Senin yeteneğine hangisi daha yatkınsa, mizacına hangisi uygunsa, kimden daha fazla istifade ediyorsan oraya git. Yeter ki Nur hizmetinden ayrılma.

Uyandım.

Hem rüyadan hem de içinde bulunduğum gafletten büyük bir uyanış oldu bende. Daha sonra İzmir'e geldim. Hoca Efendi'yi ve hizmetini tanıdım. Şimdi açılan okullardan birinde yöneticiyim. Toplumda huzur, birlik ve dirlik, kalplerde İslam ruhunun yeniden oluşması için bir gayretin içindeyiz.

Bol bol okullar, yurtlar, dershaneler ve evler açılmalı. Bu hakikatler bütün dünyaya yayılmalı ki Anadolu'da yanan Kur'an güneşi, bütün âlemi yeniden aydınlatsın, Osmanlı ruhu yeniden dirilsin.

Âdeta kendimden geçmiştim. Mehmet Said Ağabey, yorulmadan, dinmeyen heyecanıyla, dünyayı kucaklayacak bir ruhla beni de coşturup duygularımı şaha kaldırmıştı. Ne yazık ki onun yolu çabuk bitti. Sık sık görüşmek niyetiyle ayrıldığımda hayatıma yeni ufuklar açan bu insanı unutmamaya karar verdim.

Kasabamıza varıncaya kadar da Mehmet Said Ağabey'in, anlattıklarını düşündüm. Bu vatan evlatları, bizden çok şey bekliyordu. Gecemizi gündüzümüze katmalıydık. Yoksa bu memleketi ve bu dini bunca yıkmak isteyenlere karşı mağlup düşerdik.

Hazin Bir Geçmiş

Nihayet memlekete kavuşmuştum. Dedemlerin sokağına gelince yine içime hazin bir duygu çökmüştü. Bir tarafta canım kadar sevdiğim anneme kavuşuyor olmanın tatlı telaşı, öbür taraftan da bebekken beni ve annemi sokak ortasına atan dedem ve babaannemle yeniden karşılaşma tedirginliği...

Hayatımızın kararmasına göz yuman bu iki insanla, babamın bizi çiğneyip geçtiği günden beri, ikinci kez görüşecektik. Ancak ilk görüşmemizde çok küçük olduğum için bir şey hatırlamıyordum.

Bir tarafı yıkılmış eski evin önüne yaklaştığımda, telaşlı davranışlarla bekleşen birkaç kişi gördüm. Bunların içinde Davut Hoca dikkatimi çekti.

Kötü bir şey olduğunu derhâl anlamıştım. Annem! Ya anneme bir şey, olduysa diye bir düşünce yerleşti kafama. "Allah korusun," diyordum. "Annemsiz bir hayatı hayal etmek bile bana dehşet verir."

Kalabalığın içine daldım. "Hoş geldin, Arif!" sesleri sağdan soldan duyulmaya başlamıştı; ama benim kimseyi duyacak direncim kalmamıştı. Zoraki de olsa bazılarıyla selamlaşıp bazılarının da elini sıkarak Davut Hoca'ya ulaştım. Ben onun eline eğilmeden önce bir baba şefkatiyle beni kucakladı, alnımdan öptü.

– Hoş geldin Öğretmen Bey, dedi iltifat dolu ve takdir kokan bir sesle.

– Hocam bu telaş nedir, diye atıldım, kesilmekte olan soluğumla.

Derin bir nefes çekti içinden, sonra da gözlerinin önünde acıklı bir hayat filmi oynuyormuş gibi, başını sallamaya başladı.

– Deden son anlarını yaşıyor. Baban da yoldaymış, onun için bekleşiyoruz.

Benim bir anda rengimin attığını fark eden Davut Hoca, omuzlarımdan tuttu.

– İnsan bu evladım, dedi. Her nefis, ölümü tadacağını bildiği halde, ölmeyeceğini sanır. Bunun için de yaptığı hata yanına kâr kalmaz. İhtiyarlık çöküp eceli ensesinde hissetmeye başlayınca da yaptığı hatayı fark eder; ama bu sefer de tamir için ömür yetmez.

Dedemin içinde bulunduğu durum, Davut Hoca'yı çok etkilemiş olmalı ki ayaküstü bile konuşma ihtiyacı hissetmişti.

Karmakarışık duygularla, bebekken kovulduğum kapıdan yirmi yıl sonra tekrar giriyordum. Basamaklardan ikinci kata çıkarken annemin dayanılmaz acıları canlandı gözümde. Defalarca anlatmıştı kovuluş öyküsünü...

Basamaklarda nasıl yuvarlandığını, avluda nasıl dayaklar yediğini, kapı önünde nasıl yalvarıp kendini yerden yere attığını...

Şimdi o merhametsiz insanlara, merhamet etmek için buradaydı.

Aşağıdaki kalabalık, babamı beklerken ben üst kata annemin yanına çıktım. Beni karşısında görünce gözleri bir anda parladı. Kollarını kuşlar gibi açarak beni sarmaladı.

– Seni Yaradan'a kurban olduğum, gözümün nuru, gözlerimi yolda koydun.

Etrafıma halkalanan hanımlar, anne-oğlun sarmaş dolaş, sevgi yumağı olduklarını görünce çok duygulanmışlardı.

Dedem Yolcuydu

Dedemin yattığı odaya girdiğimde, cami imamı Kur'an okuyordu. Boğazına hırıltılar çökmüş olan dedem ise kendinden geçmiş bir halde yatıyordu. Üzeri örtülmüş, ebedî yolculuğunu bekler gibi bir hali vardı.

Duruşuna hazince baktım. Kendimi de son anlarını yaşayan bir hasta gibi gördüm. İnsan ömrünü düşündüm. Dünyaya gelirken Rabb'im kuluna sormuyordu, alırken de haber vermiyordu. Öyleyse kulluk hesabına hazır mıydık?

Titreten bir andı bu. Eğer ben son nefeslerini alan biri olsaydım, o ebedî yolculuğa çıksaydım acaba o büyük hesaba hazır mıydım?

Hayır!.. Ne yazık ki değildim. Beynime tonlarca ibret darbesi inip kalkıyordu. Meğer hayatımın en büyük meselesi, bu büyük imtihana hazırlanmakmış.

Bu büyük iç hesaplaşmanın cenderesinde, annemin kolumdan çekmesiyle kendime geldim.

Annemi ise babamın heyecanı sarmıştı. Her ne kadar belli etmese de yirmi yıl önce kaybettiği can dostu, yine de hayalini süslüyordu.

Babam gelince kasabanın ileri gelenleri de eve toplanmışlardı. Dedem artık son anlarını yaşıyor, Davut Hoca da gelmiş başında Kur'an okuyor, annem de pervaneler gibi dolanıp hizmet ediyordu.

Kendinden geçmiş bir halde can veren dedem, birden herkesi şaşırtan bir çığlıkla gözlerini hafif aralayıp yalvarmaya başlamıştı.

– Yapma gelinim, kurbanın olayım, yapma. Merhamet et, çok çaresizim bari sen acı. Yeter dayanamıyorum, yapma yeter...

Gelinim dur, ben bu işkenceye dayanamam. Öldür daha iyi gelinim, yapma.

Gelinim!..

Dedemin yüz hatlarında oluşan o müthiş azap, boğuluyormuş gibi boğazına tıkanan soluğu; sağ elini kendine gelen darbelere karşı kendini korumak için siper etmeye çalışması; ne korkunç bir işkenceyle Azrail meleğinin elinde acı çektiğini gösteriyordu.

O anda âdeta herkesin kanı donmuştu. Babaannem bu dayanılmaz çırpınış karşısında salavat getirip Allah'a sığınıyor, Davut Hoca ve eşi ise olup bitenler karşısında kendilerinden geçiyorlardı.

Annem ise bu ürpertici can verişin çığlıkları içinde köşeye büzüşüp kalmıştı.

Bir türlü canı çıkmayan dedem, kafasını sallaya sallaya kendini helak ediyor, gözleri yerinden fırlamış gibi açılıyor, bir nefes çekip rahatlayabilmek için kendi kendini yiyordu.

Davut Hoca, dedemin bir türlü veremediği can karşısında, "Ya Rabb'i, Sen kolaylaştır, ya Rabb'i, Sen rahatlat. Ya Rabb'i,

Sen asan eyle" gibi yalvarışlarla mahzun ve yaşlı bakışlarını, kasabın bıçağı altında kurbanlık gibi çırpınan dedemden ayırmıyordu.

Son Söz

Hele boğazına oturan hırıltılarla söylediği son cümle, herkesin ruhunda fırtınalar koparmıştı:

"Hiç mi umut yok!.."

Gözü dehşetle açılarak başı yana düşmüştü. İnsanın aklını uçuran bu sahne karşısında, titremeye başlayan annemin imdadına Kevser Hanım yetişmişti.

– Korkma kızım, dedi. Bu, Allah'ın adaletidir. Herkesin hesabı yaptıklarına göre olacaktır. Sen affetsen bile Yüce Allah bu zulmü affetmedi.

Davut Hoca:

– İhtimal ki Melek kızım, dedi. Azrail meleği senin suretinde göründü. O yaşadığın zulmün ve çilenin karşılığını zerre zerre alarak gitti. Onun için sana yalvarıp durdu.

Eee, ne demişler; "öyle bir amel işle ki sonunda sana düşman olmasın!"

Babam, dedemin o yürek parçalayan can verişine yetişememişti; ama iki yaşlıyı dışarı atmanın ezikliğini, her haliyle yaşıyordu.

Cenaze defninden sonra Davut Hoca, cenaze evinde, insan, hayat, ölüm ve ahiretle ilgili sohbetler ediyordu. Ele aldığı konular, verdiği örnekler o kadar çarpıcıydı ki babam Davut Hoca'nın sohbetinden çok etkilenmişe benziyordu. Öne eğdiği başını sürekli sallıyordu.

İnsanlara ibret dersi olacak, kendilerine getirecek, ölümün herkesi her an beklediğini, bunun çok acele hazırlık gerektirdiğini hatırlatacak bu konuşma, ortamı, derin bir sessizliğe boğmuştu.

Özellikle de "dünyada yapılan en iyi hayrın, yaşlıların, kimsesizlerin ve çaresizlerin yardımına koşmak ve onların dualarını almak" konusuyla ilgili açıklamalarını, bütün kasabanın diline düşen annemin fedakârlığına getirdi.

– Bu iki yaşlı ve hasta insan, bu virane eve tekrar gelince herkes üzülmüştü. Konu komşu birkaç gün sahip çıktı; ama elden gelen yardım ne karın doyurur ne de dertlere çare olurdu.

Yatağa bağlı bu iki insanın yürekler sızlatan dramına, yıllar önce bu evden kovulan melek ruhlu Melek Hanım yetişti.

"Ne de olsa onlar benim atalarım. Hayatımı zindan etseler bile onların ekmeğini yedim" diyerek çektiği onca çileyi ve azabı bir tarafa koyup yardımına koştu, onları bir çocuk gibi avuttu. Hâlbuki kendisi de hasta ve bakıma muhtaçtı. Bu davranışı bütün kasabayı takdire sevk etti: İşte insanlık budur, işte gerçek Müslümanlık buna denir...

Bir anda gözlerim babama kaydı. Başı önde, yanaklarında yaşlar sıraya dizilmişti. Bu gözyaşı yalnızca bir su değil, tarifsiz bir hatanın pişmanlığı, affedilmez bir ihanetin özrüydü. Oradaki topluluk babamın çocuklar gibi ağlayışını seyrediyordu.

Sözünü sakınmayan, ama her sözü de üslubunca söylemesini bilen Davut Hoca, bu manzara karşısında taşı gediğine koymuştu yine:

– Ağla bakalım Cemal, ağla, dedi. Pırıl pırıl bir günahsızı kovmanın, anne-babayı dışarı atmanın bedeli, ağlamakla ödenseydi bu iş çok kolay olurdu. Bunun bedeli çok ağır, hem öyle ağır ki Cehenneme gitmeden insana cehennem azabını yaşatır.

Babamın Gözyaşları

Bu sözlere dayanamayan babam yerinden fırladı. Davut Hoca'nın ellerine kapandı.

– Ben zordayım hocam, dedi. Ben hata ettim. Ben hayatımı mahvettim. Bana yardım et. Bu yara beni yaşatmaz Hocam, ne olur?

Davut Hoca babamın omuzlarından tuttu, yanına oturttu.

– Ne yazık ki sana güzel şeyler söyleyemeyeceğim, dedi. Baban gitti, onunla helalleşemedin. Annen ise kendinde değil. İhtimal ki onlarla ahirette hesaplaşacaksın; ama evladın ve eski eşin hayatta, bari onları kaçırma.

Babamın toplum içinde daha fazla ezilmesini istemedim.

– Ben helal ettim, dedim. Annem ise dünden helal etti. Eğer etmeseydi gelip o hasta haliyle dedem ve babaanneme çocuğu gibi bakmazdı; ama Rabb'im helal eder mi bilmiyorum.

Babam büsbütün kendinden geçmiş, hıçkırıklara boğulup sarsıla sarsıla ağlıyordu.

– Ben çok kötü bir insanım. Benim yaşamaya hakkım yoktur. Dövün beni, öldürün. Utanıyorum kendimden, nefret ediyorum. Ben insanların hayatını cehenneme çeviren vicdansız ve zalim birisiyim. Ne olur bir şey söyleyin, benim halim ne olacak?

Son cümle, evin içinde herkesi kurşun yemişe çevirmişti. Buz gibi donan halimizle ne yapacağımızı bilemiyorduk.

Bu canlı ibret tablosu, herkesi kendisiyle hesaplaşmaya itmişti. "Eden, bulur!" kuralını bir film gibi yeniden izliyorduk.

Davut Hoca, kendisini helak eden babamı kaldırdı, elini yüzünü yıkattı, tekrar yanına oturtup teselliye başladı.

Dedemin vefatı, babamı çok etkilemişti. Hele ölüm anında yaşananları öğrendiğinde, büsbütün kahrolmuştu.

O gün, yerinden kalkamayan ve zaman zaman bilincini bile yitiren annesini alıp İzmir'e dönecekti; ama o akşam sürpriz bir gelişme oldu.

Eski, tek odalı evimizde annemle yaşanan bu olağandışı hadiseleri yorumlarken bir çocuk kapımızı çaldı.

– Melek Teyze, dedi. Bu akşam Davut Hoca sizi evine davet ediyor.

Bu, bizi çok şaşırtmıştı.

– Hayırdır inşallah, dedi annem bir anda tedirginleşen haliyle...

Davut Hoca, çok önemli bir konu olmadan bizi eve çağırmazdı.

Annemin gerildiğini anladım ve stresini azaltmak için:

– Merak etme anne, dedim. Biz artık yolcu olduğumuz ve görev yerine gideceğimiz için bizi davet ediyor olmalı. Bunu bilmeyecek ne var?

Annemin birbiri ardına yükselen nefes alışverişleri azaldı. Yavaş yavaş kendine geldi; ama benim de içime bir kurt düşmüştü.

Ya babamla ilgili bir mevzu vardı ya da "beni baş göz etme" endişesine düşen Kevser Hanım'ın bir teklifi...

"İnşallah annemin canını sıkacak bir şey olmaz" diye içimden dua etmeye başladım.

Annemin Sevdası

Akşam namazından sonra Davut Hocaların evinin yolunu tutarken içimdeki sıkıntı da gittikçe artıyordu. Sanki bizi derin bir üzüntüye sürükleyecek bir olayın yaklaştığını hissediyordum. Bu endişe veren sinyal, zihnimde ötmeye başlamıştı.

Büyük bir bahçe içine yerleşmiş, tek katlı ahşap evin önüne geldiğimizde nedenini bilemediğim bir korkunun baskısı, kalbimi sıkmaya başlamıştı.

Duruşuyla, davranışıyla, kelimeleri tek tek seçerek insanı içten fetheden konuşmasıyla, gönüllerin dostu Davut Hoca, evine ilk kez geliyormuşuz gibi bizi kapıda karşılamıştı.

Bu onun huyuydu. Büyük, küçük kim olursa olsun, evinin kapısını kim çalarsa çalsın, bir genç çevikliği içinde ayağa kalkar, utandıracak kadar nezaket ve saygı kuralı içinde misafirlerini karşılar, uğurlayana kadar da ayakta bizzat hizmet etmeye çalışırdı.

Yine insanı ezen bir beyefendilikle kapıyı açıp bizi evine aldı.

Dört odalı evin salonuna geçerken duvarlardaki tablolar, evin temizliği, eşyaların tertip ve düzeni derhâl dikkat çekiyordu. Bu evde öyle titiz bir el çalışmıştı ki her şey olması gereken yerde, güzel bir tertip ve düzen içindeydi.

Duvarın bir tarafında yapılmış, büyükçe bir kütüphanenin tüm raflarını kitap doldurmuştu.

Bizi ısrarla başköşeye alıp kendisi de bütün zorlamalara rağmen alt taraftaki bir mindere diz çöktü.

Kevser Hanım ise bir genç kız gibi ev sahipliği adabının bütün incelikleriyle önümüzde eğilip bükülüyordu.

Onları gördükçe imreniyordum; "Allah'ım bunlar ne kadar nezih, ne kadar içten ve ne kadar iyi niyetli insanlar. Zaten bütün kasabalının gönüllerinde taht kurmaları da bu yüzden" diyordum kendi kendime.

Davut Hoca, buna doğal bir davet havası vermek için bizleri rahatlatacak konular açtı, bir müddet sohbet etti. Sonra da dedemin ölüm anındaki hikmetleri ve incelikleri yorumladı. Bundan alınacak ibretleri birer birer sıraladı.

Bu konuya ve tatlı konuşmaların havasına yeni girmişti ki dış kapının büyük çıngırağının sesi, sohbeti yarıda böldü.

– Misafir olmalı, diye yerinden ok gibi fırlayan Davut Hoca kapıya yöneldi.

Biz de aynı endişeleri paylaşıyormuşuz gibi, annemle göz göze geldik. İkimiz de can sıkıcı bir hadiseyle karşılaşacağımızı düşünüyorduk.

Öksürük sesleriyle irkildim yerimden. Bu babamın sesi olmalıydı. "Annem görürse ne yapar?" demeye kalmadan, Davut Hoca'yla içeriye girdiler.

Bu ansızın ortaya düşen bir yıldırımın, saniyeler içinde her şeyi yakıp kül etmesi gibiydi.

O hasta haliyle anam, yerinden bir anda fırlayarak kütüphaneyle kirişin olduğu araya gizlendi. Benzi sararmış, elleri ayakları zangır zangır titriyor, kendini kontrol etmek için bir taraftan dudağını ısırıyor, bir taraftan da parmaklarını kıracak gibi sıkıyordu.

Yirmi yıldan beri, her saniye hayallerini süsleyen, yüreğini bir kor gibi yakan, her an aklının bir tarafında ulaşılmaz bir sevda olarak yer eden babamı, hiç beklemediği bir anda karşısında görünce neye uğradığını şaşırmıştı.

Babam kendisine, hiçbir insanın dayanamayacağı zulmü, işkenceyi ve çaresizliği yaşattığı halde, yine de onu gönül tahtından indirememişti. Hâlâ daha ilk ve tek aşkı olarak ruhunun sımsıcak derinliklerinde saklıyordu onu.

Heyecanından yere düşmek üzere olan annemin kollarından tutup kuytu köşedeki mindere oturttum. Babam ise en az annem kadar duygu yoğunluğu içinde daha uzak bir yer seçti kendine. Bu şekilde birbirlerini görmeleri mümkün değildi.

Usulünce "hal hatır" seremonisinden sonra Davut Hoca söze girdi ortam büsbütün gerginleşmeden.

– Bu buluşma benim de canımı sıkıyor, dedi annemden yana olduğunu belli ederek. Buna gerek olmadığını ısrarla Cemal'e söylediğim halde söz dinletemedim.

Gitmeden önce sizlerle mutlaka görüşmek istedi. Evinize gelse daha yakışıksız olurdu. En iyisi bizim evdi, o yüzden sizi çağırdım buraya. O kadar yalvardı, yakardı ki sizden gizlemek zorunda kaldım bu davetin sebebini.

Bunun için sizden çok özür dilerim. Bunun bir hata olduğunu biliyorum; lakin Cemal'e söz dinletemedim.

Annem yaşadığı gerginlik yüzünden kendinden geçmiş bir haldeydi. Vücudunun titremesi bir türlü durmuyordu. Psikolojisi bir anda allak bullak olmuştu.

Biraz olsun yatıştırmak için kucağıma bastım, mis gibi kokusunu soludum. Benim de kalbim en az onunki kadar çılgınca vuruyor, göğüs kafesimi parçalamak ister gibi kontrolden çıkıyordu.

Kulağına eğilerek:

– Anne ben yanındayım, dedim. Ezilen, pişman olan o olsun. Bizim alnımız ak, başımız dik. Bırak o paniklesin, kahrolsun.

Davut Hoca annemin kontrol edilmez heyecanını görünce gelip yanına oturdu.

– Sakin ol kızım, diye destek verdi. Burada hesaba çekilecek olan o, sen değilsin.

Babam, annemin bu dayanılmaz tedirginliğini görünce büsbütün bıraktı kendini.

Ruhumu Çeken Bir An

Çaresiz bir çocuk gibi yine gözyaşları dökülüverdi babamın. Hıçkırıklarına engel olamayarak:

– Ben hayatımın en büyük hatasını yaptım, dedi. Ben kahrolası, lanet bir insanım. Dünya iyisi bir eşi bırakmak, benim mutluluğumun da sonu oldu. O gün, bugün huzurlu geçen bir saatim olmadı. Geçmişi düşündüğümde, kendime lanetler yağdırıyorum. Size çektirdiklerim ve bunun karşısında sizin anne ve babama yaptıklarınız beni ezdi, geçti.

Buraya sizi üzüp eski yaraları deşmeye gelmedim. Sizden iki şey istiyorum. Birincisi beni affetmeniz, ikincisi de bu hatamı tamir edecek fırsat vermeniz.

Babamın yalvarışları gerçekten iç parçalayıcıydı. Bu her ne kadar pişmanlık gözyaşlarıysa da yaptığı hatanın ne kadar korkunç olduğunu gösteriyordu.

Annemin dünyasında ise başka fırtınalar vardı. Çok sevdiği biri tarafından dışlanmak, suçsuz olmasına rağmen kovulmak, önüne çıkıp ayaklarına kapandığı halde yine de göz ardı edilmek... Bütün bunlardan sonra şimdi gelip af ve özür dilemek...

Elbette ki bu annemin içindeki ateşi söndürmeye yetmezdi; buna rağmen asla içinde düşmanlık ve kin tutmayan annem, yine de çıkıp cevap verecek ve karşısındakini kıracak bir davranış sergilemezdi. Yalnızca dinler ve olanları içine atardı o kadar...

Yine aynı şeyi yapıyordu.

– Benim düşüncem şu, dedi babam sözlerine devam ederek. Size yalnızca af dilemeğe değil, kul köle olmaya geldim. Bundan sonra sizi başımda taşımaya hazırım. Ben her şeyi düşündüm ve ayarladım. Eğer siz de razı olursanız birlikte İzmir'e dönelim.

Belki geçmişin yarasını saramam, ama sizin emrinizde olmak, benim vicdanımı avutur.

Bu beklenmedik teklif karşısında, önce babama baktım. Onun başı önünde, gözlerinin yaşını silmeye çalışıyordu. Sonra da Davut Hoca'ya döndüm. O da tam bir şaşkınlık içinde ne diyeceğini bilemiyordu.

Annem ise bir tufanın önünde, sağa-sola savrulan bir zavallı gibi köşeye sıkışmış, ruhunun feveranı, gözlerinde sellere dönmüştü.

Ortam bir anda sessizleşince annem kendinden beklenmeyen bir çıkış yaptı:

– Dünyada hiçbir şeye değişmeyecek kadar, hatta canından da çok sevdiği Melek'in Cemal'i öldü artık.

Bahçe yolunda ayaklarına kapandığımda beni ve günahsız oğlunu çiğneyip geçince ben de onu dünyamdan çıkarıp attım.

Benim gönlümdeki, bizi kapı önüne koyup bir daha dönüp bakmayan Cemal değildir. Benim Cemal'im, güzel sözlerle, türkülerle ve mektuplarla gönlüme taht kuran ve bir daha çıkmayandır. Bu Cemal bize yeter, başkasını istemem.

Bunca şey yaşandıktan sonra yeni bir yuva kurma gibi bir derdim de yoktur. Ben artık imanımla, Kur'an'ımla yaşıyorum. Benim hayat direncim önce Yüce Allah, sonra da Arif'im. Şunu da bil ki anne, babana da senin için değil, Allah rızası için baktım. Hepinize de hakkımı helal ettim.

Herkesi yüreğinden vuran annemin bu şaşırtıcı sözlerinin ardından, babam deliler gibi yerinden fırlayarak anneme doğru döndü, ayaklarına kapanır gibi başını yere koydu.

– Ben sana layık değilim, diye haykırmaya başladı. Hiçbir zaman da olmadım. Büyük Allah'ım bunun için seni benden aldı. Sen beni kabul etmesen de ben kendimi sana karşı kul, köle sayacağım.

Yürekleri parçalayan bu manzara karşısında, herkes ateşe atılmış gibi hıçkırıyordu. Her hadise karşısında metanetini koruyan Davut Hoca bile ağlamaktan bir hal olmuştu.

O gece evimize döndüğümüzde hâlâ annem kendisine gelememişti. Günlerce de bu olayın tesirinden kurtulamadı.

Altıncı Bölüm

Annem Beni Çok Şaşırtmıştı

Babam, annesini yanına alıp kasabadan ayrılırken bizim evde de başka bir telaş başlamıştı. Artık görev yerimize dönme vakti gelmişti. Tek odalı evimizin önündeki çınar ağacının altında, ikindi çayımızı yudumlarken annem sözü dönüp, dolandırıp benim evliliğime getirmişti. İşi garanti etmek için de önüme bazı mecburiyetler koymaya başlamıştı.

– Gözümün nuru, dedi yüreğinden kopan sözlerle. Şimdi o yol geçmez, kuş uçmaz köyde, ben bu hasta halimle ne yaparım, hiç düşündün mü?

Elimdeki dağ ıhlamurundan bir yudum çektikten sonra annemi kucağıma bastım, yanaklarına sımsıcak bir öpücük kondurdum.

– Bundan sonra sana köle olacağım anne, dedim. Hem artık biraz daha iyisin. Bize yol dayanmaz. Merak etme, oradaki insanlar hasretle bizi bekliyorlar.

Annem endişe dolu bakışlarını önümüzdeki kaynayan çaydanlığa dikerek:

– Ben bir müddet daha kalsam da sen gitsen oğlum. Kötü, eski, virane de olsa evimizden bir türlü ayrılmak istemiyorum.

– Anne hiç olur mu senin burada kalman? Seni kraliçeler gibi yaşatacağım merak etme, diye espri yaptım.

– Yalnız kalmayacağım ki oğlum, dedi.

– Ya kimle, diye merak içinde sordum.

Şefkatle pırıl pırıl yanan bakışlarını bana dikti, tatlı bir gülücük yolladı endişemi dağıtmak için.

– Seni evlendirip ben gelinimle birkaç ay daha burada kalayım, diyorum. Sen de fırsat buldukça yanımıza gelirsin. Yoksa o köyde ailece zor günler yaşarız oğlum. Hem bu şekilde doktorun bana vermiş olduğu altı aylık tedavi de kesilmemiş olur.

– Anne şakanın sırası mı, diyerek çocuksu davranışlarla tekrar annemi sarıp sarmaladım.

– Dur, oğlum dur, diye atladı. Şaka falan değil. Biz bunu Davut Hoca'yla konuştuk bile...

"Davut Hoca" sözü, sanki çıkıp geliyormuş gibi kendimi toparlamama sebep olmuştu. Annemin kollarından tuttum.

– Ciddi misin anne, dedim.

– Oğlum ben sana hiç yalan söyledim mi?

– Anne bu konu çok önemli. Haydi demekle olur mu? Hem benim kafamda henüz bu mesele olgunlaşmış değil. Daha çok erken benim için...

– Oğlum görüyorsun ki hastalıkla boğuşuyorum. Bu ömrün ne zaman biteceği belli değil. Benim tek bir hayalim var, senin mürüvvetini görmek ve torunumu kucağıma basmak.

Sana da çok münasip bir talipli bulunca kaçırmayalım, dedik.

Hayretim gittikçe artıyordu.

– Yani her şey bitti de ben en son mu duyuyorum?

Beni yeniden kucağına bastı, kundaktaki bebeği gibi...

Şakayla karışık:

– Aynen öyle, dedi.

Önümdeki ıhlamur bardağından bir yudum daha çektikten sonra:

– Kim olduğunu merak etmiyor musun oğlum?

– Anne, kafamı allak bullak ettin, hiçbir şey düşünemiyorum şimdi...

İş Çok Ciddiydi

Daha biz kendi aramızda bu konunun yorumunu yaparken Davut Hoca ve eşinin çıkıp gelmesi, işin ciddiyetini gösteriyordu.

Annemin evin önündeki çınar ağacının altına minderleri serip yastıkları dizmesi ve bir çaydanlık dolusu ıhlamuru da kaynatması boşuna değilmiş.

Bir saatten beri gözü yolda, önemli bir misafir gözlüyormuş gibi bakıyordu. Meğer Davut Hocaları bekliyormuş.

Hayatımın en kritik anlarında hep yanımızda bulunan ve bize bir baba gibi destek olan Davut Hoca yine imdadımıza gelmişti.

Eşiyle birlikte minderlere yerleştikten sonra sanki her şeyi duymuş gibi söze girdi:

– Evladım, dedi bana dönerek. Annen doğru söylüyor. Evlenmek çok ciddi bir konu, münasip birini bulunca acele etmek lazım.

Düğünü yapın, annenin tedavisi bitene kadar burada birlikte kalsınlar. Sen merak etme, biz onlara göz kulak oluruz. Sen de fırsat buldukça gelirsin.

Annen biraz düzelirse sonra birlikte gidersiniz. Ben büsbütün şaşırmıştım. Hiç aklımda olmayan bir konu son hızla önüme sürülmüştü, bu yüzden de sersemlemiştim.

İmdadıma derhâl Kevser Hanım yetişti.

– Ben tavsiye ettim çocuğum, dedi. Dünya iyisi bir hanımefendi... Tam Melek kızıma yakışan bir gelin olur.

Benim hayretimin hat safhaya ulaştığını anlayan annem araya girdi.

– Seyfi Amca'nın kızı Nur'dan bahsediyoruz oğlum.

Nur ismi, beynime şimşek gibi girmişti. Ben İlköğretmen Okulu'nu, o da İmam Hatip Lisesi'ni bitirmişti. Sağ-sol çekişmesinden dolayı, kazandığı Hukuk Fakültesi'ne gidememişti.

Kasabada Kur'an Kursu hocasının yükünü hafifletmek için ortaokul ve lise öğrencilerine Kur'an dersi veriyor, haftanın belli günlerinde de *Risale-i Nur* sohbetleri düzenliyordu.

Varlıklı bir ailenin kızı olması, bana denk olup olmayacağı konusunu aklıma getirdi. İlk düşündüğüm buydu.

Hasta annesiyle, ilkokul öğretmeni olarak köy köy gezen bir garibana, tanınmış bir ailenin kızı, ne kadar layık görülebilirdi.

Daha da önemlisi aklımdan ve kalbimden söküp atmadığım Hasret ne olacaktı? Nur'la evlensem bile, Hasret'e olan duygularım, Nur Hanım'la arama giren bir problem olur muydu?

Darmadağın olmuştu düşüncelerim, çözülmez bir bilmecenin içine düşmüş gibiydim. Davut Hoca'nın sesiyle kendime gelmiştim.

– Evladım, dedi. Biliyorsun ki Peygamber'imiz eş seçimiyle ilgili doyurucu bir öneri sunmuştur.

Bir kız, üç sebepten dolayı tercih edilir: Dini, güzelliği veya zenginliği...

Elbette ki üçünün de bir arada olması tercih sebebidir. Ancak Peygamber'imiz bu üç neden içinde dindar ve iyi huylu olanları tercih etmemizi beyan eder.

Şu anda konuşulan gelin adayı Nur kızımızda üçü de bulunmakta; ama en fazla bilinen yönü ise Allah'a olan imanı ve teslimiyeti...

Biz de iznin olursa senin adına gidip babasıyla konuşup niyetimizi açıklayacağız. Kevser Hanım, Nur kızımızla bir ön görüşme yapmış, onun da rızası var.

İstersen şimdi, istersen de fazla uzatmadan bir karar ver; gitmeden düğününü yapalım.

O kadar şaşkındım ki o hayretle şu cümleler döküldü dilimden:

– Hocam hiçbir maddî ve manevî hazırlığım yok...

– Kolay evladım kolay, dedi Davut Hoca güngörmüş bir edayla. Sen manen hazır ol, yeter. Maddî tarafı hallolur. Ne demişler: "Yetimin yuvasını Allah yapar!"

Kafam çok karışmıştı: Nur mu, Hasret mi?

Hayatımızı, kültürümüzü ve inancımızı en iyi bilen ve bu şartlara en uygun gözüken Nur Hanım'dı. Hasret ise rahat bir hayatın imkânlarıyla büyümüş, dünyası ve kültürü farklı, bizim yaşam anlayışımızdan uzak biriydi; fakat bana karşı sönmeyen bir ilgisi vardı. Ama benden kendisine ümit veren bir söz çıkmamıştı. Bu tamamen içimde sakladığım bir duyguydu o kadar.

Nasıl çıkacaktım bu işin içinden?

– Hocam bana biraz izin verebilirseniz kendi içimde bir karara varayım, dedim. Mesele çok ani oldu. Daha önce böyle bir şeyi düşünmüyordum.

– Tabii evladım, dedi. Doğrusu da budur zaten.

Neyi olgunlaştıracaktım? Bu problemi nasıl çözecektim? Kararımı neye göre verecektim?

Hayatımı bir anda ters yüz eden bu konu, paslı bir çivi gibi beynime saplanmıştı. O gece sabaha kadar seccademin başında Rabb'ime el açtım, dua ettim. Dünya ve ahiret için en hayırlısını istedim.

Bir gün sonra bir bahaneyle Hasret'i aradım... Niyetim son kez bana olan ciddiyetini test etmekti. Eğer ayrılması mümkün olmayan bir hava içinde görürsem evlenme işini zamana bırakacaktım. Yoksa Davut Hoca'nın teklifine "evet" diyecektim.

Telefona annesi çıktı. İzmir otogarında benden göremediği umut nedeniyle veya daha iyi bir damat hayali içinde bulunuyor olmasından dolayı soğuk bir davranış sergiledi.

"Hasret arkadaşlarına gitti..." diyerek telefonu yüzüme kapattı.

Belki Hasret tekrar beni arar diye tam iki gün bekledim; ama ses çıkmadı. Ya annesi söylemedi ya da beni defterinden sildiği için gerek görmedi. Ben de zaten gerçekleşmesi mümkün gözükmeyen bu hayal sayfasını tamamen kapattım.

Düğünden Sonra Gelen Haber

Evlendim... Rabb'im annemin halis duaları ve iyi niyeti hürmetine, bana dünya hanımefendisi, melek kalpli bir hayat arkadaşı nasip etti. Bu benim hayatımın en büyük zenginliği ve mutluluğuydu.

Düğünümün ikinci gününde kasabanın PTT görevlisi bana acil haber göndermişti; telefonun var, diye...

Arayanın Hasret olduğunu öğrenince gitmedim. Artık ben evli bir erkek, adı gibi yüreği de nur dolu bir hanımın eşiydim.

Artık Yüce Allah bana yeni bir dünya açmıştı. Kiraya tuttuğum ve eşyalarını da borçla aldığım yeni eve, annem ve Nur'u bırakarak yeniden yollara düşmüştüm. Annemin tedavisi için bu ayrılığa katlanmam gerekiyordu.

Nur, "Anneni sakın merak etme," demişti. "Ben onun hem gelini hem de arkadaşı olurum. Ona hizmet etmek, benim en büyük ibadetim olacaktır. Asla gözün arkada kalmasın."

Çok rahatlamıştım.

Nur'un hayatıma getirdiği yepyeni, pırıl pırıl dünyadan ayrılmak kolay olmamıştı. Sırtımda çullanan sorumluluklar bu sefer daha da fazlaydı.

Yollara Düşmüştüm

Tozlu yollar, yalçın dağlar, korku saçan dereler ve gariban çocuklar beni bekliyordu. Bu gidiş, kanlı bir törenle karşılandığım ilk seferden daha kolay olmuştu. Bekleyecek vaktim yoktu; çünkü yapılacak çok iş vardı.

İşe, bir ahırı sınıf yapmakla başladım. Hiç okuma yazma bilmeyen köylüye, bunun önemini anlattım aylarca. Onlarla sıkı bir yakınlığa girmek için önemli zamanlarda yanlarında bulundum: sünnetlerde, düğünlerde, cenaze ve camide... İmece işlerde kazma salladım, küskünlerin arasına girdim. Önce bana inanmaları gerekiyordu.

O yıl, tam yirmi yedi öğrenciyi okula kaydettim. Köylüyle aramızdaki samimi dostluk içimi ısındırıyor ve zihnimi aydınlatıyordu.

Ama sömestir tatilinde iki hasretlinin yanında yalnızca on gün kalabilmiştim. Eşimin anneme olan ilgisi, evimizi dünya cennetine çevirmişti. Hele beklediğimiz bir erkek evlat haberi beni mutluluktan uçurmuştu.

Karalı Haber

Köye geleli tam yedi ay olmuştu. Çok önemli bir safha olan, "çözümleme" döneminde gelmiştim. İşin en zevkli ve en tatlı anları öğrencilerin başarılarını görmekti. Yirmi gün veya bir ay sonra öğrencilerimin yirmi tanesi okumuş ve yazmış olacaklardı. Bunlar ise Yamaç Başı Köyü'nün ilk okur-yazarları olarak tarihe geçeceklerdi.

– Hoca, diye seslendi dışarıdaki kalın sesli adam. Telgrafın var.

İçime "küt" diye bir korku düşmüştü. Hemen kapıya atıldım. Kapıyı acele açtım. Muhtar, elindeki kâğıt parçasını burnuma kadar kaldırarak:

– Telgraf, dedi tekrar. Şehre inmiştim bugün. Postacı verdi. Aceleymiş.

Daha kâğıda uzanmadan, bir ateş kıvılcımı düştü içime. Göz kapaklarım bir batman ağırlaştı, bacaklarım fersiz, mecalsiz kaldı, olduğum yere çöktüm.

Muhtar üzerime endişeyle eğildi.

– Hoca, ne oldu sana?

Derin bir nefes çıktı içimden yakıcı ve keskin.

– Bir şey yok, dedim. Sen şu telgrafı ver.

Bir solukta okudum. Telgrafta şöyle yazıyordu:

Eşin erken doğum yaptı, beş gündür hastanede. Doktorlar Allah'tan ümit kesilmez, diyorlar. Eğer çok zor şartlarda değilsen bekliyoruz. Annen

Bir şimşek geldi havadan. Saçlarımdan girerek beynimi avuçladı ve sıktı. Gözlerim karardı, müthiş bir kulak çınlaması duyuyordum. Çok uzaklarda belirsiz bir ışık... Yol, iz kayboldu. Bayılmışım...

Bir öğretmenlik hevesi, bir okul, bir öğrenci sevdası... Ardından gelen bunca bunaltıcı, ezici olay...

Herhâlde bunların hepsi birer imtihandı. Demek, benim hayattaki sınavlarım daha bitmemişti. Lakin bu okulun dersleri çok ağırdı, kaldıramıyordum, eziliyordum. Allah'ıma yalvardım:

"Yardım et, ya Rab!"

Yine sabah olmuştu. Dışarıda tertemiz, aydınlık bir hava vardı; fakat benim içim kapkaraydı. Zihnimde dans eden binlerce kesik, kopuk resim vardı, hiçbiri bütün oluşturmuyordu. Bölük pörçük kelimeler, yan yana gelip sıraya dizilmiyor, paragraf olmuyordu.

İçimi kavuran, pişiren ve parçalayan bir evlat acısıyla karşı karşıyaydım. Hayatı henüz ezberlememiş, içindeki gurbetle başa çıkamamış, tecrübesiz, gencecik bir babaya çoktu...

Rabb'ime dua edip yalvarmaktan başka elimden bir şey gelmezdi. Sürekli olarak "Allah'ım yardım et!" diye niyaz ediyordum. Bu düşüncelerle okulun bahçesinde dolanırken:

– Öğretmenim, yardım et, diye bir ses duydum.

Baktım ki okulun önündeki badem ağacına, Said ismindeki öğrencim tırmanmış, düşmek üzere; çırpınıyordu.

Koştum, kurtardım onu.

Her zamanki gibi o siyah masum gözleri, buğulu ve nemliydi. Duygulu bir çocuktu Said.

– Doğru mu öğretmenim? Bu köyden gideceğinizi söylüyorlar.

İçini çekti, gözlerine dolup gelen yaşları minicik elleriyle sildi.

Öyle zor bir andır ki bir öğretmen için. Çünkü öğrencileri de kendi evladı gibi değerlidir bir öğretmene.

Eskilere ta okulun ilk açıldığı güne gitti hayalim.

Babasıyla birlikte gelmişti Said. Esmer, yuvarlak yüzlü, iri, tatlı bakışları, çekingen ve mahcup bir edası vardı. Elindeki küçücük çantayı sıkı sıkıya tutmuş, bir hayat boyu sürecek olan değerli bir emaneti saklıyormuş gibi ciddi ve sadıktı.

– Size emanet bu yavrucak, demişti babası. Yalnız biraz nazlıdır. Malum, annesiz büyüdü. Biz de bu kadarcık anne olabildik. Kusur işlerse kusuruna bakmayasın.

İlk günden beri çok sevmiştim. Hemen de kendisini belli etti, sivrildi. Davranışları, şaşılacak derecede olgundu. Yaşından daha büyük bir tutum sergiliyordu. Ayrılmak istemezdi yanımdan. Evin eksiğini benden daha iyi takip eder, yardımcı olmak isterdi. Annesini küçük yaşta kaybettiği için müthiş bir anne özlemi içindeydi. Bana sürekli olarak ölüm, ahiret, Cennet ve tekrar kavuşma gibi yaşının çok üstünde sorular sorardı. Ben de anlayacağı bir şekilde anlatırdım. Bir ahiretin olduğunu, herkesin sevdiklerine kavuşacağını, Cennette devamlı birlikte olunacağını ifade ettiğimde gözlerinin içi parlar ve büyük bir hazla dinlerdi bu hususları.

Benden kopmak istemeyen Said ve diğer yirmi yedi çocuk cevap bekliyordu. Peki, ben ne diyecektim?

Bu Sorumluluğu Kaldıramam

Kararımı vermeliydim. Bir an önce koşup ölmek üzere olan yavruma kavuşmayı, onu doya doya kucağıma basarak minicik yanaklarından öpmeyi çok istiyordum. Bu hasretin yakıcılığı başka türlü diner miydi? Hiç değilse ölüsüne, cenazesine yetişirdim. Anamın, eşimin yüreğindeki acıyı bir derece dindirir, o anda aralarında bulunurdum. Bunu istemek yanlış mıydı?

Hayır, tabii ki doğruydu; ancak o yirmi yedi öğrencinin istikbali ne olacaktı? Bir köy hayatının cehalet karanlığı içinde, yanmak üzere olan yirmi yedi mum. Üstelik bir an bile ihmale gelmeyecek bir dönemdeydiler. Ölmek üzere olan bir çocuk uğruna, yirmi yedi çocuğu cehalete atmak, istikballerini söndürmek doğru olur muydu?

Bir hesaplaşma başlamıştı içimde. Hislerle gerçeğin, mantıkla hasretin boğuşmasıydı. Bir türlü içinden çıkamıyordum, bunalmıştım. Doğrular; eğri, kırık çizgiler arasında kaybolmuş, seçip temizlemekte güçlük çekiyordum.

Kararımı verdiğim sabah, kırık aynamın karşısına geçtim, nemlenen gözlerimi sildim ve elbisemi giyip tek odalı evimin önüne çıktım. Az ilerde, toprak okulun önünde toplanmış öğrencilerime doğru yürüdüm.

"Tek çocuğa karşı, yirmi yedi çocuk" dedim. "Evlat hasretinin içimi yakışına katlanırım. Lakin bunca öğrencinin vicdan azabına asla..."

Sınıfa girdim, gözlerime dolup gelen yaşları göstermek istemiyordum.

O kadar öğrencinin vebalini üzerimde taşıyamazdım, bunun için de kalma kararı aldım. Çünkü o yirmi yedi çocuk da benim çocuğumdu. Bir çocuk uğruna bunları terk edemezdim.

Eşim ve annem, akraba ve dostların yardımıyla kendilerini toparlamışlardı.

İki Yıl Dolunca

Burada artık görevimi tamamlamıştım, tam iki yıl geçmişti aradan. Tek odalı evime son kez bakıyordum. İki yılda neler yaşanmıştı bu odada diye düşündüm.

Köylüye ve öğrencilere okuma sevdasıyla ilgili verdiğim mücadeleden sonunda mutlu sona ulaştığımı, iki sene sonra köyden ayrılırken anlamıştım.

Okuttuğum bütün öğrenciler; camide, düğünde, bayramlarda her an birlikte olduğum köylüler, beni uğurlamak için köy meydanında toplanmışlardı.

Bu sevgi selinin ortasında hayatımın en mutlu anını yaşıyordum. Öyle ki herkesle tek tek vedalaşırken gözyaşlarım sellere dönmüştü.

Anadolu'nun vefalı insanlarının misafirlerini, öz evlatları gibi karşıladığını ve öz evlatları gibi uğurladığına bir kez daha şahit oluyordum. Bu beni öylesine etkilemişti ki çocuklar gibi hıçkırıyordum. Sanki arkamda ebediyen mahsun bıraktığım annem ve eşim varmış gibi geliyordu, onlardan ayrılmak kalbimi köz gibi yakmıştı.

"Sarı Yılan"

Hele bir sahne vardı ki buna yürek dayanmazdı. Köyde herkesin tanıdığı, şerrinden ve belasından herkesin korktuğu, her günü olayla geçen ve halkın "Sarı Yılan" olarak bildiği Ahmet, koşarak gelip ellerime sarılmıştı.

"Hocam, ne olursunuz gitmeyin," diye ağlamaya başladı. "Ne olursunuz Hocam. Ben sizin yardımlarınızla adam oldum. Beni koruyup kolladınız. Siz giderseniz yine bana hor bakarlar."

Boyu benden uzun, şirin bir simaya sahip olan Ahmet, terk edilmiş yetimler gibi kıyametler koparıyordu.

Bu manzaraya nasıl dayanacaktım?

Ahmet!..

Nasıl unuturdum o ilk karşılaştığımız günü... Evden bozma bir yeri tek sınıf haline getirip ilk öğrencilerimi kaydederken okuldan uzak kalmamak için oraya bitişik bir oda yapmıştım kendime. Köylünün verdiği eski bir kilim ve yataktan başka bir şeyim yoktu. Bir tabak, bir kaşık, bir de tava tek odalı köşkümün mutfak gereçleriydi. Tahtadan yaptığım bir masada da çalışmalarımı yürütüyordum.

Bir akşam, muhtar, yemeğe davet etmişti. Geç vakte kadar köylülerle sohbet etmiştik. Gece saat 24'e doğru evime döndüğümde ne göreyim, oda birbirine karışmış, yatak ve döşek sökülüp içindeki yünler dışarı çıkmış, üç-beş parça giysi de yerlere saçılmıştı.

Sonra yaptığım araştırmada köyün baş belası haline gelen "Sarı Yılan" lakaplı bir çocuğun bu işi yaptığını öğrendim. Para bulmak niyetiyle her şeyi birbirine katmıştı.

Muhtarın çok ısrar etmesine rağmen Ahmet'e resmî bir işlem yaptırmamıştım. Çünkü Ahmet'in hayatı yürekler acısıydı.

Annesi küçük yaşta ölen Ahmet, çok fakir ve mağdur bir evde üvey annesiyle büyümüştü, buna büyümek denirse...

Ahmet'i istemeyen analığı her türlü yanlışı ve kötülüğü Ahmet'in sırtına yükleyerek cahil babaya her akşam acımasızca dövdürmüştü. Ahmet yaşadığı bu tarifsiz acı içinde aklını kaybetmiş gibi herkese ve her şeye kötü gözle bakmaya başlamıştı. Bu yüzden de işlemediği suç kalmamıştı. Defalarca hapis yatıp yine köye gelmişti. Tabii artık köylü de Ahmet'in şerrinden korkar olmuştu.

Çalmadığı şey, dövmediği genç, yolunu kesmediği insan, korkutmadığı bir Allah'ın kulu yoktu.

Sevgisiz, korumasız ve istenmeyen bir çocuk olarak büyüyen Ahmet, geleceğin acımasız bir gangsteri olarak büyümüştü.

Kuvvetli vücudu, her an yanında taşıdığı bıçak ve silahıyla herkese meydan okuyordu. Kaldığı yer ise köyün dışında bir samanlıktı. İşte benim evime girip eşyaları darmadağın eden Ahmet buydu.

Birkaç kez yolda karşılaştık. Hiçbir şey olmamış gibi selam verip geçmiştim; ama Ahmet yüzüme bakmadan savuşup gitmişti.

İşte o gün tam köşede burun buruna gelince kolundan tuttum.

Bir anda irkildi, canını alacakmışım gibi gözlerini sonuna kadar açarak dişlerini sıktı.

– Ahmet nasılsın, dedim samimi bir dost edasıyla.

Başını çevirdi, cevap vermedi.

– Seni yemeğe çağırmak istiyorum, karşılaştığımız iyi oldu, akşam seni bekliyorum, dedim. Oturup şöyle dertleşiriz seninle.

İri ve kara gözlerini sağa sola oynatarak içimden geçenleri okuyan bir psikolog edasıyla bana çevirdi. Oldukça sert bir ses tonuyla:

– Neden?

Rahatlatmak için elimi omzuna koydum.

– Neden olacak, dedim. Çok basit. Sen de yalnız yaşıyorsun ben de... İkimizin de gideceği bir yer yok.

Ya beni sen çağır ya da benim davetimi kabul et.

Çok şaşırdı. Sanki Türkçe bilmiyor da anlattıklarımı anlamamış gibi öyle alık alık yüzüme bakıyordu.

Ellerini elimden kurtarıp hızlıca döndü:

– Ahmet akşama bekliyorum, dedim. Beni kırmazsan çok sevinirim.

Gitti.

Köy hayatı horlanmakla, hırpalanmakla ve aşağılanmakla geçen Ahmet, bu samimiyete hiç alışkın değildi. Bunun için de söylediklerime bir anlam verememişti.

Ümidimi kesmiştim. Akşam kendime mütevazı bir sofra hazırladım. Bir şeyler atıştırmaya henüz başlamıştım ki küçük pencerenin önünde Ahmet'in kafasını gördüm. Gelmişti. Fakat içeriye girmeye cesaret edemiyordu. Dışarı fırladım, kapı önünde karşılaştık.

O kadar ürkek ve tedirgin bir hali vardı ki elleri titriyordu. Belki de hayatında ilk kez birileri kendisini adam yerine koyarak evine davet etmişti.

Tuttum kolundan, içeriye çektim.

– Beni çok sevindirdin, dedim. Geleceğini tahmin etmemiştim. Sen çok mert bir gençsin. Seninle arkadaş olmak beni çok mutlu edecek.

Karşıma oturttum. Olmadık yanlışlara ve günahlara bulaşan bu sert görünümlü yüzün arkasında, temiz bir ruhun yattığı ayan meyan görülüyordu.

Aşağı yukarı aynı yaşıtlardaki iki insan olarak sofranın başına kurulmuştuk. Bir kaşığım olduğu için onu Ahmet'e verdim.

– Ben çatalla da idare ederim, dedim. Haydi, buyur başlayalım.

Hâlâ bu işte bir tezgâh arayan bakışlarıyla, beni süzmeye ve taramaya devam ediyordu.

– Ben yemek yemeye gelmedim, dedi.

– Olur mu, dedim. Ben senin için yaptım bu kadar pilavı.

Kafasındaki endişe bir anda dökülüverdi:

– Beni karakola şikâyet etmeyecek misin?

Çok şaşırmıştım.

– Niye edeyim ki? Seni şikâyet etmemi gerektirecek bir şey mi yaptın?

Bakışlarını önüne eğdi, bir cevap vermeden elindeki kaşıkla pilava uzandı.

İşte dostluğumuz da o günden sonra başladı.

Bir taraftan muhtar, öbür yandan ileri gelen köylülerin, "aman hocam, kendine dikkat et, Ahmet'e güvenme!" yönündeki ikazlarını dinlemedim.

Tam bir kış boyunca Ahmet'le birlikte olduk. Aramızdaki dostluk o kadar kuvvetlenmişti ki bana anlatmadığı bir anısı kalmamıştı.

Bütün bu yanlış hayat öyküsü aslında sevgisizlik ve ilgisizlikten dolayı oluşmuştu. Ben de yetim büyüdüğüm için Ahmet'i çok iyi anlıyordum.

Onunla uzun kış gecelerinde okuma yazma öğrendik, kitap okuma saatlerimiz oldu.

O kadar yetenekli bir gençti ki konuları çok çabuk kavrıyordu. Hele Kur'an-ı Kerim'i çok kısa sürede öğrenmişti. Okullar kapanınca da Ahmet'e bir ilkokul diploması vermiştik.

Hele o Cuma gecesini hiç unutamam.

Karın aralıksız yağdığı bir geceydi. Âdeta gökten yağan rahmet, kerpiç duvardan yapılmış küçük odamıza da manevî bir hava getirmişti. O gece geç vakte kadar Ahmet'in merak ettiği konuları konuşmuştuk.

Vefat eden annesinin kabrindeki hali, ahiret âlemi, Allah'ı seven ve O'na kulluk eden insanlar ile isyan edenlerin durumu ve daha birçok husus sohbetimizin konusu olmuştu. Ahmet ise bunları o kadar dikkatli bir şekilde dinliyordu ki sanki karşımda taş kesilmiş, nefes almadan merak ettiği konulara kilitlenmişti.

Çocukluğunu ve ergenliğini bir türlü yaşayamamış olan Ahmet, hayat ve ahiret hakkında da hiçbir bilgisi olmayan bir gençti. Onun için bu konular dikkatini çekiyor, pür dikkat odaklanıyor, bir kelimesini bile zayi etmiyordu.

O gece kar kapıya dayanmıştı ne çıkmak ne de o fırtınada bir yere gitmek mümkündü.

Teneke soba, cılız ısıyla da olsa bizi üşütmüyordu. Belki de manevî atmosfer yüreklerimizi ısıttığı için soğuğu hissetmiyorduk.

– Ben artık gitmeliyim Hocam, diye izin isteyip ayağa kalkınca durumun vahim olduğunu gördüm.

– Bu havada iki adım bile atılmaz, bugün burada kal, dedim. Her ne kadar yatağım yoksa da kilimle, yastıkla bir yatak daha yaparız.

Önce karşı çıksa da havanın durumuna bakarak razı oldu.

– Vakit geçti, dedim. Sen şöyle otur, ben yatsı namazını kılayım; sonra yatarız.

Köşeye masumca çekildi. O kadar kendi içine gömülmüş bir hali vardı ki o kıyametler koparan Ahmet'ten eser yoktu.

Belli ki hiç görmediği annesi ruhunda öyle bir hasret duygusu oluşturmuştu ki soruları sürekli bu konuya dönük olmuştu.

Ahirette annesine kavuşacağı, onunla ebedî bir hayatta beraber olacakları hususundan çok etkilenmişti.

O Anı Nasıl Unuturdum

Namaz boyunca beni süzmüştü gözaltından. Namazımı bitirdiğimde kendisi bile farkında olmadan bir soru sordu:

– Demek Allah kötülere ceza, iyilere ödül verecek?

Belli ki bu kural, hayatının bir dökümü ve hesabıymış gibi çok etkilemişti onu.

O gece Ahmet'i evde misafir ettim. Ne kadar ısrar ettiysem de kilime sarılıp yatmayı tercih etti. Sonra anladım ki kaldığı samanlıkta samanların üstüne uzanıp bir kilimle yatarmış zavallı... Bu durum içimi yakmıştı.

İmam Efendi'nin ezan sesiyle benden önce uyanmıştı.

– Hocam, anamı gördüm, dedi heyecan içinde...

– Hayırdır Ahmet, dedim. Gece çok konuştuk, demek rüyana girdi. Anlat bakalım, nasıl gördün?

Yine diz çöktü, uykulu gözlerini ovuşturdu. O sahneyi tekrar yaşıyormuş gibi derin derin nefes almaya başladı.

"Oğlum, ben namaz kılmadan geldim" dedi. "Şimdi azap çekiyorum. Aman namazını kıl, iyilik et bana, hayır işle ki kabir azabım azalsın."

Tir tir titriyordu.

– Şimdi annem azap mı çekiyor hocam, diye iri gözlerinden yaşlar sızmaya başladı.

Ahmet'in dönüşü ise böyle başlamıştı. Ondan sonra hiç ayrılmadı huzur-u İlahî'den... Görenleri şaşırtan bir şekilde evle cami arasında bir hayat geçiriyordu.

İşte köydeki veda anında beni çocuklar gibi ağlatan Ahmet buydu.

Köyden ayrıldım; ama Ahmet'i asla unutamadım.

"Beni de götür Hocam" diye ardımdan gözyaşı döken Ahmet'i, daha sonra şehirde bir inşaat firmasında işe koyduk.

İlk Kitabım

Tayinim büyükçe bir ilçeye çıktı. Buraya eşimi ve annemi de getirdim. Artık üçümüz bir aradaydık; hasreti, elemi ve kederi geride bırakmıştık.

Rabb'im bize iki çocuk nasip etti. Büyüğü kız, adı Hasret; küçüğü ise erkek, onun da ismi Cemal'di.

Hasret'in adını eşim istedi. Çünkü kendisine İslamî duyarlılığı kazandıran saygı duyduğu bir öğretmeninin adıymış; ama bu adın okul arkadaşım Hasret'le örtüştüğünden haberi yoktu.

Oğlumun adı ise annemin gizli isteği olan babamın ismiydi.

İlk kitabım basılıp elime ulaştığı gün, oğlum dünyaya gelmişti. Bu benim için büyük bir müjdeydi. Oğlumu kucağıma basıp babasızlık hasretimi bir anda gidermek ister gibi defalarca kokladım onu. Kitabım da ilk kez bir eser görüyormuşum gibi bir türlü elimden düşmüyordu.

Yıllardır her akşam düzenli olarak yazma alışkanlığım nihayet meyvesini vermişti.

"Her akşam eve gidince o gün yaşadığım önemli olayları yaz ve yorumla..." demişti ortaokul müdürüm ve Türkçe öğretmenim. "Belki de bir gün yazar olursun..." diye de yüreklendirmişlerdi beni.

Beni Ateşleyen Adam

İşte yılların çalışması ilk sonucunu vermişti, kısa zamanda tavsiye edilen ve oldukça ilgi uyandıran bir kitap haline geldi.

Meslek hayatımda hızla ilerliyordum; önce Okul Müdürü, sonra Şube Müdürü, ardından da Millî Eğitim Müdürü olmuştum.

Yazı çalışmalarım da aralıksız sürerek kitaplarımın sayısı ona yükselmişti.

Hayalimden bile geçmeyen Millî Eğitim Müdürlüğü makamına oturduğumda, parasızlık yüzünden okula gidemediğim günler aklıma geldi. Kendimi tutamayarak gözyaşlarına boğulmuştum.

"Rabb'im, başımı döndürme. Hayırlı hizmetlere vesile kıl" diye yalvardım.

Kısa sürede bakanlık ve yayın dünyasında tanınmıştım; ama içimde bitmeyen bir özlem vardı. O da kazanıp da okuyamadığım bir üniversiteyi bitirmek.

Benimle birlikte mezun olan arkadaşlarım, ülkenin önemli yerlerinde görev almışlardı. Ben ise okulun en iyisi olmama rağmen ilkokul öğretmeni olarak göreve başlamıştım.

O günlerde görevimle ilgili bir hizmet içi eğitime katılmıştım. Bakanlıktan gelen bir daire başkanı bize ders veriyordu.

Ders esnasında bir konu üzerinde tartışma oldu. Ben daire başkanının aksine olaya başka bir açıdan bakmıştım. Bu yaklaşıma çok kızan daire başkanı, bütün arkadaşların huzurunda:

– Ne konuşup duruyorsun karşımda, diyerek bir ağız dolusu hakaret yağdırdı.

Ben yüksek lisans yapmış bir adamım, sen ise sıradan bir ilkokul öğretmenisin. Kiminle konuştuğunu bil ve haddini aşma, diye arkadaşların huzurunda beni beş paralık etmişti.

Bu olay, dünyamı darmadağın etmişti. Sınıfta arkadaşların huzurunda âdeta erimiş, çok mahcup olmuştum. Öyle ki dışarı kendimi zor atmıştım. Bir kere daha şu acı gerçek kafama bir tokmak gibi inmişti:

"Demek ki insanlar, insanlara unvanlarıyla, makamlarıyla ve diplomalarıyla değer verip ölçüyorlar."

Bu kahredici olayın etkisiyle, hemen o anda bir karar verdim.

"Yeniden bir üniversite okumalıydım."

Eşimin Vefası

Durumu eşime açınca hiç tereddüt etmeden destek verdi.

– Bey, sen her şeye layıksın. Yapacağın hayırlı ve faydalı her işin yanında olacağım.

Eşimin bu vefasına karşı çok duygulanmıştım.

– Ah, gözümün nuru, dedim annemden ezberlediğim kelimelerle. Sen benim dünyama bir değil, binlerce güneş getirdin.

O kış yeniden üniversite imtihanına hazırlanma kararı verdim. Eşim bu sınav için öyle fedakârlık yapmıştı ki nasıl anlatılır bilmem. Rahat çalışmam için bütün şartları oluşturuyor, bunun için her türlü fedakârlığı yapıyordu.

Biriktirdiğim parayla kış girmeden eşime bir çizme bir de manto alacaktım. Yıllardır imkânsızlıktan dolayı hiç şikâyet etmeden sabredip kışları acınacak halde geçiriyordu.

Eşim Nur Hanım, o gün Cuma sohbeti için gittiği bir evde, on-on beş kadar genç kızla birlikte vakit geçirmiş. Onlardan birinin içler acısı mağduriyetini görmüş. Bu mağdur genç de Nur Hanım'ı varlıklı bir öğretmen eşi sanarak dert yanmış. Bu da eşimi çok etkilemiş tabii.

O akşam evde bunu anlatırken çok metanetli ve soğukkanlı bildiğim eşim Nur Hanım kendini tutamayarak ağlamaya başlamıştı.

– Bey, bizim hiç değilse evimiz var, akşam karnımız doyuyor. O çok zeki kız, imkânsızlık yüzünden okula başlayamamış. Evlerinin durumu ise hazin bir öykü...

Eğer izin verirsen manto ve çizme için biriktirdiğimiz parayla, o kızın okul ihtiyaçlarını alalım. Ben bu kışı da bu şekilde geçiririm; ama o kızın kaybolan yılları geleceğini karartır.

Çok duygulanmıştık. Duygulanmak ne kelime, annem Nur Hanım'ı kucağına basmıştı. "Sen bana Rabb'imin bir lütfusun" diyerek kendini tutamamıştı.

Nur Hanım o kışı yine mantosuz ve çizmesiz geçirecekti; fakat o masum çocuğa çare olmanın huzurunu yaşayacaktı.

O gün aldığımız bir haberi de anneme söylememiştik. Babaannem büyük acılarla ve perişan bir halde vefat etmiş, ancak bodrum katta tek odalı bir yerde kaldığı için ölümünden sonra haber alınmıştı. Cenazesi de kasabaya defnedilmişti.

O kış üniversite sınavına hazırlandım, girdim ve sınavı kazandım. Hayallerimi süsleyen üniversiteyi okuyacaktım; ama nasıl? Planımız basitti. İlkokul öğretmeni olarak Ankara'ya tayinimi yaptırır, bir taraftan öğretmenlik yapar bir taraftan da üniversitenin ikinci öğretimine kaydolup okurdum.

Hayal ettiğimiz olmadığı gibi bütün umutlarımızı da söndüren gelişmeler yaşanmıştı. Ankara'ya geldim durumu yetkililere anlattım.

– Olmaz, dedi görevli kişi.

– Niçin, diye sordum bir anda tansiyonum fırlayarak.

– Çünkü sen ilkokul öğretmenisin. Ankara'nın merkez okulları sıraya tabii. Senin hizmet yılın merkeze gelmeye yetmez. Seni Ankara'nın köylerine veririz.

– İyi; ama o zaman üniversiteye devam edemem.

– O, senin problemin.

Atıldım yalvarırcasına:

– Hocam yapmayın, dedim. Ben Millî Eğitim Müdürlüğünü bırakıp geldim. Okuma sevdası için bütün imkânları geri teptim. Bunun bir yolu olmalı.

– Üzgünüm, dedi. Bunu; ancak Bakan yapar.

Oraya yığılı kalmıştım. Bir yıldan beri ne hayaller kurmuştum, yeni bir üniversite okuyacağım diye... Bunun için herkesin koşup da elde edemediği Millî Eğitim Müdürlüğünden ayrılmıştım.

"Allah'ım şimdi ne olacaktı halim?"

Demek bu işi; ancak Bakan yapabilirdi!

Çok uzak bir ihtimal de olsa cesaretimi topladım ve Bakanın katına çıktım.

– Bakan Bey'le görüşeceğim, dedim kapıdaki görevliye.

Yüzüme dalga geçen bir dudak kıvırmasıyla baktı.

– Hemşehrim sen iyi misin, dedi.

Çok şaşırdım.

– Yahu kardeşim Bakanla görüşmek için milletvekilleri sıra bekliyor. Sana ne sıra gelir ne de senin gibi bir ilkokul öğretmenini bakanla görüştürürler.

– Hemşehrim ne olur, diye yalvardım. Siz beni bırakın belki bir imkân bulurum.

"Git de ağzının payını al" gibilerden konuşmaya bile tenezzül etmeden, eliyle işaret etti.

Hayatımın Sürprizi

Binadan yukarı doğru çıktım. Bekleme salonu ana-baba günü gibiydi, bir saat dikildim; ama "necisin?" diyen bile çıkmadı.

Bir fırsatını yakalayıp:

– Benim Bakan Bey'le mutlaka görüşmem lazım, dedim görevliye. Lütfen bana yardımcı olun.

Yüzüme bile bakmadı. O esnada kapı açıldı. Sanki içimden bir ses, "Haydi gir!" diye itti beni. Ben de cesaretimi toplayıp içeri giren iki kişiyle Bakanın odasına daldım.

Bakan Bey, girenleri tanıyor olmalıydı ki onlarla sarılıp öpüştü ve karşısında yer gösterdi.

Ben ayakta, öylece kala kalmıştım.

– Siz ne istiyorsunuz, diye sordu içten bir nezaketle.

Heyecanımdan düşüp bayılacaktım. Bu son kapının kapanmaması için Allah'a yalvarıyordum durmadan.

– Efendim Ben Arif, dedim. Falan yerde Millî Eğitim Müdürüyüm.

Gözleri bir anda parladı. Yıllar önce kaybettiği dostunu yanında bulmuş gibi kollarını açtı.

– Sensin, demek o, dedi. Gel seni tebrik edeyim, Allah aşkına... Kitabını okudum. Doğrusu personelimiz olduğun için gurur duydum.

Beynimi kemiren çaresizlik duygusu bir anda kabuk bağladı, içimin karanlığı ümit ışığıyla aydınlanıverdi.

– Ben okumak istiyorum Efendim, dedim. Bunun için yeniden üniversiteye girdim ve kazandım. Tayinimi Ankara içine yaptırıp okula devam etmek istiyorum; ama arkadaşlar bana yardımcı olmadılar.

Bakan Bey, beni dinlemiyor gözüküyordu. Belli ki kafasında başka bir şey vardı benim için. Çekmecesini çekti, önüme bir kâğıt koydu ve dedi ki:

– Sen yazarsın. Al şu kâğıdı, yarın bir okulun temel atma törenine katılacağım. Bana bir konuşma metni yaz.

Hiç beklemediğim bu teklif karşısında çok şaşırdım. Şaşırmak da ne kelime hayretimden buz kesmiştim. Bugüne kadar çok yazı karalamıştım, ama böyle sipariş konuşma hiç yazmamıştım.

Bakan Bey, misafirleriyle derin bir sohbete dalmıştı, ben de elime kalemi alıp yazmaya başladım. Çaresizlerin çaresi Yüce Mevla'm, zihnime öyle bir kapı açmıştı ki on dakika içinde iki sayfalık nefis bir yazı çıkmıştı ortaya.

Bakan Bey'in önüne koydum. Şöyle bir göz attı.

– İşte böyle Efendim, dedi. Tam benim aradığım adamsın.

Zile bastı. Kapıya çıkan görevliye:

– Bana personel genel müdürünü çağırın, dedi.

Birkaç dakika geçmeden personel genel müdürü damladı.

– Hocamızı hemen al, Bakan Danışmanı olarak onayını yaz ve çabuk getir.

Duyduğuma inanamadım. Bakan Danışmanı; hem de ben... Yani Ankara'da ilkokul öğretmenliği yapabilmek için yalvaran; ama tenezzül edilmeyen adam.

"Allah'ım bu rüya olmalıydı!"

O kadar şaşkındım ki genel müdür, yüzüme bakarak gülümsedi ve seslendi:

– Buyurun hocam, gidelim, dedi.

Bu çok güzel bir teklifti; lakin benim isteğim bu değildi.

– Sayın Bakanım, dedim. Ben okumaya geldim, Bakan Danışmanı olmaya değil. Bu sevda için Millî Eğitim Müdürlüğünü bıraktım. Siz bana yardımcı olun da merkeze tayinimi yapsınlar, ben de okula devam edeyim.

Bakan Bey bu çıkışıma tebessüm etti.

– A güzel hocam, dedi. Bakan Danışmanı olmak için profesörler sıra bekliyor. Ben seni daha okulu bitirmeden danışman yapıyorum, sen ise kabul etmiyorsun. Bir okul sevdasıdır, kapılmışsın.

– Sayın Bakanım, dedim. Ben mutlaka bir fakülte bitirmeliyim. Bu içimde sönmeyen bir ateş...

– Peki, Arif Bey dedi. Seni anlıyorum ve azmini tebrik ediyorum.

Ben seni danışman yapacağım. Hem okula devam edersin hem de benim yanımda özel görevler alırsın.

Sevincimden Uçuyordum

Dışarı çıktım; ama ne çıkış! Uçuyordum sevincimden. Odalar, koridorlar, bina; hatta dünya dar geliyordu.

Gözlerimden inen yaşları sile sile bir hal olmuştum. Hayatımda böyle bir mutluluk yaşamamıştım. Bir yetim, Bakan Danışmanı olacaktı!

Allah'ım! Senin kudretin olmasıydı nasıl olabilirdi böyle bir şey?

Bakan Bey, beni o gün göreve başlattı ve yanındaki odayı da bana verdi. İkinci gün makamıma oturdum. Hayat filmim birer birer gözümün önünden geçmeye başlamıştı.

Yetim, çoban, ayakkabı boyacısı Arif, "Bakan Danışmanı" olarak ihtişamlı odanın gösterişli masasında oturuyordu.

Dayanamayıp kalktım, kapıyı arkadan kilitledim. Ceketimi seccade gibi yere sererek Rabb'imin huzurunda el bağladım. O iki rekât şükür namazı boyunca hayatımda bu kadar ağladığımı hatırlamıyorum. Kendime geldiğimde âdeta hıçkırıklarla helak olmuştum.

Derhâl telefona sarıldım, ilk müjde için annemi aradım. Telefona eşim Nur Hanım çıkmıştı.

– İşi ne yaptın, dedi telaşla... Tayinini Ankara içine yapacaklar mı?

– Evet, dedim. Ankara'nın içine yaptılar.

– Rabb'im sana şükürler olsun, dedi.

Bu arada evlere de baksan iyi olur. Tek öğretmen maaşına uygun bir yer bul, bari.

– Korkma, dedim bize lojman verecekler.

– Nasıl olur, diye atıldı şaşırarak.

– Rabb'im isterse neler olmaz ki!..

Nur Hanım'ı daha fazla meraklandırmamak için:

– Dualarımız kabul oldu, dedim. Rabb'im bize başka bir kapı açtı. Bakan Danışmanı yaptı.

– Ne diyorsun, diye haykırdı Nur Hanım, kendini kontrol edemeden.

– Evet, artık Bakan Danışmanıyım. Seni makamımdan arıyorum.

Derin bir soluk çekti bütün samimiyetiyle:

– Yüce Allah layık etsin, dedi.

Bakan Bey, bazı işlerin koordinasyonunu bana vermişti. Şu Allah'ın işine bakın ki beni kursta azarlayıp on paralık eden daire başkanı da bana bağlanmıştı. Yani bundan sonra emirleri benden alacaktı.

Davut Hoca'nın sözünü hatırlamıştım:

"Kötülüğe karşı kötülük, her kişinin kârıdır; ama kötülüğe karşı iyilik, er kişinin kârıdır."

Rabb'imin bunca lütfu altında, intikam duygusu buz gibi yapmıştı beni. Duyup da mahcubiyet içinde benim makamıma gelmesin diye, ben ona gittim. Odasına girince şöyle beni tepeden tırnağa süzdü. Bir yıl önceki olayı unutması mümkün değildi.

– Ben sana randevu verdiğimi hatırlamıyorum, dedi kızgın bir tavırla.

Hâlâ aklında, görüşlerini çürüten çıkışımın, yarım kalmış intikamı vardı.

– Hocam size teşekkür etmeye geldim, dedim.

Çok şaşırdı. Gözlerini kıstı, dikkatle baktı.

– Ne teşekkürü, dedi.

– Hocam, siz beni o sınıfta sözleriniz ve hakaretlerinizle yerden yere vurmasaydınız bende de okuma azmi uyanmaz ve bugün Bakan Danışmanı olamazdım, dedim ve devam ettim:

– Arkadaşlarımın huzurunda bana yapmış olduğunuz hakaret, ufkumu açtı, okuma azmimi körükledi. Bunun için bir yıl çalıştım, üniversiteyi kazandım. Sayın Bakanım ise beni danışmanlığına getirdi. Yapılan iş bölümünde de bakanlık sizi bana bağladı.

Oturduğu yerden bir anda ayağa fırladı.

– Neler söylüyorsun, dedi şaşkınlık içinde. Sonra da elini yüzüne kapatarak “Ben ne yaptım?” diye mırıldandı kendi kendine.

– Siz bir şey yapmadınız, dedim. Yalnızca içimde uyuyan devi uyandırdınız. Size gerçekten teşekkür borcum var. Demek ki tembelliğim; ancak o hakaretlerle ortadan kalkacakmış.

Adam, gözümün önünde saniyeler içinde erimişti sanki.

Yine Davut Hoca’nın sürekli olarak tekrarladığı şu gerçek, beynimde sıraya dizilmişti.

“İyilik yap, denize at. Balık bilmezse Hâlık bilir.”

Allah’ıma binlerce kez şükrediyordum. Başkan, oturduğu makama bir çuval gibi yığılırken ben dışarı çıktım.

Ankara bizim için farklı dünyaların kapısı olmuştu. Lojmana yerleştik, hem okula devam ediyor hem de Bakanın özel görevlerine yetişmeye çalışıyordum.

Taşradan gelen çaresizlere yardım etmek için de özel bir gayret gösteriyordum. Biliyordum ki en büyük zenginlik mazlumların, kimsesizlerin yardımına koşup onların dualarını almaktı.

Kitap yazma işi de devam ediyor, yeni çıkan eserler ismimizi yurt sathına ulaştırıyordu. Ardından gelen imza günleri ve konferanslara ise yetişemiyordum artık.

Kahreden Karşılaşma

Hayatın yorgunluğu benim de yakamı bırakmıyordu. Bir akşam iş çıkışında kalp spazmıyla hastaneye yatmıştım. Acilen anjiyo yapılması gerekiyordu. Hastanenin özel odasında dertlerimle baş başa *Hastalar Risalesi*’ni okurken kapı yavaşça açıldı. Eşimle birlikte bayan bir doktor girdi odaya.

– Geçmiş olsun Arif Bey, dedi doktor hanım.

Bu tanıdık bir sesti. Elimdeki kitabı kapatıp bakışlarımı netleştirmeye çalıştım. Yıllar önce kaybettiğim filmin son karesi, gözümde bir anda canlandı. Kontrol edemediğim bir şaşkınlıkla:

– Siz Hasret olmalısınız, diye atıldım.

Kucağında mukaddes bir emanet gibi taşıdığı dosyaya daha sıkı sarılarak:

– Dosyanın üstündeki ismi görünce öğrendim, dedi.

Eşinizle de az önce tanıştım. Rabb'im size melek gibi bir hanım nasip etmiş.

Buz gibi donmuştum o esnada.

– Telaşlanmayın, dedi. Zaten kalbinizden rahatsızsınız. Bundan sonra doktorunuz ben olacağım.

Eşimle birlikte yan yana oturdular. Bakışlarını ısrarla kaçırıyordu.

– Her şeyi takip ediyorum, dedi. Görevinizdeki basamakları, yazdığınız kitapları... Kızınızın adı da Hasret'miş. Bu isim benzerliğine çok sevindim, çok mutlu oldum.

– Ya siz, diye sordum ürkek bir sesle.

– Hayatımı mazlumlara ve çaresizlere adadım. Size de hep dua ettim, dua ediyorum. Çünkü Arif beni Rabb'imle buluşturan adamdır.

Her ne kadar hiçbir şey yokmuş gibi davransa da sesindeki dalgalanmalar ve yüzündeki ifadeler her şeyi anlatıyordu. Daha fazla dayanamadan izin isteyip çıktı odadan.

Çok şey söylemek istedim; ama söyleyemedim. Elimi Rabb'ime açarak yalvardım, yüreğimin ta derinliklerinden çıkan acı bir feryatla:

"Allah'ım Hasret'e hayırlı bir kısmet ver de kalbindeki Arif'i söküp atsın. Çünkü duyguların aklı yok, sus, deyince susmuyor!"

– Okul arkadaşınmış, diye üzerime eğildi Nur.

Yüzündeki aydınlık, yüreğindeki saflık ve kalbindeki sevgi, her tarafı ışıltıya boğuyordu. Bütün acılarımı dindiren şifalı bakışlarını yüzümde gezdirdi. Bir anne şefkatiyle ellerimi ellerinin içine alıp yanıma oturdu.

Bir merhamet ve sevgi abidesi gibi sıcaklığıyla dünyama huzur saçan eşime döndüm, kendi duyacağım bir tonda mırıldandım:

"Sen bana Rabb'imin en büyük hediyesisin. Allah, beni senden önce alsın. Yoksa yokluğuna asla dayanamam..."

Bu Sahneye Nasıl Dayanılır?

Hastaneden sonra iş yoğunluğu, nefesleri kesen bir tempoyla yeniden başlamıştı. Bakan Bey'in özel notları, resmî görevler ve Anadolu'dan gelen dostların işleri günümü öyle dolduruyordu ki bazen öğle yemeği yemediğimi, akşam fark ediyor bazen de yorgunluktan ne yediğimi karıştırıyordum. Böyle günlerden birinde, sekreter hanım girdi odaya:

– Hocam, dedi bir bey sabahtan beri bekliyor, görüşmek için ısrar ediyor.

– Ne işi varsa sorun, yardımcı olun, nefes alacak zamanım yok.

– Biz de söyledik; ama mutlaka sizinle görüşmesi gerekiyormuş.

Çok önemli bir şey olduğunu düşünerek:

– Öğleyin özel odama alın, dedim.

Odamın arkasındaki küçük odayı dinlenmek ve özel çalışmalar için ayırmıştım. Çok önemli misafirlerimi öğle arası burada kabul edip detaylıca görüşme şansım oluyordu.

Özel odama geçince sekreter hanım benimle görüşmek isteyen beyi getirdi. Kapıdan içeri girer girmez o ilk görüntü, beni yıldırım gibi çarpmıştı.

Beni, ayaklar altında ezilmekten kurtarıp bana hayat yolunu açan öğretmenim, manevî babam, rehberim, her şeyim Zekeriya Hoca idi gelen. Çökmüştü, saçları ağarmış, beli hafif kamburlaşmıştı. Bir an tereddüt ettim. Daha ben sormadan, başladı derdini anlatmaya:

– Müşavir Bey, dedi. Ben Türkçe öğretmeniyim. Bursa'ya tayin yaptırıp emekli olacağım. Ancak o bölge bu dönem tayine kapalıymış. Onun için tayinimi yapmıyorlar. Siz, Bakan Bey'e yakınmışsınız. Eğer siz isterseniz bunu yaparlarmış.

Hocam konuşurken ben de onu süzüyordum. Aradan yıllar geçtiği için beni tanıması mümkün değildi. Lakin ben onu tanımıştım, işte Zekeriya Hoca idi bu. Heyecanla yerimden fırladım.

– Hocam şeref verdiniz, dedim. Verin de şu elinizi öpeyim.

Yaşlı gözleri bir anda bulutlandı. Bakışlarında şimşekler çakmaya başladı. Alıcı gözlerle bir müddet beni süzdü.

– Affedersiniz, dedi. Ben sizi tanıyamadım. Yaşlılık işte, kusura bakmayın.

Ellerine kapandım.

– Ben Arif, dedim. Öğrenciniz yetim Arif.

Vücudunun bütün hücreleri sanki o anda şaha kalkmıştı.

– Sen, Arif... Benim yetim Arif'im öyle mi? Arif, diyerek kollarını boynuma sardı.

O anda zaman durmuştu. Bir anda yetim Arif canlanmıştı hocamın da gözlerinin önünde... Kalemlerin tükendiği, duyguların yandığı, nefeslerin durduğu bir andı.

– Arif'im bana dünyaları bağışladın, dedi hocam. Sana bütün haklarım helal olsun. Bana Ankara'nın tapusunu verseydin bu kadar mutlu edemezdin.

İşte öğretmenlik buydu. Ömrünü mazlum, masum ve çaresizlere adayan öğretmenler... Garibanların gönlüne giren, kimsesizlerin ümidi olan, darda kalanların elinden tutanlar...

Bundan daha büyük zenginlik olur muydu?

O gün sorumluluğumu bir kere daha öğrenmiştim. Bir nesil yetiştirmek için saç ağartmanın, beli bükmenin onuruna bir kez daha şahit olmuştum.

Arkasında yüzlerce Arif bırakan Zekeriya Hoca, beni kendine yeniden büyülemişti ve gözümde erişilmez mabetler gibiydi...

Bakanın İltifatı

Hocamı, Bakan Bey'e götürüp durumu anlattım. Çok etkilenen Bakan Bey ayağa kalktı.

– Hocam sizi tebrik ederim, dedi. Siz, sizden bekleneni fazlasıyla yerine getirmişsiniz. Şimdi sıra bize geldi. Şimdi emredin, bizden ne istiyorsunuz?

Bakan Bey'in bu beklenmedik yakınlığı Hocamı çok duygulandırmıştı.

– Efendim, ben Bursa'ya tayin olup emekli olacağım, ama orası kapalıymış.

– Hayır, Hocam, dedi. Size bütün kapılar açıktır. İsteğiniz bize emir olur; ancak bir dakika, Hocam.

Bakan Bey'in aklına önemli bir şey gelmiş olmalıydı. Personel Genel Müdürünü çağırdı.

– Hocamın Daire Başkanı olarak atama yazısını yazıp getirin, dedi.

– Efendim artık ben yoruldum, çalışmak istemiyorum, diye atıldı Zekeriya Hoca.

– Biliyorum, dedi Bakan. Biz de sizi çalıştırmayacağız zaten. Sizi Daire Bakanı yaptıktan sonra buradan emekli olursunuz. Bu şekilde imkânlarınız da artmış olur. Siz, bu güzel hizmetlerinizle bunun yüz katını hak etmiş bir insansınız.

Zekeriya Hoca birden ciddileşti, Bakan Bey'in ellerine yapıştı.

– Asla Efendim, dedi asla... Ben, bu milletin vergilerinden maaş alıyorum. Hak etmediğim bir para alırsam milyonlarca vatandaşımın hesabını veremem. Bunun için bu teklifinizi kabul edemem. Bana hak ettiğimi verin yeter.

Bakan Bey'in yüzü bir anda gevşedi, dudakları hüzünle kıvrıldı, gözleri çakmak çakmak parladı.

– Şimdi daha iyi anladım, dedi. Bu memleketi ayakta tutan bizler değil, görülmeyen kahramanlar sizlersiniz.

Eğildi ellerinden öptü.

Bu sahneleri geride sessizce izlerken binlerce yıl yaşanıp da öyküsünden dersler alır gibi, zihnim nasihatle dolmuştu.

O gün hep Zekeriya Hoca'nın zihnimde çivi gibi çakılan örnek davranışını düşündüm. Ömrü boyunca alın teriyle yaşayan Hocam, tarifsiz bir onur sergilemişti... Hak etmediğini düşünerek Daire Başkanlığını reddedişini nasıl unutabilirdim?

Karşılıksız hiçbir şeyi kabul etmeyen; ancak varlığını da çaresizlerle paylaşan bir yüreğin asilliğiydi bu!

Öksüz Said

O gün ikindiden sonra davet edildiğim kimsesizler yurdunun açılış törenine gittiğimde, beş katlı, muhteşem görünümlü binanın önünde, birçoğu eş-dosttan oluşan kalabalık bir topluluk birikmişti.

Sunucu, yurdu yaptıran genç iş adamını kürsüye davet etti. Gözünde altın renkli, parlak gözlüklü; etrafı ışığıyla aydınlatan pırıl pırıl siması olan, saçları itinayla taranmış iş adamı, dik duruşuyla mikrofona geldiğinde çok şaşırmıştım. Çünkü bu Said'di. İlk öğretmenlik yaptığım köyde, babasıyla gelmişti yanıma ürkek ürkek... Bir anda bütün anılar canlandı gözümde.

"Öksüz Said" diyerek birden fırladım yerimden. Kimsesizler yurdu önünde, annesiz büyüyen Said'e ulaşmak için kimleri ne kadar ezdiğimi hatırlamıyorum.

Son hatırladığım Said'i nefes kesen bir hasretle kucakladığımdı...

Bir öğretmen için emeklerinin boşa gitmediğini görmek kadar güzel bir duygu olur muydu?

Tabii artık kalbim böylesi heyecanlara dayanamayacak kadar yorgundu. Beni kalp atışlarım yoklayarak o gün hastanelik etmişti...

Yaşanılan bunca birikimin ardından kitaplarım hızla basılmaya, basılanlar da büyük bir ilgi görmeye başlamıştı. Onları yüreğimle, kalbimle ve müthiş bir duygu yoğunluğuyla yazıyordum. Yaşanmış, güncel ve ibretli olayları arkadan gelenlere ders olması niyetiyle kaleme alırken âdeta her kelimesine gözyaşı döküyordum. Bunun için de okuyanlar gözyaşlarıyla okuyorlardı.

Büyük bir duygu ikliminde yazılan eserlerimiz, çeşitli ödüller almaya başlamıştı. Hatta bir kaçı, çok satanlar içinde hep ilk sıralarda yer alıyordu.

Bu da bize çok büyük bir sorumluluk yüklemişti. Bunun hakkını vermek için gece-gündüz çalışmamız gerekiyordu. Çünkü her kulun hesabı, sahip olduğu imkânlar ve nimetler ölçüsünde olacaktı.

Ayaklar altında ezilen bir yetimi, buralara kadar getiren Rabb'imin lütfuna karşı, ne yapılsa azdı...

Bütün Hayatım İki Güne Sığdı

Böyle yoğun günlerden birinde doğduğum topraklara konferans vermek için davet edilmiştim. Yanımda eşim ve annem de vardı. Konferans salonuna girmeden az önceki sendeleyiş, bana tekrar hayatımın muhasebesini yaptırmıştı. Bütün hayatım, kare

kare gözlerimin önünden geçti. Gözlerimi açıp kapayıncaya kadar âdeta bütün çocukluğumu yeniden yaşamıştım. O dayanılmaz acılar, ibret dolu hatıralar, kasabada bulunduğum iki gün içinde âdeta beni ihtiyarlatmıştı.

Her caddede, her sokak başında, her ağaç dibinde ve her derenin yamacında çocukluğumdan kalma gözyaşları, feryatlar ve yardım çığlıkları vardı. Bir nebze kabuk bağlamış yaralarım yeniden kanamaya başlamıştı.

Buraya gelirken bütün bu elemleri bir kere daha yüreğimde hissedeceğimi biliyordum. Otuz yıl, bu kasabaya gelmemek için direnseम de yine de başaramamıştım.

Hele bana ödül vermek için tertiplenen törende yaşadıklarım bir ömre bedeldi. Vali Bey, salonu dolduran yüzlerce hemşehrimin önünde bana *Yılın Yazarı Ödülü*'nü takdim ettiğinde, artık hislerimi dizginleyemez hale gelmiştim. Boğazıma düğümlenen kelimeler nefesimi kesmiş, kalp çarpıntım vücudumu takatsiz bırakmıştı. Sonunda korktuğum oldu, bir volkan gibi patlayan duygularımın tesiriyle bir çocuk gibi ağlamaya başladım.

Benim yüreğimi yakan acıları kalplerinde hisseden onlarca dinleyici de gözyaşlarına hâkim olamamıştı. Hele o önde oturan yaşlı adam ise büsbütün kendinden geçmişti. Tören sonrası ayağa fırlayarak yaşından beklenmeyen bir çeviklikle sahneye gelmişti. Yıllardır yolunu beklediği bir hasretliye kavuşmak ister gibi kollarını açıp:

– Arif'im seni bu yüce makamlarda görmek bana en büyük ödül oldu. Rabb'im seni ayaklar altından alarak başlara taç etti, diyerek bana sarıldı ve hıçkırmaya başladı.

Tanımadığım bu yaşlı adamın, sevgi ve şefkat dolu ilgisi beni çok şaşırtmıştı.

– Amca, dedim gözyaşlarımı silerek. Ben sizi hatırlayamadım, siz kimsiniz?

– Sen beni tanıyamazsın evladım, dedi; ama ben seni tanıyorum, yıllardır takip ediyorum. Hani o yağmur altında simit satan bir çocuk vardı?

Hayalim yıldırım hızıyla gidip ızdıraplar içinde inleyen yetim çocuğu buldu. O perişan hali gözlerimin önüne gelince içime binlerce bıçak saplanmaya başlamıştı.

Elimi döşüme vurarak haykırdım, kendimi kontrol edemez bir halde.

– İşte o bendim, dedim kendimden geçercesine.

– Hani evladım birisi de gelip senin bütün simitlerini almıştı.

– Evet.

– İşte o da bendim.

– Amca senin ellerini değil, şu ayaklarını öpeyim, diye atıldım. Senin bana yaptığın yardım, hayatımın dönüm noktası oldu.

– Değdi çocuğum, değdi, dedi ellerini yüzüne kapatarak. Seni buralarda gördüm ya, o her şeye değdi. Bundan sonra da yetimler sana emanet.

İçimi parçalayan, yüreğimi yakan ihtiyar amca, bana hayatımın en büyük dersini vermişti. Şimdi sırtımdaki yük daha da ağırlaşmış, sorumluluğum daha da artmıştı.

Otuz yıl sonra çocukluğumu yeniden yaşadığım bu kasabada, başarının başarısızlıkta saklı olduğunu; olgunluğun acılarda gizlendiğini; dürüstlüğün vefasızlıkla anlaşıldığını; inancın, azmin ve yürekten isteğin, bütün kapıları açan sihirli bir anahtar olduğunu bir kere daha anlamış oldum.

Annem, bana gösterilen ilgi karşısında ellerini yüzüne kapayarak bir taraftan hüngür hüngür ağlıyor bir taraftan da bugünleri bize lütfeden Rabb'ime şükürler yağdırıyordu.

Törenden sonra kasabayı, hatıralarımızın geçtiği yerleri, bizi tanıyan insanları ziyaret ettikçe hem annem hem de ben; artık dayanamaz hale gelmiştik.

Hele kabir ziyareti başka bir yürek yangınına dönmüştü.

Kimler yatmıyordu ki orada? Bir melek gibi hayat sürüp aramızdan ayrılan anneannem... Bize öz evlatları gibi sahip çıkan iki gönül insanı; Davut Hoca ve eşi Kevser Hanım... Annemin gençliğini harap eden dedem ve babaannem...

Önümüzde ibretlik bir ders gibi duran bu mevtalar, sessiz çığlıklarıyla söylenmesi gereken her şeyi haykırıyorlardı.

Annem, gerek kendisine kucak açanların gerekse zulmedenlerin hiçbirini ayırmayarak kabirlerinin başında dualar okudu, helallik diledi.

Annesinin, Davut Hoca'nın ve eşi Kevser Hanım'ın başlarında dualar okuyan annemin hali, bir ömür boyu unutulmayacak cinstendi. Sanki dünyada değil de İlahî bir iklimde gönül dostlarıyla huzur soluyordu.

Dedem ve babaannemin önünde diz çöküp Yasin okurken de sellere dönen gözyaşları, başka bir ibret sahnesiydi. Bu manzara karşısında çok etkilenen eşim, anneme bunun sebebini sorduğunda, aldığı cevap bizi hayrete düşürmüştü:

"Kızım," demişti. "Bunlar bana yaptıklarının azabıyla gittiler. Şimdi en ağır hesabı veriyorlar. Benim yüzümden ebedî hayatlarının mahvolmasını istemem. Ben onlara bütün haklarımı helal ettim ve mağfiretleri için de Rabb'ime niyaz ediyorum."

Adı gibi kendisi de melek olan annemin bu davranışı âdeta bizi, bizden almıştı.

Bu duruma, Nur Hanım daha fazla dayanamayarak sarılmıştı anneme asırlık bir hasretli gibi.

"Senin gelinin olduğum için Yüce Allah'ıma şükrediyorum" demişti. "Rabb'imin huzuruna bu şerefle çıkmak istiyorum. Ne olur anne, bu kızını da unutma e mi?"

Annemin yüreğine sığmayan bu sevgi ve şefkat, bizi bir kere daha yakıp geçmişti.

Orada kaldığımız üç günde annem, sabahlara kadar uyumadan şükür secdelerine kapanıyordu.

– Anne kendini neden bu kadar helak ediyorsun, diye sorduğumda:

– Oğlum, bir düşünsene, Yüce Allah bizi nereden nereye getirdi. Bir odalı toprak evden villalara eriştirdi. Bir ekmeğe muhtaçken evimizi rızıkla doldurdu. Ayaklar altında sürünürken başa taç etti. Bunca nimet karşısında en çok şükreden biz olmayalım mı?

Kasabadan ziyaretimizi bitirip bir an önce ayrılmayı düşünürken yine annem bize yapacağını yaptı ve bütün planlarımızı altüst etti.

Kasabadan ayrıldıktan sonra yıllarca memlekete dönmek istemeyen annemin, ödül törenini bahane ederek bir anda kasabaya gelme isteği bizi çok şaşırtmıştı. Bunun nedenini anladığımızda, bu bize hayatımızın en büyük dersi olmuştu. Çünkü onun ebedî gönül dostları, ölüm töreninde birlikte olmayı istemişlerdi. Annem, Davut Hoca'nın ve eşi Kevser Hanım'ın manevî davetini duyunca memleketine uçarak gelmişti.

En Büyük Varlığımın Son Anları

Yıllar yılı hastalıklarla boğuşan annem, Cuma gecesi vefat etmişti. Eşimle birlikte, o geceyi başında Kur'an okuyarak geçirmiştik.

Dillere destan olan güzelliği, nezaketi ve hanımefendiliğiyle kasabanın gözde kadını annem, babamın vefasızlığından dolayı, hayatını yaşayamadan, sevdasını tadamadan, hayallerini gerçekleştiremeden, hastalıklarla geçirdiği ömrünü bir Cuma günü, Cuma salaları verilirken noktaladı.

Son dakikaya kadar, başında eşim Nur Hanım, Yasin Suresini okuyor, annem de tekrar ediyordu. Çileyle kıvrım kıvrım olmuş dudakları, mırıltılar içindeydi. Fersiz bakışları ise çok ötelere kaymış, gitmişti.

Ellerini avuçlarıma aldım, başımı göğsüne dayadım. Bu mis gibi kokuyu son kez ciğerlerime çekerken gözümün önünden kayıp giden yetmiş yıllık ömrünün dayanılmaz sahneleri, bir film gibi hızla geçmeye başlamıştı.

"Güzel bir gün göremeden gidiyor annem!" diye içimden alev gibi bir hasret yükselip boğazıma kilitlendi.

Ölüm sessizliği, odaya çökmüş, kalplerin çarpıntıları duyulur hale gelmişti. Melek Annem, birkaç kez başını salladı şaşkın bakışlar içinde. Zor duyulur fısıltılı bir sesle "abdest" dedi.

Nur Hanım fırladı yerinden, su getirdi, anama yattığı yerde abdest aldırdı. Bu bir hazırlıktı. Huzur-u İlahiye abdestli çıkmasını söyleyen, gaybî bir ses duymuş olmalıydı.

Son kez, hazin dolu bir bakışla bizi süzdü. Pırıl pırıl yanan simasına, gözleri kamaştıracak kadar parlak bir ışıltı gelip oturmuştu.

– Üzülmeyin evladım, dedi zar zor dudaklarını oynatarak. Ben müjdemi aldım.

Nur Hanım, daha fazla dayanamayarak o anın tarifsiz elemi içinde öksüz kalan bir çocuk gibi atıldı annemin kucağına.

– Anne, dedi. Sen kalbimin içinde başka bir kalp oldun. Ben sensiz yapamam. Bu kızını annesiz bırakma ne olur!

Artık annem bizi duymuyordu. O, bu çilekeş hayattan kurtulmuş, ebedî huzurun doyumsuz iklimine kanat çırpmaya başlamıştı.

Göz kapaklarını yavaşça yumdu, birkaç damla yaş, al al olmuş yanaklarına doğru sızmaya başladı. Kurumuş dudaklarından dökülen şu cümle, hâlâ beynimizde yankılanır:

"Rabb'ime şükür, kurtuldum Kevser Abla..."

Sürekli başucunda bulundurup okuduğu Kur'an-ı Kerim'i kucağına basıp ebedî bir sevgiliye ulaşmak ister gibi sımsıkı sarılmıştı. Dudaklarından şahadetler döküle döküle gözleri kapandı son sözü ise "Haydi, Ya Allah!" olmuştu.

Annemin bir kanaviçe gibi acılarla örülmüş tertemiz ömrü noktalanmıştı. Hayatı gibi ölümü de tam bir ibret sahnesiydi.

Acıların dindiği, elemlerin bittiği, herkesin bizi el üstünde tuttuğu bir anda, kendi memleketine koşarak gelip anne ve babasının yanına defnedilen annemin yokluğu dünyamı bir tufan gibi dağıtmıştı.

Birlikte yürüdüğümüz bu hayat yolunu, onsuz nasıl arşınlayacaktım, bu acıya nasıl dayanacaktım?

Ben yalnızca annemi değil, içimdeki beni, canımdaki canı da kaybetmiştim. Tek tesellim, yüreğine sığmayan Allah ve Peygamber aşkıyla veda etmiş olmasıydı.

"Yılın Yazarı" ödülünü almak için gittiğimiz memleketimizde, en değerli varlığımızı orada bırakıp dönmenin hüznünü yaşarken yolda aldığımız bir telefon bizi büsbütün hayret ve şaşkınlık içine itmişti.

Babam sanki annemin peşinde koşuyormuş gibi amansız bir hastalığa yakalanarak ebedî bir hesaplaşmaya doğru yola çıkmıştı. Belli ki annemin davetine hayır diyememişti.

Dünya cehenneminde yanarak yeşerdiğimiz bu hayat imtihanı devam ediyordu; hem de akılları durduran esrarlı olaylarla. Hele babamın başında yaşadıklarımız Allah'ım buna can mı dayanır?

Hadiseler öylesine düşündürücü ve şaşırtıcı bir şekilde gelişiyordu ki sanki en ibretli ve çarpıcı olaylar sıraya dizilmiş, yaşanmayı ve yazılmayı bekliyordu.

Yürek burkan bu ibretli hayat öyküsünün devamını merak ediyorsanız *Ateşte Açan Çiçek* isimli kitabımızda buluşmak üzere...